クリスマスカードに悪意を添えて

ジュリー・ワスマー

パールは大忙しだった。クリスマスの飾りつけはまだだし、家族へのプレゼントも買ってないし。そんなとき、友人のネイサンから新聞の文字を切り取って貼った、彼を中傷する内容のクリスマスカードを受け取ったと相談される。同様のカードが他にも三人に届いているらしい。クリスマス前に探偵業はなし、と考えていたにもかかわらず、気になって調べ始めるパール。だが、教会のイベントで殺人が起き、驚くことに、その被害者も例のカードを受け取っていた……！　英国のリゾート地を舞台に、シェフ兼探偵のパールが活躍する好評シリーズ第二弾。

登場人物

パール・ノーラン……レストラン〈ウィスタブル・パール〉の店主、副業は探偵
ドリー……パールの母、B&B〈ドリーの屋根裏《ドリーズ・アティック》〉の経営者
チャーリー……パールの息子、ケント大学の学生
ネイサン……パールの友人、フリージャーナリスト
シャーメイン・ヒルクロフト……美容サロンのオーナー
ジミー・ハーバート……パブの店主
ヴァレリー（ヴァル）……ジミーの妻
アダム・キャッスル……不動産会社の経営者
リチャード・クレイソン……医者
アリス……リチャードの妻、水彩画家
フィリス・ラスク……健康食品店の店主、ハーバリスト
ダイアナ・マーシャル……会計士
ジャイルズ……ダイアナの甥

ステファニー……………………………ジャイルズの妻
ニコラス…………………………………ジャイルズとステファニーの息子
ボニータ・サリヴァン…………………ダイアナの隣人
サイモン…………………………………ボニータの恋人
マーサ・ニューカム……………………掃除婦
プルーデンス・ローソン………………牧師
オーウェン・デイヴィス………………ボーイスカウトの隊長
カサンドラ（キャシー）・ウォーカー……ドリーのB&Bの宿泊客
マイク・マグワイア……………………カンタベリー署の警部
トニー・シプリー………………………カンタベリー署の警部

クリスマスカードに悪意を添えて

シェフ探偵パールの事件簿

ジュリー・ワスマー
圷　香　織　訳

創元推理文庫

MURDER ON SEA

by

Julie Wassmer

クリスマスカードに悪意を添えて

シェフ探偵パールの事件簿

クリスティーナ・グリーンに捧げる

「クリスマスは季節じゃない。心で感じるものなのよ」

――エドナ・ファーバー“Catching Up With Christmas”

1

十二月十四日（火）午後四時

　その日には、漁師たちから〝はっちゃけ風《ブローイング・ア・フーリー》〟と呼ばれる激しい風が吹いていた。パール・ノーランが外に出てみると、北東のノルウェーからやってきた氷のように冷たい風が、ウィスタブルの浜辺へとまさに吹き寄せたところだった。パールは玄関を閉めて、緋《ひ》色のコートをぐっと引き寄せながら黒いビロードの襟に顎をうずめると、〈シースプレー・コテージ〉には背を向けて、アイランド・ウォールを早足で歩きはじめた。

　コサック風の黒いフェイクファーの帽子をかぶって編み上げブーツを履いたパールは、ロマンス小説に出てくるロシア人のヒロインのようで、三十九歳という年齢よりもだいぶ若く見える。黒髪を肩に垂らし、ほっそりした体を強風に乗せるようにして通りを進んでいく。日はすでに陰り、ケンプ・アレイという路地に入ると、街灯の明かりが、古い劇場の楽屋口の扉を照らしていた。そこに貼られたポスターを見るかぎり、次にかけられるのは『長ぐつをはいたネコ』らしい。パールは靴音を、壁に挟まれた路地に響かせながら、明かりのこぼれてくるハイ・ストリートへと向かった。

ショルダーバッグには、その朝、店に出るときに忘れたクリスマスカードが入っている。家のキッチンテーブルに置きっぱなしになっていたのだ。クリスマス前の配達に間に合うよう、わざわざ夜更かしをしてまで書き上げたのに。この寒くて短い十二月の日々ときたら、時間の足りないことをそのまま反映しているかのようだった。

夏であれば、〈ウィスタブル・パール〉の客は観光客が多く、それもたいていは地元の名物である牡蠣《かき》を味わいにやってくるDFL（ロンドンからのお下りさん（Down From Londoners）の地元の俗語）だ。だがこの時期にパールの店を訪れるのはハイ・ストリートの周辺に暮らす地元の人々で、もっとしっかりした料理を望んでいる。ちなみにその日のお勧めメニューは、スターゲイジーパイ（魚のパイ）と、チリ風味のサーモンを使った温かいタルト。それから自家製のロブスタースープなどもあって、これにはクルトンと、エスプレット（トウガラシの一種）を加えたルイユ（とくにブイヤベースの付け合わせとして有名な卵黄のソース）が添えられている。こういった料理でクリスマスの買い物客たちを満足させると、パールはレストランを閉めて家に帰ったのだけれど、そのままのんびりする代わりに、忘れていたことを片付けてしまうことにしたのだった。

ハイ・ストリートには、港に向かう方角と、反対の駅に向かう方角がわかりやすいように、観光客用の標識が出ている。パールはそのどちらでもなく、通りを横切って聖アルフレッド教会のほうに向かうと、ちょうどそこで古い教会の時計が、十五分の経過を告げる鐘を鳴らした。パールは教会の鐘の音《ね》が大好きだったし、祝祭を告げるライトの煌《きら》めきを目にすると、それだけで心が温かくなった。

ウィスタブルの地元議会は、このような季節的な装飾にはさほどの重要性がないとしてその責任を放棄し、まったく予算を回そうとしない。ウィスタブルから車で二十分ほどの、英国国教会総本山である大聖堂が鎮座するカンタベリーでさえ、いまや、キリストの降誕を祝うクリスマスのライトアップがまともにされない始末なのだ。だがウィスタブルでは店主たちがいつものように立ち上がり、臨時の地方納付金を払うことで、光り輝く天使のイルミネーションを設営する予算を作った。そしていま、天使たちは大通りの上に飾られている。祈りを捧げるように頭を垂れ、手を組み合わせているところは、にぎやかなハイ・ストリートにおいて、彼らだけがクリスマス本来の意味を伝えているかのようだ。

通りを横切ると、クリスマスキャロルを歌う声がさらに大きく聞こえてきた。だが歌い手たちは、教会の前の芝地に立つ飾りつけのされたツリーの周りに、数日ののちには集まるだろう教会の聖歌隊とはなんの関係もないし、クリスマスイブの深夜に、教会のミサに参加するはずの信者でもない。活発な子どもたちが劇場の前に集まり、学校のベレー帽をひとつ舗道に置いて、彼らなりの自由な形で〈きよしこの夜〉を披露しているのだ。

その哀調を帯びた歌がまっすぐパールの胸に迫り、幼いころのクリスマスの記憶を呼び覚ました。クリスマスの朝を驚きとともに迎えた当時の記憶を、彼女は常に、宝物のように大事にしてきた。チャーリーが生まれてから二十年近くがたったなんて、とても信じられない。けれどもうすぐ――あともう少ししたら――チャーリーが、大学のギャップイヤーを利用してワーキングホリデーを過ごしているベルリンから帰ってくる。それなのに、まだプレゼントも買えていない。パールはせっかくのまとまったお金を、冬には絶対に必要な上着か、それとも最先端のテクノロジーに使うかで迷っていたのだ。チャーリーの場合、最新のアプリが使えない屈辱を味わうよりも、寒さに耐えるほうを選ぶような気はしていたけれど。

クリスマスを前にした最後の忙しい数日は、例年なら、休暇シーズンの中でも一番楽しみにしているところだった。クリスマスの正餐《せいさん》に向けて、記憶に残る食事を準備するのだ。そして自家製のプディングとブランデーバターが平らげられたあとは、テーブルを片付けて、ほろ酔い気分に包まれながらジェスチャーゲームを楽しむ。そこからはだらだらした時間が心地よく続いて、誰かから時折の訪問を受けては盛り上がったり、浜辺を散歩したりし、夜が来れば暖炉の火を前にのんびりと過ごす。片手には飲み物、片手には良書をたずさえて、ゆっくり読書にふけるのだ。少なくとも、計画ではそんなふうに過ごすつもりだった。

教会の塔にロープで固定されている古い国旗が、突風にあおられてポールを叩き、パールの物思いを破った。風の強い日の浜辺で、緩んだ揚げ索が、帆船のマストにしつこくぶつかるときのような音がした。その音のところで、ちょうど〈きよしこの夜〉の歌詞――眠りたもう、いとやすく（由木康訳）――も終わったので、パールは郵便物をバッグから取り出すと、それぞれの封筒に切手が貼られ、きちんと封がされていることを確認した。

取引業者に宛てた小切手が入っているもののほかに、慈善寄付や、カレンダーを入れた封筒も多くあった。真っ赤に日焼けしたTシャツに短パン姿の観光客たちがシーフードカウンターを目当てに行列を作っているものなど、夏のハイシーズンのウィスタブル・パールをとらえた、素晴らしい写真を集めた店のカレンダーだ。だがその夏も、いまや遠い昔のことのようで、パールの手の中にある封筒の大半には、友人や親類や常連客に宛てたカードがおさめられている。メールで送れるグリーティングカードを使う人がどんどん増えてはいたけれど、パールにとっては、昔ながらのクリスマスカードが強い力を持ち続けていた。紙のカードは時間や距離の隔たりを越えて、かつて培われた人間関係が健在であることを知らせてくれたり、ちょっとした知り合いに対しても、こちらの存在と、また会えるかもしれない可能性を伝えてくれたりするものなのだ。

パールはそんなことを考えながら、最後の封筒を確認し、ポストに入れた。切手の貼られたその封筒には、この四か月間、パールの思いを独占していた男の宛先がはっきりと書かれていた――カンタベリー署、刑事捜査課、マイク・マグワイア警部。

2

十二月十五日（水）午前九時十五分

「悪いことは言わないからさ、パール。一年のこの時期だけは探偵の仕事を忘れて、レストランに集中したほうがいいよ」

英米のなまりが混じったやわらかな口調でこの助言をパールに与えたのは、ご近所のネイサンだ。この口調は、二十年をウィスタブルで暮らすことによって身につけたものなのだが、いまはその声に、どことなく張り詰めたものがあったし、その理由もパールにはわかっていた。パールは手の中のクリスマスカードに目を落としていた。安値でセット販売されるたぐいの粗悪品であることはひと目でわかった。表には、キラキラ光るラメを散らした雪景色の中に庭用のシャベルが描かれ、柄の先にはやんちゃなコマドリがとまっている。そしてカードを開くと、新聞から切り抜いた文字を使って、なんとも素敵な短いメッセージが記されていた。『**おまえには——自分のスタイルなどありはしない**』

「『——』」パールはしばらく口ごもってから続けた。「『**い**』？」パールは困惑にしかめた顔をネイサンのほうに上げた。

「ちなみにハテナマークはなしだ。断定している」少しだけ、カリフォルニアっ子らしいアクセントが強くなった。気持ちを鎮めようとするときの癖なのだ。

「でも、正しいメッセージだとは思えないわね」パールは、キッチンテーブルの向かいに座っているネイサンの姿をしばらく観察した。開襟シャツに、その襟よりも少しだけ色の薄い、空色のカシミアセーターを合わせている。リネンのズボンのシワは、計算されたうえで全体に入れられているものだ。茶色のレザーブーツは、この悪天候にもかかわらずピカピカで汚れひとつない。あえて短く伸ばした髭には白いものが混じっているものの、髪は濃厚な温かみのある茶色で、短くカットされている。四十二歳にしては健康的で若々しい。定期的にジムに通うことで、引き締まった体にも磨きをかけている。ネイサンの身仕舞《みじま》いは——いつものごとく——完璧だった。

「あなたってば、スタイルのかたまりみたいだもの」パールは言った。

「だよな」ネイサンも同意した。「なのに、どうしてこんなものを寄越すやつがいるんだろう?」

パールが反応する前に、ネイサンが慌てて「こたえなくていい!」と言いながら、カードをひったくった。「そもそも見せるべきじゃなかった。チャーリーを迎える準備をしなけりゃならないときに、謎解きに時間を使ってほしくないんだ。こんなことできみを煩わせるんじゃなかったよ」

それは確かにその通りなのだが、パールはやはり葛藤《かっとう》を覚えた。半年ほど前に〈ノーラン探偵事務所〉を開業して以来、一連の——殺人までからむ——事件を解決したことに対しては誇らしく思っていた。だがクリスマスの時期には、新たな事件に手を出して負担を増やすべきではないだろう。たとえ調査がうまくいって、ネイサンの傷ついたプライドを癒すことができるとしても。同時に、解決すべき謎が目の前にあれば、放っておくことができないのがパールの性分でもあった。

「単なる冗談かもしれないし」ネイサンはそう言いながらも、かなり傷ついている様子だ。

「もっとひどい内容でもおかしくなかったと思うんだけど」パールが言った。

ネイサンがサッと目を上げた。「たとえば？」

「同性愛差別的な」

「いい、それなら受けとめられるよ。だが――これはなぁ」ネイサンは眉をひそめながら、またカードを見下ろした。

パールはふたつの思いのあいだで揺れ動きながら、キッチンの壁に掛けてある時計にちらりと目をやると、コーヒーを飲み干した。「ほんとうに悪いんだけど、ネイサン。そろそろ店に行かないと」

「そうだよな」ネイサンは物思いから我に返った。「こっちも記事を書かなくちゃならないし」

「記事？」

「ウェブ上の女性誌に載せる記事で、ほんとうなら先週のうちに仕上げなくちゃならなかったんだ。いわゆる――〝新年の抱負〟ってやつ？」

「それなら、もう書き終えたんだと思ってた」

「まだ手をつけてもいない。なんだか思考停止状態でさ。ぼくの来年の抱負は、〝その手の記事は二度と書かないこと〟にしようかな」

パールはにっこりした。「だったらどうして引き受けたの？」

「だってしかたないだろ？　年に一度、クリスマスは必ずやってきて、そのたびにかなりの大金が消えていくんだから」

「そうね」パールはため息をついた。「わたしってば、まだツリーの飾りつけさえできていないし」

「そうだな」ネイサンは、居間の窓際にある、半ばまでしか飾られていない、背の高いモミの木に目をやった。「まったくひどいもんだね」ネイサンはあっさりと言った。もともと意見は率直に口にする主義だし、正直さに値する相手だと思っているパールに対してはとくにそうだった。ロサンゼルスにおいて優秀なコピーライターとしてのキャリアをスタートさせたネイサンは、まもなく自分の優れたアイデアが誇大広告に浪費されることにうんざりして、フリーのジャーナリストとしての活動をはじめた。それからは、さまざまな記事を書き続けているのだけれど、その対象はインテリアや料理のほか、彼の愛してやまない分野――映画――も含め、多岐にわたっている。

パールもツリーに目をやった。「電球を点灯させることさえできないでいるのよ」

「電球はきちんと締めたのかい？」

「もちろん」

「だったら、新しいやつを買うことだな」

「新しいやつなのよ」

ネイサンは同情するように言った。「クリスマスってのは人間を試すためにあるのさ。店が終わったらうちに寄りなよ。リオハのワインで慰労してあげよう」

「そうしたいところなんだけど」パールがネイサンに顔を向けた。「経理の件で、ダイアナに会わなくちゃならないの。この数週間、なんとか逃げ続けていたんだけど」

「不思議でもないな。ダイアナときたら、まさにドラゴンさながらだ」ネイサンがふと黙り込むと、またカードを手に取り、顔をしかめた。「こいつ、送る相手を間違ったんじゃないのかな?」

「こいつって?」

「これを送って寄越した女だよ」

「どうして女だと思うの?」

「男なら、ここまで陰険なことはやらないさ」

パールは訳知り顔を作ってみせた。「そうかしら?」

「そうとも」ネイサンがきっぱりと言った。「なんたって、こうも悪趣味な真似をするゲイなんて、ぼくはひとりも知らないからね」それからカードをテーブルにぽいっと投げると、悪趣味がうつるのを恐れるかのように紙ナプキンで両手をぬぐった。

パールは愉快な気分で空になったカップをシンクに下げると、あらためて、ネイサンのいない時間が長過ぎることを思った。仕事だったり友人を訪ねたりで、ヨーロッパのどこかやアメリカに行っていることが多いから、ウィスタブルにいてくれる時間を、パールはほんとうにありがたく思っていた――息子のチャーリーが家を離れてからはとくに。

「カードの件は忘れて、金曜日はうちに顔を出してよ」パールが唐突に言った。「聖アルフレッド教会でチャリティイベントがあるの。ホットワイン用に、果物を切るのを手伝ってくれないかしら」

ネイサンは片眉を持ち上げると、「でもそれって、ぼくの〝スタイル〟を活かせそうかな?」と冗談っぽく言ってから、ようやくパールの温かな笑顔に降参した。「オーケー。何時に来ればいい?」ネイサンは立ち上がりながら、ネイビーのコーデュロイのジャケットを椅子の背から取った。

「また連絡するわ」パールも、ネイサンのマフラーを手に取った。「ミンスパイも用意する約束になってるから、まずはそっちから片付けるつもりなの」

ネイサンはおとなしく、パールにマフラーを巻いてもらった。「きみはいろいろ抱え込み過ぎだぞ。自分でもわかっているんだろ?」

「断るべきときはわかっているから」

「ならいいけど」ネイサンは、テーブルに置かれたままのカードに鋭いまなざしを向けた。「だったらクリスマスまで、もう探偵仕事はなしだぞ」ネイサンは体を前に倒して、パールの頰にキスをした。「じゃあ、金曜日に」そう言って微笑《ほほえ》みながらウインクをすると、裏口から出ていった。

パールは、背の高いネイサンの姿をキッチンの窓から見送った。窓は庭に面していて、その向こうには海が広がっている。ただし今朝の景色はいまひとつだ。河口から広がる入り江の水はスレートのような灰色で、それがどんよりした空に溶け込んでいる。パールはテーブルに目を戻すと、カードではなく、そのそばにある封筒を手に取った。切手がなんだか変わっている。眼鏡をかけずに見るとアイリスのようだが、それ以上の思いをはせる前に電話が鳴りはじめた。受話器を取ると、しばらく耳を傾けてから、相手の言葉を遮《さえぎ》った。

「ちょっと待って。もう一度繰り返してもらえる？　それから、もう少しゆっくりお願いできるかしら？」

相手の話を聞きながら、パールは手の中の封筒に目を落とした。「そんな」パールはすっかり考え込んでしまった。


その午後、パールは店に出て、地元の不動産会社のクリスマスパーティを取り仕切っていた。このところ、ハイ・ストリートにある建物には、二軒に一軒の割合で新しい不動産会社が入っているかのようだ。ロンドンの南東部から車で一時間ほどの距離にある、いわゆる海沿いの家に対する需要が非常に高まっているのだ。そしてノースケントにある港町のウィスタブルで暮らそうとするＤＦＬが増えれば増えるほど、不動産会社の利益の一部がウィスタブル・パールにも回ってくることになるのだった。ただし今日のお客に関しては、料理よりも、ワインのほうを楽しんでいるようではあるが。

パールはカウンターから、自分の料理王国を見渡した。壁には、サクランボ色の電球で縁取《ふちど》られた絵が、横並びで飾られている。パールは才能さえ感じれば、苦労している地元のアーティストの作品を店に展示することでも知られていた。だがこの私的なギャラリーに飾られている作品の多くは、息子のチャーリーと、母ドリーの手によるものだ。チャーリーの作品が大胆で印象的なグラフィックアートであるのに対して、ドリーの作品は、たとえば流木や乾燥した海草など、海の〝忘れ物〟をテーマにしたような、一風変わった海の景色のコレクションになっている。

パールも店の内装についてはチャーリーに意見を求めることが多いのだけれど、最終的な決定権だけは自分のもとに残しておいた。これはパールの独立心の表れでもあり、おかげで彼女の店は、ハーバー・ストリートに立ち並ぶ、ミニマリスト的なこじゃれたほかのレストランとは一線を画しつつ——ドリーの突飛な作品の力も借りて——ウィスタブルらしい個性的な店の代表にもなっていた。

浜辺には立派なレストランが何軒かあるものの、ウィスタブル・パールは小さな宝石のような、魅力的で、町一番のシーフードが楽しめる店のひとつとして知られていた。シーフードカウンターでは新鮮な牡蠣《かき》、蟹《かに》、海老《えび》がいつでも楽しめるいっぽう、レストランのほうではパールの特製料理を味わうことができる。夏のあいだは、たとえばマグロ、サバ、天然のサーモンのマリネ、通年メニューとしては、軽くチリをきかせたイカのテンプラ、ショウガとパン粉をまぶしたホタテのソテーなどを提供している。

ウィスタブル・パールは、最高の食材をシンプルな形で提供する店として評判を取っており、しかもそれぞれの料理は、試作に時間をかけたうえで完成にいたっている。おかげでパールがいなくても、店は問題なく回せる。客を増やすことにはつながらなくても、安定した内容の料理を、常に出せるようになっているのだ。少ないながらに信頼できる従業員たちとは、家族も同然の付き合いをしていた。かつては問題を抱えていたティーンエイジャーのルビーも、パールの指導のもとで、素晴らしいウエイトレスになっている。モロッコ人の若い学生アーメドは厨房《ちゅうぼう》での仕事をきちんと助けてくれるし、外交的な母ドリーは接客にぴったりで、じつは牡蠣が嫌いなのを隠し、店の客にはしっかりお勧めしてくれる。

店があったからこそ、パールはシングルマザーとして息子を育て上げることができたのだ。だがチャーリーがカンタベリーにある大学に進学したことにより、かつての夢が目を覚まし、新しい挑戦をはじめるべきだと確信するにいたった。ノーラン探偵事務所を開業すれば、チャーリーを妊娠した際にあきらめることを選んだ、警察での訓練があらためて役に立つのではと思った。そして自分にはあると感じていた捜査能力を、はっきり証明できるのではないかと。母のドリーは、パールが息子のために、自分の人生を保留にしたと思っているようなところがある。恋を含め、大切な機会から手を引いていると。だがパールは決して、良きパートナー探しをあきらめたわけではない。ただ――いくつかの短い付き合いの中で感じた火花のようなものが、チャーリーの父カールにはじめて恋をしたときの熱い思いとは、あまりにもかけ離れていたというだけなのだ。だがそれも、この前の夏に起きた殺人事件にからんで、カンタベリー署の警部に対抗意識を燃やしたところから変わりはじめた。パールもしばらくは、ふたりのあいだに何かが起こるのではという思いにふけることがしばしばあった。だが夏が秋に変わり、日がどんどん短くなるとともに、マグワイア警部に対する記憶もかすれはじめた。だがまだ、完全に消えてしまったわけではなく――彼が姿を現さないことで、かえって興味をかき立てられているところもあった。

冬がはじまると、ドリーは毎年の恒例行事としてダンカン・ダウンにある村共有の緑地まで出かけ、店に並ぶ大理石のテーブルを飾るための小枝や木の葉を集めてきた。クリスマスツリーとしては、ハナミズキの木に目を見張るような飾りつけがほどこされた。スプレー塗料で真っ白に染め上げたところに、ドリーが何年もかけ集めてきたお気に入りのガラスボールをまとって、シーフードカウンターのそばに誇らしげに立っている。ドリーは、なんでもないものから美しいものを作り上げる独特の才能を持っていて、〝環境への責任〟がうんぬんされるだいぶ前から、リサイクルを当たり前のように行なっていた。母親の創造的な才能を高く評価しつつも、パール自身は、表層には見えない物事の深い部分や、人間の心の底に潜んでいるものを見つめるほうを好んだ。ドリーがこの町の目だとすれば、パールのほうはX線でとらえているようなものかもしれない。

「カードは四枚だったっけ？」ドリーは厨房から出てくると、きれいな牡蠣用の大皿をカウンターのうしろの棚にしまいながら、途中になっていた会話を蒸し返した。

パールはうなずいた。「ええ。しかも全部今日届いているから、一緒に投函されているはずなの」

ドリーは顔をしかめた。「もらったのは誰？——ネイサンのほかによ」

「〈レザーボトル〉のジミーと、美容サロンのシャーメイン」

これを聞いたとたん、ドリーはいきなり前のめりになった。「で、彼女のやつにはなんて？」

パールは黙り込んだ。こうも興味津々な相手には、とても詳細など教えられない。「話したら顧客の信頼を裏切ることになるから」パールは突き放すようにそう言うと、会話を終わらせようとした。

「調べるつもりだなんて言わないでよ」ドリーが言った。「この店だけでも充分に忙しいのに、いまはクリスマス前だし、チャーリーだって帰ってくるし——」

「わかってる」パールが素早く付け加えた。「正式に引き受けたわけじゃないから」

「だったら、カードになんて書いてあったのか話したっていいわよね」ドリーが巧妙に話をもっていった。

パールも、自分が罠にはまったことに気がついた。「不当なメッセージが書かれていたとだけ言っておくわ」

「だけど同時に、根拠がないとも言い切れないとか？」ドリーが訳知り顔に微笑んだ。

パールが母親を見つめると、ドリーが続けた。「あら、だって、もしも誰かを本気で怒らせたいんなら、ほんの少しだけ真実を混ぜ込むのがコツだとは思わない？」

その通りだ、とパールは思った。カードはネイサンの痛いところをついていたし、ほかのメッセージについても同様だった——が、中でもシャーメインのものは謎めいていた。『**他人を横目で見ていたら、自分は前に進めない**』と記されていたのだ。

ドリーがそこで、ほかの切り口から質問を投げかけた。「豊胸手術に関することとか？」

「え？」パールは物思いから我に返った。

「あら、気づいていないとは言わせないわよ。しばらく前から、船首像みたいな胸になっているんだもの。あのおっぱいときたら、角を曲がるときには、顔より先に見えるくらい。彼女の体には、メスの入っていない場所なんかほとんどないんじゃないかしら」

シャーメイン・ヒルクロフトが、だいぶ前からセレブに夢中で、すべての行動が——美容整形も含めて——それをベースにしていることは確かだった。パールの目には、シャーメインが常に四十代の後半に見えるのだが、少なくとももう十歳は年を重ねている可能性が充分にある。彼女の経営する美容サロン〈ウィスタベル〉には、芸能界関連の雑誌が山のように積まれていた。セレブが持っているものであれば、シャーメインはなんであれ欲しいのだ。たとえそれが、ハリウッドの人々には当然の、〝ちょっとした手入れ〟を彼女に課すとしても。

「ジミーのはどうなの？」ドリーが言った。

ジミー・ハーバートは、ミドル・ウォール沿いにあるレザーボトルというパブの店主だ。気立ての優しい男なのだが、三年前にヴァレリーと結婚してからというもの、ビールを注ぐよりも、飲むほうに時間を費やすようになっている。いまや店主としての責任はほとんど放棄してしまって、妻が切り盛りするのを黙って眺めているばかり。文字通り樽のようにふくらんだおなかを、つまみとビールによって着々と肥やしながら、大きな薄型テレビをぼんやり見ているだけで満足していた。〝ヴァル〟の愛称で呼ばれることを好むヴァレリーは、ウィペット犬のように痩せていて、蜂蜜《はちみつ》色の髪をかなり短めのショートにしている。夫に対しては、甘やかしつつも小言で責め立て、主導権を握り続けながら、自分は働き過ぎだと絶え間なくぼやくのだった。じつのところ、夫のもとに届いた安っぽいクリスマスカードに腹を立ててパールに連絡をしてきたのも、本人ではなくヴァルなのだ。そこに記されていた『ぐうたらな怠け者』というメッセージは——ヴァル自身が、たびたび夫に対して使う言葉でもあるのだけれど。

「意地悪な内容よ」パールは慎重に言った。

ドリーは考え込んでから口を開いた。「で、もうひとりは？　カードは四枚だと言ったでしょ。ネイサン、シャーメイン、ジミー——あとひとりは誰？」

パールは不動産業者のグループに目をやった。〈キャッスル不動産〉で働いている人々だ。手酌でシャンパンを注いでいる経営者のアダム・キャッスルを、若い従業員たちが憧れからなのか、でなければたっぷり出してもらったクリスマスボーナスに対する感謝の念からなのか、キラキラしたまなざしで見つめている。アダムはパールよりひとつ年下で、何倍も金持ちだ。好景気と競争心の賜《たまもの》といえるが、競争心のほうは、パールと同じ学校に通っていたころから際立っていた。学業面では一向にパッとしなかったものの、素晴らしいスポーツマンであり、勝利の味を知るとともに、そこに誇りを見出していった。会社のチラシや、地元の新聞に出す広告には、どこかに必ずアダムの写真が使われている。スマートなジャケットに開襟の白シャツを合わせてポーズを取り、牧神ファウヌスのような熱っぽい表情で大きな笑みを浮かべたところは、若き日のトニー・ブレアに似ていなくもない。その写真自体はなかなか感じがいいのだけれど、アダム本人に対しては、パールもあまりいい印象を持ってはいなかった。誰かが話しているときに、興奮気味の苛立ったような態度で話をかぶせてくることが多く、やたら急いでいるか、でなければ自分は重要人物だから、他人の話などゆっくり聞いてはいられないと感じさせるようなところがあるのだ。アダム・キャッスルの世界においては、時はまさに金であり——金にはまったく困っていないながらに、時を増やすことができれば、その分、得られる手数料も増えるのである。

パールがバッグからカードを取り出し、ドリーに渡すと、カードから取れたラメがカウンターに落ちた。ドリーは表に描かれた雪だるまを見つめてから、カードを開いて、新聞の切り抜き文字で記されたメッセージを読んだ。

「『金銭欲は諸悪の根源』」ドリーは静かに読み上げた。目を上げると、パールは相変わらずアダムのほうを見ていた。アダムはなんらかの小話を披露しているところで、彼に憧れる若いスタッフたちの注目を一身に集めている。ドリーは息を荒らげながら、「あの男が、こんなものを気にしてわざわざ相談をしてくるなんて、そっちのほうが驚きだね」と言った。

パールはカードを受け取った。「まあ、気にしていたとしても、もらったのが自分だけじゃないと知ったとたんに安心しちゃったみたい」

アダムの話のオチに合わせてグループからドッと笑い声が上がった。ふと、アダムの視線が店内を横切り、パールの目をとらえた。自分が話題になっていたことに気づいたのかもしれない。だが瞬時に不安の陰を消してチェシャ猫のようににんまり笑みを浮かべると、乾杯をするようにパールに向かってグラスをかざしてからシャンパンをひと口飲んで、隣に座っている魅力的な若い女のほうに注意を向けた。

「送り主に見当はついてるの？」ドリーが、パールがバッグにしまいかけていたカードのほうにうなずいてみせながら言った。

「いいえ」パールは正直にこたえたが、新聞の文字をいちいち切り抜いて、町のあちこちにカードを出すなんて、いったい誰の仕業なのだろうと、ますます気になりはじめていた。と、そこで店のドアが開き、なじみのふたり連れが店に入ってきた。ウエイトレスの若いルビーが、すぐにテーブルへと案内した。男のほうが店内を見やってパールを認めながら、妻を先に座らせた。「すぐに戻るわ」パールはドリーにそう声をかけた。

メニューをふたつ持って、新しい客のほうに急いだ。ふたりともあまり元気そうではなかったが、医者であるリチャード・クレイソンのほうは、患者のベッド脇で三十年の修練を積むことにより得た、機械的な笑顔をなんとか浮かべてみせた。語り口調は静かながら、リチャードの話すことには自然な重みが感じられたし、優しくて有能な先生だというので、地元では非常に評判のよい町医者なのだ。パールも、もしもリチャードが自分のかかりつけ医であれば、なんでも気楽に相談できそうな気がした。というのも、リチャードはしばらく前に、診療所をウイスタブルから隣町のタンカートンに移していたのだ。

リチャードは痩せていて背が高く、軽い猫背なせいで、遠くから見ると、どこか縦にしたカヌーのようだ。五十手前にもかかわらず、数年前に、もともとは黒っぽかった髪が急激に銀髪に変わってからというもの、実年齢よりもだいぶ年上に見える。

「来てくれて嬉しいわ」パールが温かく声をかけた。「元気かしら？」

「ああ、ありがとう」リチャードが礼儀正しくこたえながらも、確認を求めるかのように、妻のほうへちらりと素早く目をやった。アリス・クレイソンは弱々しい笑みを浮かべながら、パールからメニューを受け取った。

「いくつかプレゼントを買いにきたのよ」アリスは説明するように言ったが、自分たちが買った物を何も持っていないことに気づくと、小さく肩をすくめてみせた。「ここで何か軽くいただくのもいいかなって」

パールは微笑んだ。「わたしはこれから出かけるんだけど、母がしっかりみてくれるから。ダイアナに会う必要があるのよ」アリスが、ご近所の名前を耳にして目を上げた。

「経理の件でね」パールが言った。「そういう時期だから。でも金曜日にはまた、チャリティイベントで会えるわよね？」

「もちろんだ」リチャードが言った。「アリスがくじ引きの景品として、描いた絵を一枚、寄付しているものでね」リチャードはそこで、妻の青白い手を握り締めた。

「素敵だわ」パールは心の底からそう言った。「その絵を家に持ち帰れる人は幸運ね」

パールがカウンターのほうに戻ると、ドリーが舌打ちしてから、求めてもいない意見を述べはじめた。「彼女ときたら、横を向いただけで消えてしまいそうじゃないか」ドリーは、メニューを見続けているアリスのほうをにらみながら、「まるで幽霊みたい」と、つぶやいた。「彼女はなんだか――オフィーリアに似ているとは思わない？ あの、ミレーの絵の。青ざめていて、この世を超越しているかのような」

パールは白いエプロンを外すと、ドリーの言う通りだと思った。アリスにはまさしく、この世のものではないような雰囲気がある。ドリーは絵に関してもいいところをついていた。アリス・クレイソンは芸術家のミューズでこそないものの、彼女自身が、素晴らしい水彩画家なのだ。彼女のカルチャークラスは人気があって、ドリーもこの前の夏にクラスを取っていた。

「まだ、彼のことを乗り越えられていないんだね」ドリーが独り言のようにつぶやいた。

パールはつまらなそうに言った。「それ、百万回くらい聞いた」

「あんたは自分の目で見ていないから。わかりっこないよ」ドリーはイラッとした口調で言った。「あの若い子はアリスに首ったけだったし、両想いであることは誰が見ても明らかだった」

パールはドリーをまじまじと見つめたが、ドリーはひるんだ様子もなく続けた。「水彩画のクラスを受けていた人の多くが、ふたりの空気をビンビン感じていたんだから。生まれてこのかた、あんなに自分を邪魔者だと感じたことはなかったくらい」ドリーはアリスのほうに目をやった。「ノエル・カワードの歌にもあるように、彼女はあの子にぞっこん《マッド・アバウト・ザ・ボーイ》だったんだよ」

「子《ボーイ》どもってことはないでしょ」パールは言った。

「わたしに言わせれば子どもだよ」ドリーがやり返した。「二十七か二十八で、アリスよりも少なくとも十歳は若いんだから」

パールはリチャードが、妻に注文を決めさせようとしているのを見ていた。「もしそうなんだとしたら」パールは妥協するように言った。「どうして彼女はリチャードのそばにいるの？」

「そこがわからないのよ」ドリーが言った。「あの子の与えてくれる生活では安心できないと思ったのか、でなければ正気に戻ったのかも」

パールは母親の言葉について考え込んだ。「でなければ、その相手のほうが正気を取り戻したのかも」パールが言った。「なんたって、彼のほうから去ったんだから」

「そうだね」ドリーがようやく同意した。「そしてわたしに言わせれば、アリス・クレイソンはそれ以来、恋に身をやつしているんだよ」

ドリーは厨房に戻ったが、アリスはまだ、哀しげな瞳でメニューを見つめている。パールもしぶしぶながら、今回もやはり、母親の言うことが正しいのかもしれないと認めずにはいられなかった。

3

十二月十五日（水）午後六時十五分

パールが数字の書き込まれた綴りにじっくりと目を通しているかたわらでは、ダイアナも身を乗り出すようにしてその数字を見つめていた。

「飲食業から探偵業に、早々に乗り換えるのは難しそうだね」その口調を聞くかぎり、あくまでも確認であり、こたえを求めているわけではないらしい。

ダイアナが別々に作ってくれた収支計算書によると、ウィスタブル・パールがじつに健全な収益状況にあるいっぽうで、ノーラン探偵事務所のほうは支出をまかなうことさえできていなかった。これは驚きでもなんでもない。なにしろパールはここのところ、依頼内容をふるいにかけるというか、〝選り好み〟するようになっていたのだ。普通の探偵が生活のためにするような調査、たとえば連れ合いの不貞行為を暴くために夜な夜な張り込みを続けるような仕事はしたくなかった。何も余分な収入が欲しくて探偵業をはじめたわけではないのだけれど、一年のうちでもこの時期には、お金があるに越したことはない。店主としてもシングルマザーとしても見事に成功しているパールは、自分に向いていると直感的に思い続けてきた道に新たな生きる目的を見出したいと思っており――それもできることなら、二月に迎える、四十歳の誕生日までに実現させたかったのだ。

マイク・マグワイア警部と知り合ったことで、パールはもしも自分が彼の立場まで昇進していたとしたら、いまごろは型通りの捜査活動を行なってくれる部下が何人もいたはずなのにと思わずにはいられなかった。自分の力でいまの地位を手に入れたマグワイアは、正式に、重要な事件を捜査する立場にある。つまり手段、動機、機会を記したチェックリストを手に観察を続けるだけではどうにもならない、本物の事件の謎に向き合うことができるのだ。この夏、マグワイアのそばで――といっても許された範囲ではあるが――捜査をすることにより、警部が捜査の手順に絶対的な信頼をおいているいっぽう、直感の面ではパールのほうが勝っていることもはっきりした。だからこそパールは、自分の直感を最大限に活かせるようにと、それにふさわしい依頼が来るのを待っていたのだ。

ダイアナがコーヒーを差し出した。マグカップではあるが、高級な品だ。白い磁器で、縁《ふち》には金で模様が入っている。

「確かに探偵業のほうは、もう少し仕事を増やしてもよさそうね」パールは言った。「だからいまのところ、レストランをやめるつもりはないわ」

ダイアナが、両方の収支計算書にサインをするよう、パールにスタイリッシュなペンを差し出した。炉棚の上では優美な時計が、それを祝うかのようにベルを六つ鳴らした。パールは顔を上げると、炎のはぜる暖炉のそばに置かれた、大きなクリスマスツリーにみとれた。暖炉の前では、ダイアナの飼い犬であるラブラドールのドラマーが横になり、眠っている。ツリーは、伝統的な金色のオーナメントで飾られており、枝のあちこちに小さな赤いビロードのリボンが結ばれていた。包んでリボンをかけたプレゼントも、もうすっかり準備ができている。そのすべてが、ダイアナの趣味である、ヴィクトリア朝風のエレガンスを表現しているかのようだった。

ダイアナは、さまざまな酒の並んでいるテーブルに近づいた。シルバーのトレイに載った見事なクリスタルのデキャンタもあったのだが、ダイアナはそのそばに置かれていた新しいボトルを開けた。ラベルには、濃い赤の帆をつけた、オランダの艀《はしけ》のような船が描かれている。

「ほんとうにいらないの？」

パールは首を振った。「コーヒーにしておくわ。まだやらなくちゃならないことがたくさんあるから」

ダイアナがカットガラスのタンブラーに酒をたっぷりと注ぐと、暖炉の炎に照らされて、液体が暖かな輝きを帯びた。聞かなくても、ダイアナが愛飲しているダッチジンであることは見当がついた。ただし彼女はそれを、本来の名前である〝イェネーバ〟と呼ぶのだけれど。パールはさほどジンが好きではないものの、イェネーバの持つ、滑らかで芳醇《ほうじゅん》な味わいは高く評価していた。木樽で寝かせることによって生まれる、良質なウイスキーにも通じるスモーキーな風味があるのだ。大麦、小麦、ライ麦などの穀物が使われ、それぞれに独特の味わいをもたらすのだが、ダイアナはそのすべてを気に入っていた。

ダイアナはグラスをかざして微笑《ほほえ》みながら、勧めるように言った。「軽くひっかけたほうが、クリスマスの支度もはかどるんじゃない？」

パールはふと、ジンの力を借りて、夜にクリスマスの買い物をする自分の姿を想像してから、やっぱりやめておこうと思った。

「金曜日にね」パールは言った。「チャリティイベントの準備が終わったら付き合うわ」

「ああ、なるほど」ダイアナがグラスを手にしたまま考え込んだ。「あの牧師が、あなたの能力を利用しないわけがないものね。でなければ、あなたの寛大さを」

「わたしのほうから申し出たのよ」パールは公平に言ったが、聖アルフレッドの教会ホールでは、ホットワインを出す案でさえちょっとした挑戦だったことは黙っていた。パールはしばらく、コーヒーと、部屋の静かで穏やかな雰囲気を味わった。常ににぎにぎしいウィスタブル・パールとは大違いだ。ダイアナの家は切妻造りの大きな屋敷で、ジョイ・レーンの南側にある。この道は、町の入り口に位置する、通行税徴収人用の古いコテージからはじまる長い道で、一帯が、ウィスタブルの中でも独特の雰囲気を持つ、地価の高い地域なのだ。また、家の多くがダイアナの屋敷同様かなり広い敷地を持っているため、住居の需要が高まるにつれ、再開発のプレッシャーも高まっていた。

ジョイ・レーン地域の家は非常に人気があって、なかでも、庭から海を望める北側は引く手あまただ。道そのものはシーソルターの町までまっすぐ続いている。密輸と農場で歴史的に結びついているふたつの町を、二百五十年近くつないできた道なのだ。ジョイ・レーンの土地の多くが、かつては悪名高い〈シーソルター会社〉の創設者から貸し出されていたものだった。〝会社〟とは名ばかりで、実体は、密輸業者のグループに過ぎず、近くにある〈パーソネッジ農場〉を拠点にしていた。

その後、第一次世界大戦と第二次世界大戦のあいだに、さまざまな郊外様式を取り入れた住宅開発が行なわれた結果、ヴィクトリア朝様式の大きな戸建てが数軒と〈ローズ・イン・ブルーム〉というパブが建てられたのだった。北側にあるクレイソン家の屋敷には、門のついた入り口とプールがあり、海の眺めも楽しめる。だがダイアナの家〈グレイ・ゲーブルズ〉は、かなり植民地風の様式で、家族に伝わる品々がいろいろと残っていた。軍人だった父のライフルが羽目板張りの廊下の壁に飾られており、その隣には、立派な額に入った男たちの写真がかけられている。探検帽をかぶった男たちが持っているのは、何メートルもあるニシキヘビの死体のようだ。非常に保守的な外観の屋敷だが、これはダイアナ自身にも当てはまり、着る物も、カーディガンとセーターのアンサンブルに真珠を合わせるのがお気に入りだった。だが、今日のダイアナはいつになく華やかだ。ネックリボンのついたプッシーボウ・ブラウスにビロードのスカートを合わせ、五十歳を越えている割には細いウエストを見せている。いつもは厚めのボブにしている髪型も、少し長めに伸ばして、きちんとセットされているようだし、色も灰色というよりはブロンドに見える。クリスマスシーズンに合わせて、いかにも手を入れたという感じだった。

「クリスマスにはご家族が来るの?」パールが言った。ダイアナ自身に結婚歴はないものの、母親を若くして心臓疾患により亡くした甥のジャイルズがイーシャーに住んでいて、この甥をじつの息子のようにかわいがっているのだ。

「ええ」ダイアナが言った。「チャリティイベントに間に合うように到着して、ボクシング・デイまでいることになっているの」

「それは素敵ね」パールは礼儀正しくそう言ったものの、じつのところ、どうしてダイアナが、あのジャイルズをはじめ、妻のステファニーや、甘やかされた息子のニコラスと、一時間でも一緒にいられるのかがさっぱり理解できなかった。あのニコラスときたら、ドリーの愛車である古いモーリスマイナーを見たとたん、〝ピエロの車だ〟と厚かましくも言い放ったのだ。

「ジャイルズの新しい仕事はどうなってるの？」

「どの仕事のことかしら？」ダイアナが、収支計算書を整えながら言った。

「最後に聞いたときには、ベビーバスケットの会社に出資をして——病院にいる新米《しんまい》ママに、必要なものを届けるビジネスだって。素晴らしいアイデアだと思ったけれど」

「ときに、アイデアだけでは足りないってこと」ダイアナがきっぱりと言った。

「あら」

「ベビーバスケットの底が抜けたのよ」ダイアナが続けた。「文字通りにね。それでいまは、スポーツクラブに投資してるわ」パールは、ダイアナの口調にピリピリしたものを感じ取った。

「せっかくのお金をドブに捨て続けるだなんて、まったくバカバカしいったら」ダイアナは酒を口に含んだ。どうやらイェネーバのせいで、舌が緩んでいるらしい。「すべては予算の中で行なうべきなのよ。とはいえステファニーに、この言葉の意味が理解できるのかどうか」ダイアナはまた酒を飲んだ。「遅かれ早かれ、教訓を学ぶことにはなるだろうけれど」

ダイアナはしばらくためらってから、しゃべり過ぎたことに気づいたかのように慌てて時計を確認すると、空になったグラスを置いた。「悪いんだけど、これからリチャードに会いにいかなくちゃならないの」

「いいのよ」パールが立ち上がった。「リチャードなら、今日、店に来てくれたわ」パールはバッグを手に取りながら、ダイアナが興味津々という顔で自分を見ていることに気づいた。

「アリスと一緒に？」

パールはうなずいた。ダイアナはしばらく考え込んでから口を開いた。「そう、だったら、リチャードは彼女を家から連れ出すことができたのね。よかったこと」ダイアナは、パールの物問いたげな視線にこたえて言った。「単刀直入に言うけれど、アリスはどう見ても、まだ乗り越えられていないわよね？」

「乗り越えるって何を？」パールはこう返しながらも、おそらくは水彩画のクラスを取っていた若い男とのロマンスの件だろうと思った。ところがダイアナは、硬い声でこう言った。「もちろん神経衰弱よ。公然の秘密なんだから話したってかまわないでしょ。アリスは昔から神経が弱かったもの」

パールのほうはドリーとの会話を思い出さずにはいられなかったが、ダイアナは小さく肩をすくめてみせた。「リチャードのようなだんな様がいて、彼女はつくづく幸運よ。ほんとうに理解のある人だもの」ダイアナは穏やかに微笑んだけれど、すぐにその表情を曇らせながら、独り言のようにつぶやいた。「彼にはいくつか助言をしておかないと」ダイアナはパールに目を向けることもなく、まるで重要な決心をして、それを自分に対して確認するかのように言った。

「助言？」

ダイアナは物思いからハッと我に返ると、取り繕うように微笑んだ。「もちろん経理のことでね。会計士の助言なんて、そうと決まっているでしょ？」

パールはまとめてもらった収支計算書を示しながら、心を込めて言った。「うちも見てもらえて、ほんとうに感謝しているのよ、ダイアナ。事務所を閉めてからというもの、あなたがあまり顧客を取っていないことは知っているし」

「どうってことないわ」ダイアナは、パールの感謝を軽く受け流した。「単なる数字だもの。そして数字は、正しく扱ってさえあげれば必ず合うようになっている。何かを持ち出したら、その分はどこかから返さなければならない。バランスシートよ。なんだか人生に似ているわね」

パールは、経理とは、ひと言でまとめてしまえば〝ギャンブル的小宇宙〟である、という自分の考えを開陳するのはやめておいた。なにしろだいぶ前から、誰かに金を貸した場合、それが余裕のないときであればあるほど、必ずその小宇宙が、早々に利子付きで金を戻してくれることを発見していたのだ。とにかくパールがなんらかのコメントを口にする前に、突然火の前から跳ね起きたドラマーがフランス窓に向かって吠えはじめたかと思うと、センサー式の防犯灯が庭をパッと照らし出した。

「まったく！」ダイアナが、愛犬のあとを追いながら叫んだ。「また、あの害獣だ！」

フランス窓に近づくと、パールにも、大きなキツネが見えた。手入れの行き届いた広い芝の上で、悠々と餌をあさっている。「あの残飯は、鳥用に出しておいたのに」ダイアナはカンカンになっていた。「そもそもキツネってのは堂々と姿を現したりはしないものなのに、あのキツネの厚かましいことといったら、それこそ、うちの玄関をノックしたって驚かないね」キツネが、ふたりの視線を察知したかのように、ふと顔を上げた。ドラマーがまた大きな声で吠えた。

「ずいぶん人に慣れているようだけど」パールが言った。

「新しいご近所さんのせいだよ」ダイアナが食いしばった歯の隙間から言った。「あの連中がそそのかしているのさ。それもおそらくは——単なるいやがらせでね。さあ、追っ払っておいで、ドラマー」ダイアナがフランス窓を開けると、ドラマーは吠えながら、跳ねるようにして芝の上を横切った。キツネは一瞬、状況を推し量るように立ち止まってから、弾丸のようにパッと走り出した。ドラマーがそのあとを追ったが、キツネは庭の端にある茂みの下の穴から逃げてしまった。パールとダイアナが見守っていると、離れたところから男の声が聞こえてきた。

「どうしたんだ？」

ドラマーはキツネが通り抜けた生垣の下の、凍てついた地面を引っかきながら、その合間に吠え続けていた。ダイアナは中庭に出ると、寒いのもかまわずに芝生を横切り、大声で言った。「その汚らしい畜生を甘やかすなと、前にも言っておいたはずだよ。もしも、もう一度そいつを見かけたら――」

「何をするっていうんだい?」フェンスの向こうから男の声が言った。

「撃ち殺してやる!」ダイアナは一瞬のためらいもなくこたえた。

しばらくの静寂のあとに、木のきしむ音がした。パールがそちらに目を凝らすと、隣の敷地に立つ木々の高いところに、木の骨組みのようなものがあって、そこに男が立っていた。ギンガムのシャツと厚手のセーターにジーパンという恰好だ。浅黒い二枚目で、黒髪を肩のあたりまで垂らしたところはロマのように見えなくもないが、しゃべり方は、木こりというよりもパブリックスクールの学生を思わせた。男がダイアナを見下ろした。

「やってみろよ。そんなことをすれば、自分も同じような目にあうぜ」その声に怒りはなく、むしろ落ち着きのある尊大な口調だったので、ドラマーはかえって萎縮《いしゅく》してあとずさると、クンクン鳴きながら主人の元に戻った。

だが、ダイアナのほうは一歩も引こうとしなかった。「裁判所で会いましょう、サイモン」怒りを押し殺した声でそう言うと、男に背を向け、大またで家の中に戻った。「わたしがどんな目にあっているか見たでしょ?」ダイアナは憤慨しながらパールに言った。「なんだってあの人は、あんなろくでもない娘に家を遺《のこ》したりしたのかしら?」

ふと思い当たることがあり、パールもようやく理解した。ダイアナの家の裏手にあるのは、

〈グレインジ〉という名の古い屋敷で、もともとはフランシス・サリヴァンという、地元の歴史家で物書きでもあった男が所有していた。そしてフランシスは、一年ちょっと前に亡くなっているのだ。「確か孫娘があの家を相続したのよね」パールは思い出したように言った。「それからさっきのは、「ボニータ」ダイアナが、破裂音をしっかりと響かせながら言った。「それからさっきのは、その傲慢《ごうまん》な彼氏だよ」ダイアナは高い木々のほうを振り返ったが、すでに人影は消えていた。

「キツネの件で裁判をするつもりなの？」パールは困惑に顔をしかめた。

「まさか」ダイアナが苛立った声で言った。「あの木の上にある化け物の件で訴えるのよ。許可もなくあんなものを作るなんて。夏のあいだずっと、金づちやらノコギリやらで何かしているのはわかっていたんだけれど、まさかこんなことになるなんて。秋になって木の葉が落ちてみたら、あのいまいましいツリーハウスが、わたしの庭を見下ろしているじゃないの。地元議会に苦情を入れて、撤去するようにとの命令も出ているのよ。ただし、その命令を強制するとなると、これがまた別の話になるようでね。役人も来ているし、書状だってさんざん送られてきているはずなんだけれど、全部無視されてしまった。これはもう自分でなんとかするしかないと、あのふたりをプライバシーの侵害で訴えてやるつもりなの。充分に警告は与えられてきたわけだから――今度こそ、人の生活を盗み見た代償を支払わせてやる」

ダイアナは怒りのあまり体を震わせながら、パールを連れて家に入り、居間に戻った。そこでパールは、自分たちがふたりきりではないことに気がついた。マーサ・ニューカムという、ダイアナのところで頼んでいる年老いた掃除婦が、ちょうど部屋に入ってきたところだった。

エプロンドレスにつけた布製のホルスターには、さまざまな掃除用具が入っている。マーサは手に持っていた雑巾を振ってみせたが、ダイアナはそれを無視して、怒りを吐き出し続けた。「あれでヒッピーのつもりなのかね。平和だ愛だと大きなことを吹くわりには、他人のことなんかこれっぽっちも考えやしない」ダイアナは振り向いて、自分の怒りように驚いているマーサを見るなり、少し反省の色を浮かべた。「ごめんなさいね、マーサ。でもあなただって、わたしがあの連中をどう思っているかは知っているでしょ」

それからまた、フランス窓のほうに注意を戻すと、窓を大きく開いて、怒りに顔をひきつらせながら庭の隅をにらみつけた。「いまいましい環境オタクどもが！」

返事がなかったので、ダイアナは叩きつけるように窓を閉めると、大またで部屋を出ていった。残されたパールは、マーサとちらりと視線を交わした。老女は明らかに困惑した顔で、こたえを求めるように雑巾に目を落としてから雇い主を追いかけた。パールもそのあとを追おうとバッグを手に取ると、最後にもう一度、窓から庭の向こうに目をやった。すると、イチイの古木の枝には旗がかけられている。冷たい風にはためいているのは、海賊旗《ジョリー・ロジャー》だった。

4

十二月十六日（木）午後六時半

「まさに悲劇のレシピだね」ドリーはパールお手製のミンスパイを大きくひと口かじりながら、その不吉な台詞《せりふ》を口にした。パールはクリスマスのチャリティイベント用に二百個以上のパイを焼き、店のパントリーにしまってから、母親のところに顔を出したのだ。ドリーはミンスパイには目がないので、ついでに何か情報がもらえないかと、いくつかを差し入れることにしたのだった。

「言っておくけど、これは第三次世界大戦になるわよ」ドリーは、ショートクラストペイストリー生地で作ったサクサクのパイで声をくぐもらせ、黒いセーターから甘いかけらを払い落としながら言った。「ボニータときたら、よちよち歩きのころから手のかかる子どもだったうえに、すぐに反抗的なところを見せはじめて、最後には立派な反逆児になっていたからね」

パールは顔をしかめた。「彼女のことはあんまりよく覚えていないんだけれど、彼氏のほうはかなり気難しそうだった。でも、ハンサムよ」

ドリーはうなずいた。「サイモンには、ちょっとヒースクリフみたいな雰囲気があるわよね

――浅黒くて、危険な感じがして。ウィルトシャーだったかウォリックシャーだったか、どちらかの出身で、ボニータとはフランスで出会っている。ボニータはまだ三十前だけれど、もう少し大人になってもいいとは思うね。まったく、ボニータなんて名前、つくづくあの子には似合わない。なにしろスペイン語で〝可愛らしい〟の意味なんだから。母親のヴァージニアのほうは、それこそ本物の美人だった。トラベルライターと結婚すると、スペインのカタルーニャで暮らしはじめて。ヴァージニアはずっと父親との折り合いが悪かったんだけれど、それでもボニータを連れて帰省はしていたんだよ。子どものころのボニータときたら、いつ見ても小汚い恰好で。茶色がかった髪をふたつのお下げに垂らしていたから、どこから見てもあの子だとわかったくらい」

ドリーは思い返しながら舌を鳴らした。「ある年の夏は、とくに長いこと滞在していたのよ。ヴァージニアの結婚がだめになりかけていたんじゃないかしら。このままずっといるのかもしれないと思っていたんだけれど、秋になるとまた出ていった。いつものように、ボニータを連れてね。おそらくはピレネー地方のどこかに行ったんだと思う。じいさんのほうは、ボニータをパブリックスクールに入れたがっているという噂だったけれど――ヴァージニアは聞く耳を持たなかった。モンテッソーリ教育やシュタイナー教育を信奉していて、子どもには直観力を育てるための自由が必要だと考えていたのよ」

「それで彼女はどうなったの？　つまり、ヴァージニアのことだけど」

ドリーは顔をしかめた。「自動車の事故で亡くなった――もうあれから十年くらいになるはずよ。崖沿いの道のカーブでね。恐ろしい事故だった」ドリーはため息をついた。「ボニータはまだ若かったけれど、向こうにとどまった。なんといっても、彼女の家だったわけだから」

「これまではね」パールが言った。

ドリーはもうひとつミンスパイを手に取って、うっとりと見つめた。「フランシスがあの子に遺《のこ》したとは聞いていたけれど、ボニータならてっきり売り払うだろうと思っていたのに。どうやら動物保護に入れ込んでいるらしくて。新聞にも、生きた動物の輸出に反対する投書を寄せていたし。いかにもあの子らしいね」ドリーはパイをひと口頬張ると、味わってから思い出したように言った。「そういえば、動物保護施設をやりたがっているようなことを耳にしたっけ。あの屋敷なら敷地も充分にあるから、あそこを使おうとしているのかしら」

「ダイアナが口出しをしなければね」パールが渋い顔で指摘した。

ドリーはパイを食べ終えると、唇をぬぐってから、ふと心配そうな顔になった。「いま何時？」

「もうすぐ七時」

「ゆっくりパイを食べている場合じゃなかった！」ドリーはパッと立ち上がった。「出迎えをしなくちゃ！」

「屋根裏のお客様？」パールは、夏じゅう予約で埋まっていた貸し部屋に、冬になってもまだ予約が入るのかと驚きながら言った。

「今回はひとりなのよ」ドリーが言った。「カップルなのかと思っていたら、若い女性がひとりで来るらしくて。おそらく別れたんでしょ」

「クリスマスに？　それはついてないわね」

「まったくね。とにかく、六時四十分の電車で到着して、そこからはタクシーに乗ると言っていたから――いつ着いてもおかしくないわ」

　パールがこの情報を飲み込んでいるうちに、ドリーは廊下へと急いだ。そこへ外から、車の止まる音が聞こえてきた。ドリーが玄関を開けると、タクシーから乗客が降りてきた。トランクに積んであった荷物を舗道に下ろしてもらい、運転手にお礼を言っている。

　パールも通りに出て、ドリーの客に目をやった。小柄な女性で、艶やかな黒い前髪を垂らし、小粋な角度で赤いベレー帽をかぶっている。帽子の色に合わせた赤い手袋をはめ、黒いウールのジャケットにベルボトムのズボンをはいた彼女は、なんだか別の時代から飛び出してきた――現代のサリー・ボウルズ（ミュージカル『キャバレー』中のヒロイン）のような雰囲気があった。

「ドリーね」彼女は前に出ながら言った。

「ええ」ドリーはにっこりした。「こっちは娘のパールよ」

「カサンドラよ」その口調に、パールはヨークシャーのなまりを聞き取った。「でも、キャシーと呼んで。みんなそう呼ぶの」キャシーはキューピッドの弓のような深紅の唇を合わせながら、目だけで微笑《ほほえ》んでみせた。

「遠くから来られたの？」パールが言った。

「ヘブデン・ブリッジから。ハリファックスの西にあるマーケットタウンなの」

「それにしても時間に正確ね」ドリーが腕時計を叩きながら言った。

「ええ」キャシーはうなずくと、「雪が降らないでくれてラッキーだった」と言いながら顔を上げた。ハーバート・ストリートのあたりは、クリスマスのイルミネーションの光があるので星もあまり見えないけれど、浜辺に行けば、すっきりと爽やかに晴れ渡った空に星が輝いているはずだ。

「さあ、中を案内するわ」ドリーが、温かい屋内に戻りたいとばかりに早口で言った。

キャシーは、ハーバート・ストリートに立ち並ぶ、古風でカラフルな店舗のほうにサッと一《いち》瞥《べつ》を投げた。「なら、これがウィスタブルなのね」キャシーは独り言のようにつぶやいた。「最高」

それからスーツケースを持ち上げると、ドリーのあとについて、一階とは別に設けられている、屋根裏のフラット用の玄関に入っていった。パールはひとりであとに残りながら、あの子、恋人と破局したばかりにしては、ちっとも落ち込んでいるようには見えない、と思った。

天気がよければ、浜辺に沿って帰るところだ。ホースブリッジからプロムナードを抜ければ、ステップのついた裏門の向こうに、パールの家、シースプレー・コテージの庭が広がっている。夏であれば、この庭には花々が咲き乱れ、スイカズラやラベンダーのクラクラするような香りが漂っているのだが、厳しい冬の季節には、潮の混じった冷たい空気の影響もあって、魅力に乏しいみじめな様子をさらしている。小さな芝地もところどころで地面がむき出しになっているし、パールがオフィスと呼んでいる木製のビーチ小屋の周りに植えてあるジャスミンも、裸の枝を見せていた。

パールは一番近いルートであるアイランド・ウォールを通り、立ち並ぶコテージの正面側の窓から、ご近所さんたちの様子を眺めつつ帰った。どの家でもソファの周りにかたまって、テレビに映るクリスマスのCMを眺めたり、紙の鎖を作ったり、ツリーの飾りつけをしたりしている。なにしろクリスマスは、家族が集まるときなのだから。

ほかの時期であれば、冬のあいだはどの家でも夕暮れとともにカーテンを閉める。だがクリスマスのシーズンだけは、どの家族も、祝祭用のデコレーションを見せたいのだ。窓という窓が、クリスマスツリーのライトやハヌカー(ユダヤ教の祭日)の蠟燭《ろうそく》で煌《きら》めきながら、くつろぎとごちそうのときを告げている。クリスマスは愛をもって人との親交を楽しむときでもある。そのぬくもりによって寒さを締め出すとともに、常緑樹のヤドリギやヒイラギといった、いくらか異教徒的なシンボルを飾り、春が近づいていることを思い出すのだ。

とはいえパールも、自分の家が、友人や家族を迎えるクリスマスの輝きに、まだまだ欠けていることはよくわかっていた。今年は、すっかり油断しているあいだにクリスマスが来てしまったかのようで、準備不足というのが理由のひとつだ。いまだに窓の飾りつけさえできていないことも、祝祭ムードからおいていかれているという焦りに拍車をかけた。だとしてもどこかで遅れを取り戻し、クリスマスイブには客を招いて、毎年恒例のささやかなカクテルパーティを開くと決めていた。

玄関の前に着き、バッグから鍵を取り出したところで、背後からの足音に気がついた。振り返ると、夢でも見ているのかと思った。マグワイア警部が目の前に立っていたのだ。ただし、ずっと心の中で思い描いてきた姿とは違っている。ヴァイキング風のハンサムな顔と、秀でた頬骨をすっきりと見せている両サイドの短い金髪こそそのままだが、夏の日焼けはすっかり落ちて、寒さに襟を立てながら、重たげな灰色のジャケットを着ていた。パールは通りの向こうにとめてある車をちらりと確認しながら、どうやら夢ではないみたいね、と思った。

「わたしに何か問題でも？　それとも友人として来てくれたのかしら？」パールは言った。

マグワイアはどうこたえたものかと、時間を稼ぐかのように微笑んだ。「たまたま近くに来たものだから。顔を出して、クリスマスカードのお礼を言おうと思ってね」そして一歩パールに近づきながら、両手に息を吹きかけた。「この寒さから、逃げられたりはしないかな？」

パールは手の中の鍵を思い出し、すぐに玄関を開けた。スイッチをつけながら中に入るなり、玄関のそばの絨毯《じゅうたん》に落ちていた何通かの封書を踏んづけていることに気がついた。マグワイアがかがみ込んでその封書を拾うと、差し出しながら、パールの目をとらえた。

「元気そうだな」

「そう？」パールは、マグワイアが慎重に言葉を選んでいるのを感じた。はっきりと誉めているわけではないが、それをほのめかしている。封書をテーブルに置くと、パールはコートと帽子を脱ぎながら、マグワイアが自分を見つめていることに気がついた。

「何？」

「髪が」マグワイアが言葉を切ってから続けた。「ずいぶん伸びたなと」

パールは笑みを浮かべた。「最後に会ってから何か月もたつんだもの。ひょっとして、結局はロンドンへの異動を受けたのかって思いはじめていたくらい」

「そういうわけではないんだが、ロンドンにいることが多かったのは確かだな。長い裁判のからむ事件があって」マグワイアは付け加えた。「ようやく終わったばかりなんだ」

「正しい判決が出たの？」

マグワイアは肩をすくめた。「常に勝てるとはかぎらない」

「コーヒーにする？」パールが微笑みながら言った。

「もしあるならビールがいい」

パールがキッチンに入ると、マグワイアはクリスマスツリーに目をやった。周りには、アロマキャンドルや箱入りの洗面用品など、まだラッピングのできていないプレゼントがいくつか置かれている。

「チャーリーはどうしてる？」マグワイアがキッチンに入りながら声をかけた。パールのほうは、引き出しから栓抜きを手に取ったところだった。

「九月からベルリンにいるの。Tシャツ会社にいる友だちの手伝いで、デザインをしているみたい」

「だが、連絡は取っているんだろ？」

「わたしとしては、もっと頻繁に連絡したいところなんだけれど。なんとまぁ、携帯をなくしちゃったみたいで」パールは哀しげに言った。「それにほんとうなら、いまごろはもう帰ってきていたはずなのに、ひどい風邪にやられて、飛行機にも乗れないってわけ」

「もうよくはなったのか?」

「気管支炎をのぞけばね。風邪のことだって、心配させたくないからってつい最近まで教えてくれなかったし」パールはひと呼吸置いてから続けた。「それで、なんとかクリスマスイブの便を手配したの。大枚をはたいたあげくに、夜十時に到着する便しか取れなかったけど」

「だがそれだけの価値はある」

パールの声がやわらいだ。「もちろん。だとしても、もう少し体調管理をきちんとしてよって思っちゃう」

「クリスマスのあいだは、きみがきちんと見てやれるじゃないか」マグワイアが、訳知り顔に言った。

パールはそう言われると気分が明るくなった。「住んでいたカンタベリーの部屋は手放していないし、ちょっとした運の助けもあって、来年の九月からは新しいグラフィックデザインのコースを取ることになってるの」

「だとすると、ばったり出くわすこともありそうだな」マグワイアが言った。「ベスト・レーンにある、小さな部屋に越したばかりなんだ」

パールが顔を上げた。「川沿いの?」

マグワイアが小さくうなずいた。

「素敵ね」パールはビールを差し出した。マグワイアはラベルを見て、お気に入りのビール――オイスタースタウトであることに気がついた。ひと口含んでその瞬間を味わいながら、すぐ外にある風のない浜辺で、パールの存在に心が温められたときのことを思い出した。マグワイアはボトルを示してみせた。「カンタベリーでは、まだ見つけたことがないんだ」

「ウィスタブルにならいくらでもあるわよ」パールが言った。「それが戻ってくる理由になるかしら？」

パールを見つめながら、マグワイアは、「なるね」と言った。それからもうひと口ビールを飲むと、キッチンの棚にピンでとめられている、いくつもの小さなカードが目にとまった。ミンスパイやホットワインについての覚え書だ。マグワイアの頭の中を読んだかのように、パールが突然こう言った。「クリスマスの予定は？」

「仕事だろうな」ドナを亡くしてからというもの、クリスマスが自分にとっては一年でもとくに辛い時期であり、進んで勤務を申し出ていることは黙っていた。振り返ると、パールはふっくらしたグリーンオリーブにレモンをしぼっているところだった。ふと、彼女から時間を奪っていることに、そこはかとない居心地の悪さを覚えはじめた。「電話をかけてから来るべきだったよな――」

「わたしの電話番号はまだ持っているの？」パールは期待をするように目を上げた。

「どこかにな」マグワイアの声は優しかった。

「ならよかった」パールはオリーブを差し出した。「連絡を取り合いたいと思っていたから」

マグワイアは相手の率直さにドギマギして、何も言うことができなかった。

パールが少し身を寄せた。「調査にからんで、ときどき助けが必要になるかもしれないし」

「なら、まだ探偵ごっこをしているのか？」

茶化したようなマグワイアの笑みに刺激されて、パールは鋭くやり返した。「〝ごっこ〟じゃないから。じつを言うと、今日だけでも、四人の依頼人候補と連絡を取っているのよ」パールはオリーブを口元に持っていき、歯でかじりながら、その実を味わった。「うーん。これぞシチリアのオリーブだわ。食べてみて」

マグワイアがようやくひとつつまんでから言った。「四人だって？」

「中傷被害ね」パールは、ネイサンに届いたクリスマスカードをマグワイアに差し出した。

「どう思う？」

マグワイアはカードにぞんざいな一瞥を投げると、ひょっとするとからかわれているのだろうかと思いながら、パールに目を戻した。「送り主には、一風変わったユーモアのセンスでもあるんじゃないのか？」

「かもしれない。だけど、わざわざ新聞から文字を切り抜くなんて、ちょっと不気味だとは思わない？」

マグワイアはもう一度、今度はじっくりカードを見つめると、いつもの手順に帰ることにした。「このカードを受け取ったのが誰であれ、警察に連絡をするべきで――」

「そしたら捜査をしてくれるの？」パールは素早く言った。「じつは、自分で犯人を捜したいのはやまやまなんだけれど、いまは依頼を受けられる自信がないのよね」

「詳細は記録される」マグワイアが言った。

「で、忘れ去られるってわけ？」なにしろ都市部で犯罪があれば、小さな田舎町で数名が受け取った底意地の悪いメッセージなど、あっさり後回しにされることくらいは想像がついた。パールはマグワイアからカードに目を移すと、居間に戻って、半分しか飾りつけの済んでいないクリスマスツリーを見つめた。「ネイサンの言う通りだわ」

「ネイサン？」マグワイアが言った。

「友だちよ」パールは言った。「チャーリーが帰ってくるとなればやることはいくらだってあるのに、わたしはツリー用の電球をつけることさえできていないの」

マグワイアはパールの視線の先にあるツリーを眺めた。「ヒューズは確かめたのか？」

「何もかも確かめたわよ」

マグワイアはビールを置くと、小さな電球をひとつひとつ締めていった。

パールは首を横に振った。「だから、それはもうやったんだってば」

「もう一回試してみろって」

「でも――」

マグワイアがどうしてもという顔をしているので、パールも抵抗するのをやめ、一緒に電球を締めはじめた。「LEDのものに替えたほうがいいのかも」パールの視線の先では、マグワイアが見逃しのないようにしながら手際よく電球を締めていた。「問題は」パールは続けた。

「LEDの光ってなんだか冷たいけれど、その――」マグワイアがほんのすぐそばに立っていることを意識すると、パールの言葉が途切れた。マグワイアは振り返ったとたん、ムーンストーンのようなパールの目に、心地よく捕らわれたままになった。

「何？」マグワイアの声は優しかった。

「電球の色は――」だがパールが言い終える前に、パッと明かりがついたかと思うと、電球が次々と点滅をはじめた。「金色だから」パールは驚きながら言った。「いったいどうやったの？」

「協力の賜《たまもの》さ。〝人手の分だけ仕事は楽に《メニー・ハンズ・メイク・ライト・ワーク》〟というじゃないか」マグワイアがビールを手に取り、満足そうにひと口飲んだ。

パールはマグワイアをしばらく見つめてから口を開いた。「今夜はどうして寄ってくれたの？」

「言ったじゃないか。近くに来たからさ」

「どうかしら」

マグワイアはパールを見返した。「ところで、パール、その――」

「何？」

「その――明日の夜は忙しいよな？」

「大忙しよ」

マグワイアはがっかりしたのを隠すようにビールを持ち上げた。

「どうして?」パールは言った。

マグワイアは肩をすくめ、「なんでもない。そろそろ行かないと」と言いながら玄関のほうに向かった。

「待って」

マグワイアが振り返ったところで、パールは言った。「わたしはほんとうに〝忙しい〟の。明日は地元の教会で、ホスピスのためのチャリティイベントが行なわれるのよ。これなら、もっともな理由でしょ。だから、もしもまた近くに来る予定があるんなら――」

マグワイアは黙ったまま、パールの言葉の続きを待っていた。

「一緒にどうかと思って」パールは言った。

マグワイアは一瞬ためらってから言った。「時間は?」

「七時」

マグワイアはしばらく考えているふりをしてから、ようやく笑みを浮かべて言った。「じゃあ、そこで会おう」


マグワイアが出ていってからも、パールはしばらく、閉じた玄関を見つめていた。車のエンジンがかかり、夜の中へと走り去る音がした。パールは空になったオイスタースタウトの瓶を手に取り、ツリーの上で華やかにまたたいている光を見つめながら、マグワイアが彼女の人生に戻ってきたことで、自分の心にも明かりが灯っていることに気がついた。

5

十二月十七日（金）午後四時

「だったらその警部に、例のいやがらせカードの件を話したわけだ」

「気をつけてよね」パールが言った。ネイサンはキッチンのテーブルでパールの隣に座り、ホットワイン用のリンゴを切っているのだが、一番切れ味のいい包丁を使っているにもかかわらず、手元にはほとんど注意を払っていなかったのだ。

「それで、捜査はしてくれるって？」ネイサンが、手元に注意を戻しながら言った。

「そうは言ってなかった」

「なら、なんだってここに来たんだ？」

「言ったじゃない、警部は――」パールはひと呼吸置いてから言った。「――たまたま近くを通りかかったのよ」

ネイサンは、相手の悩ましげな気分を察してちらりと目をやると、包丁の先をパールに向けて言った。「ひょっとして、夏に関係したのと同じ警部なのか？」

パールは、包丁の向きを変えさせながら言った。「別に〝関係した〟わけじゃないから」

「例の殺人事件にからんでってことだよ」ネイサンが、どこか疑っているような目をパールに向けた。「彼女はちと、ムキになり過ぎているようだ《Methinks this lady doth protest too much》（『ハムレット』中の台詞を元に、誰かが何かをムキになって否定した場合などに、皮肉めいた決まり文句として使われる）」

パールは自分も包丁を手に取った。「お願いだから、作業に集中してくれる?」

ネイサンもしばらくはおとなしくリンゴを切っていたものの、結局、好奇心には勝てなかった。「で、どんなやつなの?」

「正直なところ――」パールは首を振りながらため息をついた。「わたしにもよくわからないのよ」

ネイサンが、これは話す気がないなと踏んだところへ、パールが突然、何かを認めるように口を開いて意表をついた。「ときどき、すっごく気にさわる人なの。失礼だったり、あからさまにバカにするような態度を取ったり」

「きみをかい?」ネイサンは驚いて言った。

「わたしの探偵事務所をよ」

「おっと」

「それを除けば、ほとんど何も知らない」パールは、ほんとうにその通りだと実感しながら言った。「自分の手札は、できるだけ隠したままゲームするのが好きみたいで」

「ふーん。ダークホースかい?　好奇心をそそられるな」

「自分で判断しなさいよ。今夜のイベントに誘ってあるから」

ネイサンが顔をしかめ、「教会の催しに?」と言いながら、叱るような目をパールに向けた。

「それじゃあ、お世辞にもホットなデートだとは言えないぞ。それとも、そいつはトンボラ（ビンゴに似たゲーム）の景品としてお持ち帰りされることになっているのかな?」

パールが言い返そうとしたところで、ふいに玄関のベルが鳴った。ひょっとしたら、またマグワイアが顔を出す気になったのかしらと思いながらエプロンを外し、髪を軽く直してから居間に向かった。居間から玄関に目をやると、ガラスのパネルの向こうに見覚えのあるシルエットが見えた。マグワイアではない。フィリス・ラスクだ。フィリスは町ではよく知られたハーバリストで、ハイ・ストリートに健康食品のショップを構えている。タンポポの綿毛《わたげ》のようなプラチナブロンドが光輪のように顔を包み込んでいて、美人ではあるが、掛け値なしの巨体だった。いつもは非常に陽気なたちなのに、パールが玄関を開けてみると、フィリスの目はなにやら哀しそうで、顎も明らかに震えていた。

「ごめんなさい、パール。でも、話を聞いてもらいたくて」フィリスは切羽詰まった声でそう言うと、ポケットからティッシュを取り出し、目元を押さえた。

「入って」パールはすぐさま、意外な客に向かって玄関を大きく開いた。フェイクファーのピンクのコートのせいで、巨体がますます大きく見える。フィリスにはどことなく、体だけ大きくなった少女のような雰囲気があるのだけれど、コートについているポンポンによって、その印象がさらに強まっていた。六歳のころのパールには、指の付け根にえくぼのできるフィリスの手がうらやましく思えたものの、体育の授業がフィリスにとってどれほどの苦行であるかを知ると、その羨望もしぼんだ。フィリスは小学生時代から大学生になるまで喘息《ぜんそく》用の吸入器が手放せなかったのだが、二十代のときに薬草学の課程を取りはじめて以来、さまざまな自然療法によって、とうとうアレルギーを克服したのだった。だがそれも、体重の問題を改善することにはつながらなかった。なにしろ医者からは間違いなく、医学的な肥満だと診断を下されるレベルなのだ。フィリスは手袋を外し、ハンドバッグを探った。

「どうしたらこんなに残酷なことができるの、パール？」

ネイサンがキッチンのドアからひょっこり顔をのぞかせたところで、フィリスがバッグからカードを取り出すと、パールに渡した。表には、トナカイの引くソリに乗ったサンタが、ラメを散らした屋根の上を飛んでいる。パールは心の準備をしてからカードを開いた。中には、新聞の切り抜き文字を使い、シンプルなひと言が記されていた。『がっついた豚』

フィリスは顔をくしゃくしゃにすると、声を上げて泣きながら、巨大なマシュマロのようになってパールの腕の中に転がり込んだ。パールとネイサンは、フィリスの肩越しに困ったような視線を交わした。

一時間後、たっぷりの紅茶と同情、そしてもちろんいくつかのミンスパイの助けも借りて、パールはようやくフィリスを慰めることに成功すると、家に帰らせた。ネイサンが、フォルクスワーゲンのヴィンテージカーで送っていったのだが、ふたりを見ていると、どことなくノディとビッグイヤー（英児童文学のキャラクター）を思い出した。フィリスに届いたカードはいま、ネイサンのものと一緒にパールのテーブルに並んでいる。これがジョークだという可能性は、そもそもあったと仮定しても、ますます低くなったように思われた。この謎にはさまざまな要素がからみ合っているようだが、チャリティイベントが数時間後にはじまるということもあって、じっくり考えている余裕はなかった。

料理が終わると、キッチンの棚にとめてあったいくつかのメモを外し、その夜のイベントに向けての仕事がほとんど片付いたことを確認した。ライ麦パンに、グラブラックスという北欧風のサーモンマリネ、サワークリーム、ケイパーを載せたカナッペ。ズッキーニで作ったヌードルはビーガン用に準備したものだが、これはおそらく、ボニータ・サリヴァンとサイモンが喜んでくれることだろう。

それとは対照的に、ダイアナ・マーシャルのほうは、肉好きを隠そうともしていない。しかも、ローマ神話の狩りの女神の名に恥じない射撃の腕を持っているから、ウサギ、キジ、ヤマシギ、タシギなども見事に仕留めるし、さらには釣りまでいくらかたしなむ。

もしもフランシス・サリヴァンが騒ぎの起きることを願っていたのだとしたら、孫娘に家を遺《のこ》すことによって、見事にそれをやり遂げたわけだ。若いボニータは明らかにお隣と対立しており、その関係が改善する見込みもない。パールはそんなことを考えながら最後に切り終えた果物を冷蔵庫にしまうと、シャワーを浴びようと二階に上がった。

束の間とはいえ自由な時間ができたので、カードを受け取った面々について思いをはせた。地元の人間であるという点を除けば、五人にははっきりしたつながりがなく、互いにいくらかの認識がある程度だろう。不動産業者、ハーバリスト、パブの主人、美容サロンのオーナー、ライター。明らかなつながりはまったくない。何もかもが頭に引っかかったが、できるだけ考えないようにして、今宵《こよい》のイベントに向けて準備をした。

熱いシャワーを浴びると、ふわふわの大きな白いバスタオルで体を包み、濡《ぬ》れた足跡を寝室の厚手の絨毯《じゅうたん》につけながらクローゼットに近づいた。中から取り出したのは、赤いクラッシュベルベットのセクシーなワンピースだ。これなら、今夜の祝祭の雰囲気にもふさわしいはず。それからほんのしばらくのつもりでベッドに横たわると、窓にちらりと目をやった。表では、白く泡立つ波が北風にあおられながら砕けており、暗い海に散らばる船の航海灯がルビーやエメラルドのように煌《きら》めいている。目を閉じると、砂利浜に押し寄せては砕け散る波の音に耳を澄ませた——。

ほどなく波の音に混じり、浜を近づいてくる足音が聞こえてきて、マグワイアが波打ち際に立っているのが見えた。白いシャツにジーパンを合わせ、金髪は艶やかに撫でつけられている。晴れた日の海を映したような青い瞳。マグワイアは黙ったままかすかに微笑《ほほえ》むと、手を伸ばし、パールの頬をなぞった。「メリー・クリスマス」それからキスをしようと身を寄せてきて——。

そこでマグワイアの携帯が突然鳴りだし、けたたましい音で魔法のような瞬間をぶち壊した。パールが目を開けるとマグワイアは消えていて、鳴っているのはベッドのそばに据えられた寝室用の電話であることに気がついた。半分寝ぼけながら受話器を取ると、ドリーの声が聞こえてきた。「パール?」

「どうしたの？」パールは眠たげな声で言った。

「どうしてまだ家にいるのよ？　もうすぐ六時半だっていうのに」

浜辺の海のように胸を波打たせながら、パールは素早く反応した。パッと立ち上がるなり、ベッドカバーの上から赤いワンピースをつかんだ。「ミンスパイをテーブルに出しておいて。それからプルー牧師には、すぐに行くからと伝えてちょうだい」

6

十二月十七日（金）午後七時

広々とした聖アルフレッドの教会ホールは奥に舞台がついており、ここでは無言劇やコンサートなどもちょくちょく行なわれている。地域社会の公共施設のような場所であるとともに、その精神で満ちあふれてもいた。たとえば舞台にかかる赤ワイン色のフラシ天でできた左右の幕も、古い幕がすっかりくたびれてしまったというので、ボランティアのグループが協力し、作り上げたものだ。ホールは、フィットネスのレッスン、ファーマーズ・マーケット、バドミントンの試合と、さまざまな活動に利用される。パールが、ドリーの電話から一時間もしないうちに到着してみると、ホールの雰囲気はすでに一新されていた。

壁には、地元の小学生の手によるクリスマスをモチーフにした作品がずらりと飾られているし、小さな蠟燭《ろうそく》の灯されたテーブルには、すでに料理や、くじの賞品として寄付された品々が重たそうに並んでいる。ステージの下にある巨大なクリスマスツリーは、かつてはパールに言い寄っていた高級青果店〈コルヌコピア〉のオーナー、マーティ・スミスが寄付したものだが、ボランティアの手によって飾りつけがなされ、銀色のライトで輝いている。会場に流れている音楽が、プロコフィエフの組曲〈キージェ中尉〉の中の〈トロイカ〉だったことから、パールはふと、雪の降り積もった通りを疾走するトロイカを思い浮かべたが、それからまた音楽が、チャイコフスキーの〈くるみ割り人形〉の〈金平糖《こんぺいとう》の精の踊り〉へと変わっていった。

パールは賞品の並んでいるところへまっすぐに向かった。一番の目玉は、アリス・クレイソンの手による水彩画だ。ウエスト・ビーチからの景色なのだが、ウィスタブルが熱帯の安息所のようになる暑い夏の日を描いたものではない。早朝のどんよりした空の下に、干潮時の干潟が寂しげに広がっているところが、喪失と孤独をひしひしと感じさせた。アリスは閑散とした不毛な景色をもとに、心に訴える見事な作品を描き上げていたが、パールとしてはそこに、画家本人の悲劇の影を感じ取っていた。アリスが才能のある美女であることは確かであって、絵の中の荒涼とした景色には、彼女の思いが反映されているとしか思えない。パールはふとそんなことを考えながら、ドリーが話していた、夏にアリスの水彩画のクラスを取っていたという若い男のことを思い出した。すると今度は、ダイアナの言葉が頭に浮かんだ。リチャード・クレイソンについて〝理解のあるだんな様〟と言っていたのは、アリスの浮気のことが頭にあったからなのだろうか。だがそのふたつの考えを結びつける前に、大きな声が聞こえてきた。

「パール！」

プルーデンス・ローソン牧師が、どこまでも温かい笑顔を浮かべながらパールに挨拶しようと近づいてきた。三十代後半の小柄な女性で、桃を思わせる、磨きたてのような肌をしている。プルー牧師と呼ばれるのを好む彼女は、常にお香の香りをさせていて、職業柄と季節柄、どちらから言っても驚くほど短いスカートをはいていることが多い。パールは常々、まるで充電したバッテリーのように、内に大きな力をためている人だと思っていた。なにしろ五年前にこの教区に来て以来、その熱意で自治会を解散に追い込み、積極的な募金活動によって数多くの慈善事業を支え――ついでに、その急進的な態度で、地域社会の保守的な集まりのいくつかを苛立たせてきたのだ。

「遅れてごめんなさい」パールが慌てて言った。「でもすっかり準備はできているから。あとはホットワインの支度をすればいいだけ」

「素敵！」プルー牧師が顔を輝かせた。「何もかも順調よ。ちょっと失礼して、スカウトの子たちに挨拶をしてくるわね」牧師が去ると、舞台までの視界が開けて、袖から、おなじみの大きな姿が出てくるのが見えた。真っ赤なサンタの上下を着て、幅広の黒いフェイクレザーのベルトをしっかりと締め直している。

「どうだい？」ジミー・ハーバートは、綿《わた》で作った顎髭《あごひげ》を片手でまっすぐに撫でつけ、もう片方の手では、短く刈り込んだ黒髪を隠すように赤いフードを引き上げた。

パールは励ますように微笑《ほほえ》んだ。「子どもたちは、絶対に本物だと思い込むわよ、ジミー」

レザーボトルの店主は、これを聞くとうなずいた。「よし。つまるところ、すべてはそのためだからな」ジミーはクリスマスツリーのそばの席に腰を下ろすと、黒くて大きなサンタの袋を引き寄せた。「例のカードについては何かわかったのかい？」

パールはかぶりを振った。「残念ながら。だけどひとつだけ――もらったのは、あなただけじゃなかったの」

ジミーは驚いたようだった。

「いまのところ五人」パールは言った。「わたしが知っているだけでね」

ジミーはベルトを緩めながら考え込んだ。「こちとら、〝ぐうたら〟どころではない悪口を言われたこともあるしな」ジミーは諦観《ていかん》したように言った。「正直、あのカードについても、妻ほど気にしちゃいないんだ。カッカしているのはあいつのほうなんだよ。俺に言わせりゃ、クリスマスってのは、軽蔑や疑いの目をご近所に向けるべきときじゃない。だから、何もかも忘れちまうのが一番じゃないのかね？」ジミーは、ステージに掛けられた横断幕を親指で突いてみせた。地元の小学生により、金色のラッパを吹く天使たちで飾られており、『皆人《みなひと》に平和と善意を』というメッセージが記されている。

「そうね」パールにも、ジミーの言いたいことはしっかりと伝わった。「その通りかもしれないわ、ジミー」

それからしばらくすると、到着した人々で会場がざわつきはじめた。パールは厨房《ちゆうぼう》に入ったけれど、そこにいても、子どもたちが寝る前にと早めにやってきた家族たちの声は聞こえていた。ホットワインの味見をし、もうひとつまみシナモンを加えたところで、マーサ・ニューカムが汚れたマグを載せたトレイを手に入ってくると、素早くシンクで洗いはじめた。マーサが厨房にいることに気づいているのは、どうやらパールひとりのようだ。この目立たなさは、何十年ものあいだ他人の家に入り、できるだけ目につかないようにしながらせっせと働いてきたことにより身につけたものなのだろうか。

マーサが手をぬぐったところで、パールはホットワインをかき混ぜながら声をかけた。「ちょっと試してみない？」

年老いたマーサは驚いたように振り返ると、パールと、コンロの上でグツグツいっている鍋に目をやった。ワインは、頭がクラクラするようなハーブとスパイスの芳香を放っている。マーサは不躾《ぶしつけ》な女学生のように、サッと顔を背けた。

「たいして強くないのよ」パールが言った。「アルコール分は熱でほとんど飛んでしまうから」

「結構ですよ」マーサが言った。「やめておいたほうがいいと思うんで」

パールもマーサが敬虔なクリスチャンであり、熱心な信者として聖アルフレッド教会に通い続けていることは知っていたから、ホットワインを拒むのも、宗教的な理由からなのだろうかと思った。そこで、マーサが説明するように言った。「体に問題があるものだから。このところ、気をつけなければならなくて」

そのまま、そそくさと厨房を出ていってしまった。パールがその背中を見送っていると、そこへ突然、牧師が入ってきた。「彼女は大丈夫なのかしら？」パールが言った。

牧師は入り口のほうにちらりと目を向けた。「マーサのこと？　ええ、大丈夫じゃないかしら。しばらく体調を崩していたのよ――血圧に問題があるようでね――もうほとんど回復しているようには見えるけれど、お掃除の仕事はほとんど失ってしまったんじゃないかしら」

「ダイアナのところでは働いているわ」

「あとはクレイソン家ね。日頃から、教会でも何かとちょくちょく手伝ってくれるので、ほんとうに感謝しているの。教区委員の仕事を頼もうかと真剣に考えたこともあるんだけれど、いまの彼女には荷が重過ぎるだろうと思って」牧師が興味津々という目を、コンロにかけられている大きなソースパンに向けた。「ちょっと飲んでみても――？」

「もちろん」パールはワインを注いでグラスを差し出した。

牧師がひと口飲んだ。パールが反応を待っていると、牧師の顔にゆっくりと笑みが広がっていった。「うーん。こんなにおいしいんだったら、値段を二倍にしちゃおうかしら」

ホールはいまや、ほとんど人で埋め尽くされている。売店もいくつか出ており、地元で作られたものを売っている。ケーキやジャムのほかに、自家製のクリスマス・プディングが出ているのを見て、パールはクリスマスのためにしなければならないことがまだまだたくさん残っているのを思い出した。ドリーはあちこちを回って誰かを捕まえては、くじのチケットを大量にさばいていた。賞品にはたくさんの品々が用意されており、その中には、ウィスタブル・パールで牡蠣《かき》用に使っているドリーお手製の大皿も含まれていた。

「きみたちイギリス人ってのは、ほんと、この手のイベントを盛り上げるのがうまいんだよな」パールの耳元で、ネイサンがささやいた。

振り返ると、完璧にめかし込んだネイサンが立っていた。オシャレな千鳥格子のジャケットに黒いズボン。髪を後ろへ艶やかに撫でつけたところは、まるで一九三〇年代から英国紳士を連れてきたかのようだ。ネイサンはあらゆるものへのイギリス愛の一環として、時折この手の恰好をするのが好きだった。

「何もかも順調かな、ん、どうだい？」ネイサンがバーティ・ウースター（小説「ジーヴズ」シリーズに出てくる貴族の息子）風に言った。

「そのようね」パールはこたえながらも、目ではマグワイアを探していた。どこにも姿が見えないので、仕事か、あるいは何かの用事ができてしまったのかもしれない。携帯を取り出してみたけれど、メッセージは入っておらず、がっかりさせられただけだった。そこで誰かが声をかけてきた。

「パール？」

現れたのは、マグワイアではなかった。まだ四十代の半ばだが、着ているブレザーとゴルフ倶楽部《クラブ》のネクタイ、さらには薄くなりはじめている髪のせいでだいぶ老けて見える。

「やっぱりそうだ」ジャイルズ・マーシャルが周りに目をやりながら言った。「ダイアナおばさんはいないのかな？」

ジャイルズは、迷子のように会場をキョロキョロしている。いろいろな意味で、おばがいないといつもそんなふうになるのだ。

「どこかにいるはずよ」パールは慎重にこたえた。「ブリッジパーティの招待券をくじ用に寄付してくれたと、プルー牧師が言っていたし」

これを聞くと、ネイサンが声を上げた。「まったく彼女は気前がいいからなぁ」半ば嘲《あざけ》るような口調だった。ホットワインが効いているのか、かすかに顔が赤らんでいる。パールがたしなめるような目を向けると、ネイサンはそれを合図に立ち去ったが、そこへジャイルズの息子のニコラスがやってきた。チョコレートの大きなカップケーキを頬張っている。ニコラスが可愛げのない様子で、黙ったまま、またひと口ケーキをかじると、父親のほうもホットワインをすすった。

「あなたは、ジャイルズ？」パールが言った。「何か寄付はしたの？」

「いいや」ジャイルズは悪びれた様子もなく言った。「くじ用のチケットは何枚か買うと思うけどね」

「それならいまがチャンス！」チケットのつづりを手にしたドリーが、ひょこりとジャイルズのそばに現れた。「何枚にする？」

ドリーに期待するような顔を向けられると、ジャイルズはブレザーのポケットを叩いて、キョロキョロしながら妻のステファニーを探した。金髪をボブカットにしたステファニーは押し出しのいい女性で、タータンチェックのスカートとベージュのアンサンブルにブーツという、いかにも上流趣味の恰好をしている。ジャイルズがようやく妻を見つけたとき、彼女は賞品の並ぶテーブルの前に立ち、アリス・クレイソンの水彩画を見つめていた。

「お金は全部ステファニーが持っているんだ」ジャイルズが言った。「すぐに戻るから！」ジャイルズはそそくさと逃げ出したものの、息子のニコラスのほうは相変わらずパールのそばに立っていた。ちょうど十代のニキビができはじめる厄介な年頃だ。しかも両親からそれぞれに、悪いところばかりをもらったような容姿をしている。母親からは太い腰回り、父親からは狭い肩。おかげでどこか、足元に鉛《なまり》の台をつけた人形のような雰囲気がある。ニコラスは、白いファーのボレロ風ジャケットを着て、クリスマスツリーのイヤリングをつけているドリーを魅入られたように見つめていた。「あのピエロの車にはまだ乗ってんの?」ニコラスがずけずけと言った。ドリーが目をすがめるのを見てパールはマズいと思ったが、ニコラスは平然とした顔で残った最後の大きなひと口を頬張ると、包み紙をテーブルにぽいっと置いて、父親を探しにいった。

ドリーは険しい目つきでニコラスを見送りながら包み紙を拾うと、それがニコラス自身でもあるかのように、手の中でギュッと握りつぶした。「なんてこまっしゃくれたチビの——」そこでなんとか悪態を抑えると、小さなゴミ箱に包み紙を捨てた。「まったく、ジャイルズとステファニーのような親からしか出てこないような子どもだよ」ドリーはピシャリと言った。「なんだってダイアナはあの連中に耐えられるんだろう?」

それにこたえる間もなく、ドリーはプンプンしながら行ってしまったが、パールがその背中を見送っているところへ、また別の声が聞こえてきた。

「すまん、遅れた」

マグワイアだった。黒っぽい重たげなコートに身を包み、髭はきれいに剃っていて、高級そうなアフターシェーブローションの香りさえ漂わせている。どうやら、彼なりに努力はしてきたらしい。

「いいのよ」パールは、ようやく来てくれたことを喜びながら優しくこたえた。「コートを預かるわ」マグワイアがコートを脱ぐと、パールはクロークルームのほうに目をやったが、そこには入り口が見えなくなるほど子どもたちが集まっていた。地元のスカウトが、ベビーシッターや犬の散歩など、さまざまな仕事を請け負うブースを出しているほか、自分のコートをかけようとしている子どもたちも列を作っていた。パールはマグワイアを、厨房に連れていくことにした。「こっちよ」

厨房のドアのそばについた掛け金にマグワイアのコートをかけていると、調理に使っているカラー社のガスボンベの匂いが漂ってきて、パールは子どものころに、トレーラーハウスで休日を過ごしたときのことを思い出した。「間に合ったわね」パールはホッとしたように言った。「ご褒美に、お手製のホットワインをごちそうしてあげる」コンロに置かれている鍋に近づくと、マグワイアの視線を感じながら、慎重な手つきでたっぷりとワインを注ぎ、自分にも一杯注いだ。果物のたっぷり入ったワインからは、甘いシナモンの香りが立ち昇ってくる。パールは満足そうに香りを嗅いでから、マグワイアに向かってグラスを持ち上げた。「来てくれてありがとう」

「ご招待ありがとう」

マグワイアとグラスを合わせながら、パールはふと、少しだけ自分の見た目が気になった。ドレスに合わせて緋《ひ》色の口紅を引いている以外は、まともに化粧をする時間がなかったのだ。だがマグワイアの注意は、パールの首にかけられたシルバーのロケットに引きつけられていた。このハート形のロケットを見るたびに、あの中には誰の写真が入っているのだろうと思わずにはいられなかった。パールはワインを味わいながら、スパイスとフルーツの塩梅《あんばい》が完璧であることに満足した。そこでネイサンの言葉を思い出し、なんだか言い訳をする必要に駆られた。「とはいっても、ここには田舎臭いお楽しみやゲームしかないのよ」パールは言った。「お決まりのように讃美歌を歌って、抽選会があって、あとはこれが何杯かあるだけ」パールはグラスを掲げてみせた。

「わかってるさ」マグワイアはにっこりしながらワインを飲むと、「きみはその――」と言いかけた。その目は、パールのスリムな体に張りついた赤いワンピースに据えられている。

「何?」パールは期待をするようにたずねた。

「いかにもクリスマスって感じだ」

パールはぎこちない笑みを浮かべてなんとか失望を隠したけれど、こたえを返す前に、戸口から聞き慣れた声がした。

「お邪魔かしら?」厨房に入ってきたダイアナ・マーシャルが、カシミアのコートを脱ぎながら、パールとマグワイアに鋭い視線を向けた。

「ちっとも」パールが冷ややかな声で言った。「ダイアナ、こちらはカンタベリー署刑事捜査課のマイク・マグワイア警部《Detective Inspector》（この表現だと、厳密には警部補の意味になる）よ。マグワイア、こちらはダイアナ・マーシャル」実際には警部《Chief Inspector》であり、マグワイアはなんだか二重の肩書を得たようで少し気になったが、あまり杓子定規なことを言って細かいやつだと思われるのもいやなので口をつぐんでいた。

「警察?」ダイアナは握手の手を差し出そうともせずに、顔をしかめた。「犯罪でもあったとか?」

「もちろんないわ」パールが愛想よく言った。「わたしが誘ったのよ」だがダイアナのほうは、まったく納得していないようだった。しかもなにやらピリピリしているのが、マグワイアには彼女の仕草や声音からも感じられた。

「ふたりきりで話ができないかしら、パール」ダイアナが言った。

ダイアナの登場により雰囲気が壊れたのを感じてパールは謝罪の言葉を口にしかけたけれど、それを止めるようにしてマグワイアが口を開いた。

「ちょっと会場を見てくるよ」マグワイアはそつなくそう言うと、厨房を出ていった。マグワイアの背中を見送りながら、パールはダイアナの邪魔を残念に思った。目の前に立っているダイアナは、シックな栗色のワンピースに、華やかなルビーのネックレスを合わせているものの、肩からは、その服装にはまったく似つかわしくないショルダーバッグを掛けていた。

「何かしら?」とにかくその用件に、聞くだけの価値があればいいのだけれど、と思いながらパールは言った。

「飲み物なんだけど」ダイアナが言った。「ワインとコーディアル(ハーブやフルーツをシロップに漬け込んだ濃縮ドリンク)しかないと聞いたものだから、勝手にやらせてもらうことにしたの。何もあなたに文句を言うつもりはないのよ。ただ、これにふさわしいグラスはあったりするかしら?」ダイアナは、バッグからイエネーバのボトルを取り出した。ラベルを見るかぎり、先日、パールの前で開けたのと同じボトルのようだ。もう、三分の二しか残っていないけれど。「今夜はこれを飲ませてもらうつもりだから」

パールはシンク上の棚からハイボール用のタンブラーを見つけると、ダイアナに渡した。そして、ダイアナがグラスにたっぷりと注ぐのを見つめながら、「ボトルを冷蔵庫に入れておきましょうか?」と声をかけた。

「とんでもない!」ダイアナがぞっとしたように言った。「イェネーバは常温で飲むにかぎるのよ。ここに置いておくわ」ダイアナは、ドアのそばの天板にボトルを置くと、グラスからたっぷりとひと口飲んだ。「落ち着いた」そう言って息を吐きながらも、ホールへと戻る気配は見せなかった。

「ジャイルズとステファニーが来ているわよ」パールが言った。

ダイアナは軽く肩をすくめた。「知ってるわ。でも、わたしのいることには気づいていないようだから、もうしばらくはひとりでいようかと思って」

「そう」ダイアナの面倒な態度に苛立ってきたパールは、ワインのグラスを手に取り、厨房を出ようとした。ダイアナが、またひと口イェネーバを飲みながら、どことなくゆがんだ笑みを浮かべたのを見て、パールは、すでに何杯か飲んでいるのかしらと思った。どちらにしろ、さらに何杯か飲むつもりなのは間違いなさそうだ。

パールが厨房から出ると、ちょうど聖アルフレッド小学校の生徒たちが、クリスマスキャロルの〈リトル・ドンキー〉の合唱を終えたところだった。喝采《かっさい》が起こり、プルー牧師が拍手をしながらステージに上がるなかで、パールはマグワイアの姿を探した。やっと見つけた。クリスマスツリーのそばにひとりで立ち、ステージから語りかけているプルー牧師をじっと見つめている。「立派な目的のために、こうもたくさんの方にお集まりいただけましたこと、ほんとうに素晴らしいかぎりです」プルー牧師がこう言いながらにっこりしたところで、パールはマグワイアのそばに行こうとしたが、歩きはじめたとたん、人影に前を遮《さえぎ》られてしまった。

シャーメイン・ヒルクロフトは背が高い。しかもキラキラした、デザイナーズブランドのハイヒールを履いているせいで、脚が不自然なほど長く見える。完璧な色艶の顔は固まっているように表情がなく、それでなくても人形のようなのに、髪を高いところで艶やかなポニーテールにしているせいで、その印象がますます強まっていた。ほんとうに、どこを取っても作り物めいて見える女だ。

「ほかにも来てるって聞いたんだけど」シャーメインが言った。

「ほかにも？」パールが繰り返した。

「カードのことに決まってるじゃない」

パールだって、スパンコールの煌《きら》めくピチピチのトップスに強調された、不自然なまでに大きな胸に気を取られていなかったら、そんなことは言われるまでもなかったはずだ。母さんの言っていた通りね。シャーメインときたら、ほんと、船首像にそっくり。

「同時期に何通もね」パールは言った。「だから、あまり気にすることないと思うわ」

「あら、でも、気にするわよ」シャーメインがツンと頭をそらせた。「だから調査を頼んだんじゃないの」そのツンケンした口調を聞くかぎり、制御できないほどの怒りを感じているわけではないようだ。少し鼻にかかった彼女の声は、シャーメインの美容サロンで常に交わされているらしい他愛もない雑談と同じく、パールにとっては聞き苦しいものだった。その手の女子高生的なゴシップのやり取りから永遠に抜け出せない女というのは、世の中に一定数いるものなのだ。シャーメイン自身は、敵や、彼女にとってのライバルを持つことを大っぴらに楽しんでいた。その対象はたいていの場合、非がある誰かではなく、彼女が羨望を感じている女性である。外見の華やかさにもかかわらず、シャーメインにはどことなく醜いところがあり、あのカードのメッセージがそれをうまくついていることにはパールも気づいていた。シャーメインは自分に満足することがないために、常によそ見をしては自分を誰かと比べてしまい、己の道を進むことができずにいるのだ。

パールは深呼吸をすると、ネイサンとドリーに言われたことをひとつひとつ思い出してから、慎重に言葉を選んだ。「シャーメイン、あなたのためにも、カードを受け取ったほかの人たちのためにも、この事件の真相を突きとめたいとは思っているわ。でも、クリスマスが終わるまでは、どうにも手をつけられそうにないのよ」

シャーメインが鼻で笑った。「なら、ただほっぽっておくってわけ?」

「まさか」パールは動揺しつつも、やり返した。「年明けまで待ってくれと言っているだけ」

「そう言うのは簡単だけど、結局、あなたは受け取ったわけじゃないからね。まったく、本気で探偵になるつもりなのかと思ってたのに」シャーメインはパールをねめつけ、相手のシンプルながらに魅力的な姿をあますところなく観察すると、バカにするように鼻を鳴らしてから高いヒールをくるりと回し、気取った足取りで人混みの中に消えていった。

パールは小さなため息をつくと、マグワイアに目をやった。相変わらずホットワインをちびちびやりながら、プルー牧師の話に聞き入っている。牧師のほうは、このチャリティイベントの対象である、ホスピスの功績をひとつひとつ読み上げていた。視線を動かすと、話し込んでいるジャイルズ・マーシャルとアダム・キャッスルにふと目がとまった。あのふたりが知り合いだとは知らなかった。誰かに紹介された可能性もあるけれど、ダイアナはまだ厨房にいるのだから、ふたりを引き合わせたはずはない。パールは話し込んでいるジャイルズとアダムを観察しながら、ふたりにはいくつかの共通点があることに気がついた。どちらにも起業家精神があり、成功につながる何かを追いかけている。とはいえ――ジャイルズとアダムでは、成功度に違いがあり過ぎる。なにしろジャイルズがこれまでに手掛けた事業は、ことごとく失敗に終わっているのだから。

少年だったジャイルズは、上流のパブリックスクールに送り込まれ、そこでは上に立つ者の器量を持って生まれついたという評判を得たようだが、それから三十年を過ぎたいまでも、おばの財布を当てにしているというのが彼の哀しい現実だった。ダイアナは苛立った口調で、彼も教訓を学ぶことになるというような話をしていたけれど、パールの見るかぎり、ジャイルズが何かを学び取るようには思えなかった。それどころか過去の四十年そうだったように、これからもダイアナに頼り続けるようにしか見えないのだ。

ホールを横切っていると、フィリスがいかにもおいしそうに、パールの作ったミンスパイにかぶりついている姿が目にとまった。ジミーはツリーのそばで、サンタの恰好のままエンジェル・オン・ホースバック（牡蠣をベーコンで包んだオードブル）をパクついている。ネイサンの姿がどこにも見えないことにホッとしながら、パールはマグワイアに近づいた。「昨日の夜に話したカードの件なんだけど」パールが小声で言った。

「カード？」

「人を中傷する内容のクリスマスカードよ」パールは葛藤《かっとう》をしているように顔をしかめた。「あなたの言う通りね。受け取った人たちには、警察に捜査を頼むように伝えようかと思うの」

マグワイアのほうでは、いつもの競争心はどこに消えたのかと驚いていたが、パールには主導権を手放す気になった理由が、シャーメインの見せた態度にあることがわかっていた。「要するに」パールは続けた。「腹を立てている人たちがいて――それだけの理由もあるのよ。きちんと捜査をすると約束してもらえるかしら？」

マグワイアは、その問いの裏にある真剣さを感じ取っていた。「約束するよ」

安堵と失望の奇妙に混じり合った思いで、パールはブルー牧師に注意を向けた。スピーチは締めくくりに入っていた。

「――というわけで、これから抽選をはじめようと思うのですが、聖アルフレッド教会には、みなさまのご厚意によるさまざまな景品が寄付されております」

牧師がくじの入った大きな赤い箱を持ち上げると、ホールには期待のざわめきが広がった。牧師はフットライトに目を細めながら、集まっている人々のほうを見やった。「どなたかにお手伝いをしてもらいたいのだけれど」牧師はひと呼吸、間をおいてから声を上げた。「パール？」

パールは名前を呼ばれて反応したが、それから牧師が付け加えた。「あなたのお友だちに、当選番号を引いてもらってもいいかしら？」

マグワイアはすべての視線が自分に注がれているのを感じたが、牧師の提案に対しては、すでに歓迎するような喝采が上がっていた。

「そうですとも、みなさん」牧師が盛り上げた。「あの方に盛大な拍手を」

「さあさあ」パールが小声でせかした。「ブルー牧師には誰も逆らえないのよ」それから彼女も拍手に加わり、マグワイアは牧師の期待によって、自分が人質にとられたことを察した。そこで残っていたワインを飲み干すと、空になったグラスをパールに渡し、牧師のいる舞台に上がった。

「どうもありがとう、ええっと――」牧師はわざと間を空けて、マグワイアが自分の名前を告げるのを待った。

「マイクね」牧師は、人選に絶対の自信を持っているかのように繰り返した。

パールがマグワイアの困惑を楽しんでいるところへ、ネイサンが身を寄せてきて、つぶやいた。「あれがきみのダ、ー、ク、ホ、ースの刑事とみた」

「牧師に誘拐されちゃったけどね」パールは愉快そうに言った。「どこにいたの？」

「食べ物を調達しにいったんだけどさ、あのおっかないダイアナのせいで食欲が失せちゃったよ。ケーキが甘過ぎるって文句たらたらなんだ」

パールが顔をしかめた。「え――それって、わたしのミンスパイのこと？」

「さあね。なんかすごい喧嘩腰でさ、もうすでに酔っぱらってるみたいだった。抽選がはじまるからと言って逃げ出してきたんだ。あの水彩画は見たかい？　すごくいい絵なんだ」

「アリス・クレイソンが寄付したのよ」パールは、「お医者さんの奥さん」と言いながら、夫のそばに立っているアリスのほうをうなずいてみせた。アリスは周りのみんなと同じように、舞台の上の牧師とマグワイアを見つめている。

「なんて哀しそうな女性《ひと》なんだろう」ネイサンが言った。「なんだかグィネヴィア王妃みたいだ」その表現は正しかった。赤毛を肩にふんわり垂らし、長いパープルのワンピースの腰に金色のチェーンを回したアリスの姿は、中世の、ラフェエル前派の絵画を思わせる。ネイサンは景品の置かれているテーブルにちらりと目をやると、「もしあの絵が当たらなかったら」と言って、手の中の抽選券を見下ろした。「自分へのクリスマスプレゼントとして、彼女の絵を買ってもいいかもな」

次の十五分、マグワイアは助手としての役目を立派に果たし、番号を告げるためのくじを、赤い箱から選び続けた。チョコレートやリキュールなど、いくつかのちょっとした景品が当たった人たちを喜ばせたあとに、また一組の数字が読み上げられると、ホールの後ろのほうからおなじみの声が響き渡り、会場が興奮にざわめいた。

「わたしよ！」ドリーが脚をピストンのようにちゃっちゃと動かして、群衆をかき分けながらまっすぐステージに向かった。

舞台に上がると、ドリーはいかにもわくわくした様子で、牧師がしっかりと封のされた金色の封筒を開け、品目を読み上げるのを待った。「ヨガレッスンの無料チケット三回分」

「最高！」ドリーは叫んだ。あらゆる当局関係者を毛嫌いしていて、マグワイアに対しては〝扁平足〟というあだ名までつけているドリーではあったが、このときばかりは、マグワイアに対して温かい笑顔を浮かべてみせた。「ありがとう」ドリーが感謝を込めてていねいにお礼を言い、戦利品を手に退散しかけると、舞台に近いところでカメラのフラッシュが焚《た》かれた。撮影したのはキャシーだった。

「彼女は、ここで何をしているわけ？」ドリーがそばに来たところで、パールがたずねた。

「一緒に参加したいんじゃないかと思ってね」ドリーが無邪気に言いながら無料券を確かめて、訳知り顔に付け加えた。「あなたが〝扁平足〟を誘ったのとおんなじ理由じゃないかしら？」

その質問は、マグワイアの引いたくじによって、フランスの香水がマーティ・スミスに当たったことで中断された。

マーティが香水瓶を掲げると、会場に笑い声が広がった。「これでウィスタブル一、いい香りのする八百屋になるぞ！」マーティが大きな声で言いながら、一瞬、パールの目をとらえた。ふたりとも、数か月前であったら、その香水がパールのものになったであろうことを感じていた。だがマーティはとうとうパールを追いかけるのをあきらめ、花屋のニッキー・ドワイヤーと付き合うことにしたのだった。彼は浅黒い印象の二枚目だ。にもかかわらずパールの心に火をつけることはできなかったのだが、マグワイアが恋のライバルであることに気づけるくらいの観察力はあった。マーティが、マグワイアと握手を交わしてから舞台を下りると、パールの提供したウィスタブル・パールでのランチ二名様無料券の当選者が、不動産会社のアダム・キャッスルに決まった。

抽選のあいだ確認していたチケットの枚数から見ても、アダムがいつものように損得を慎重に見積もって購入したのは明らかで、それが充分に功を奏したのだろう。彼の腕には、秘書のポーラが献身的にしがみつき、アダムのひと言ひと言に耳を傾けている。パールはまた、店のウエイトレスのルビーが、新しいボーイフレンドのディーンと話し込んでいるのにも気がついた。パールは干渉しないことにしているものの、期待感の高まるクリスマスという季節に、ロマンスがつきものであることは否定のしようもない。なんといっても、クリスマスにひとりきりでいるのは難しいのだから。

パールはマグワイアに目を向けながら、これまでのところ、ふたりのあいだには邪魔ばかり入っていることに気がついた。

「残っている景品はふたつだけよ、マイク」牧師が、マグワイアに箱を差し出しながら言った。マグワイアが最後から二番目のくじを引くと、牧師が大きな声で読み上げた。「十四番！」パールが、いつも選ぶ、その大好きな数字に反応した。チャーリーの誕生日が四月十四日なのだ。

「はい！」チケットを高々と掲げながら興奮した声を上げると、いそいそと舞台に向かった。

牧師がまた金色の封筒を開き、そこに入っていた無料券を目にして「まあ、素敵」と口にしたので、パールの期待がますます高まるなか、景品の内容が読み上げられた。「肌に合わせたフェイシャルエステを――ウィスタベルで！」

パールは意思の力だけで笑顔を保った。シャーメインが誇らしげにこちらを見ているし、人々もパールの幸運に拍手を送っている。だが自分の貴重な時間をシャーメインの美容サロンで過ごしたあげくに、作り物めいた店主そっくりな姿にされるのかもしれないと思うと、パールとしてはちっともありがたくなかった。それでもお礼を言うと、無料券と、マグワイアからの軽いキスを頬に受けた。

舞台を下りるパールに向けて、キャシーがまた、カメラのフラッシュを焚いた。ブルー牧師があらためて、くじの入った箱をマグワイアに差し出した。「さあ、マイク。準備ができたら、最後の景品にとりかかりましょう。ウエスト・ビーチを描いた素晴らしい水彩画が、アリス・クレイソンから提供されているのよ」

ホールに広がった歓声が、期待するようなざわめきに変わった。最後の景品を期待している人が多いのは明らかだったので、マグワイアは効果を高めるように間を置いてから、ようやく箱に手を入れ、くじを引き抜いた。今回は牧師が、自分で読み上げるようにと、マグワイアに向けてうなずいた。

「最後の当選番号は――」マグワイアは手の中のくじに目をやり、長々と引きのばしてから、ようやく声を上げた。「百二十二番」

たくさんの人が自分のチケットを確かめている。なかでもネイサンは、パールのそばにやってきてぼやいた。「どうしてぼくには、こうも、くじ運がないのかな?」

だがパールはこたえなかった。どうやら、当たりを引いた人がいないようなのだ——が、そこでようやく声が上がった。「わたしだわ」人々の顔が、舞台に向かう若いカップルのほうを振り返っている。

「あらまあ」ドリーが息を呑んだ。「嘘みたい。あれがボニータ・サリヴァンだなんて」

ドリーから聞いていた話だけでは、彼女がボニータだと気づくことは不可能だった。茶色がかった三つ編みはどこかに消えて、いまはふさふさとした金髪を背中のあたりまで垂らしている。瞳は青く、頬骨の秀でた北欧風の顔立ちで、背の高いほっそりした体に色あせたジーンズをはき、ヴィンテージもののシルクのスカーフで仕立てた、流れるようなブラウスをまとっていた。彼女が連れにコートを渡すと、手首につけているシルバーのバングルが鳴った。連れの男は、ダイアナの庭で口論になっていた、あのサイモンだ。

ボニータは舞台への階段を上がり、自信にあふれた優美な態度でマグワイアから水彩画を受け取った。マグワイアが身をかがめてボニータの頬にキスをしたとき、パールは我にもなく、嫉妬に胸がうずくのを感じた。拍手が起こるなか、今回はキャシーも繰り返しカメラのフラッシュを焚いた。今夜のお楽しみのハイライトに、集まった人々をカメラに収める好機を見てとったらしい。

「まったく化けたもんよね」サイモンのいる場所へとステージを下りていくボニータを見つめながら、ドリーが言った。「まさに、醜いアヒルの子が、最後は白鳥になりましたって感じ」ドリーは信じられないというように小さく舌打ちすると、グラスが空であることに気づいて、もう一杯もらいに行こうとその場を離れた。そこでパールはダイアナを思い出し、会場にぐるりと目をやった。ダイアナはマーサの隣に立って、一番魅力的な最後の景品を手にしたボニータを見つめていた。それからイェネーバのグラスを一気に干すと、厨房に入っていった。もう一杯、酒を注ぐつもりなのだろう。

今夜のメインイベントを終えると、プルー牧師もだいぶホッとしたらしく、大きなワインのグラスを手に、パールのほうへ近づいてきた。「ほんとうに、これ以上ないくらいうまくいったと思うわ。あなたのお友だちのおかげでね」牧師は、舞台からの階段を下りようとしているマグワイアにちらりと目をやった。「いい人ね。おまけにハンサムだし」それから訳知り顔ににんまりしてみせると、そそくさと立ち去った。

マグワイアのほうはさほど歩かないうちに、ボーイスカウトの隊長である、丸太りしたオーウェン・デイヴィスに道をふさがれてしまった。オーウェンは、スカウトで出しているブースの監督をしているらしい。パールがそこへ近づくと、カブスカウトの少年が、壁に掛けられた大きな絵を示しながら、期待を込めた目を向けてきた。そこには、大きな長い鼻と角《つの》をつけた、馬のような生き物が描かれている。「トナカイにしっぽをつけてくれない?」少年が一回一ポンドと書かれた看板を指差しながら、擦り切れた縄を差し出した。

「さあ、どうする?」マグワイアが言った。パールは期待に満ちた少年の顔を見つめながら、チャーリーもスケートボードに出会うまでは、短期間ではあるものの、カブスカウトだったことがあるのを思い出した。

「じゃあ、やろうかな」パールがしかたない、というように微笑むと、マグワイアが少年から目隠しを受け取った。パールは目隠しをつけると、マグワイアの力強い手が肩に置かれるのを感じた。マグワイアが優しくパールを一回転させてから、ヘタクソなトナカイの絵の前に立たせた。

「もっとよく見ておくんだった」パールが言った。

「もう手遅れだ」マグワイアが言った。「例の直感を使うことだな」

パールはその直感に頼って片手を持ち上げると、心の目で、自分の前にあるはずの絵を見ようとした。それから前に踏み出し、壁にピンを突き刺した。「どうかしら?」パールはわくわくしながら目隠しを外した。と、しっぽがトナカイの角から愚かしく垂れていて、マグワイアのほうはなんとも嬉しそうな顔をしていた。

「自分ならもっとうまくやれるとでも?」パールが突っかかった。

「いや、そうでもないな」マグワイアが正直に言った。

マグワイアは気づくと微笑んでいた。相手の瞳に捕らわれながら、パールと一緒の時間を楽しんではいたものの、それでいて何かを期待しているわけではなかった。ドナが死んで以来、肉体的な寂しさを埋めようとしては失敗し、さらなる空虚を突きつけられるばかりだったのだ。

何度かの短い情事は、相手の女性に加えて、マグワイア自身をも失望させるだけで終わった。だから最近ではひとりでいるのがますます楽になり、ドナのいない空っぽな時間は仕事で埋めるのが常だった。それでもパールといるときだけは、ひょっとすると自分も、このままひとりきりではないのかもしれない、という思いが頭をよぎるのだった。

マグワイアが顔を背けたのを見て、パールは相手の気分の変化を感じ取った。「どうしたの？」

マグワイアは首を振った。「なんでもない」静かな声でそう言うと、ふたりの頭上にぶら下がっているヤドリギに目を上げた。

パールは店ではもちろんだが、自分から会話の流れを作ることに慣れている。それでもマグワイアの表情の何かが、彼女に口をつぐませていた。マグワイアが少し体を寄せてきた。これはキス？　それとも秘密でもささやくつもり？――だがまたしても邪魔が入り、ステージのそばから聞こえてきた大声が、その瞬間を壊してしまった。

「よくも図々しく顔が出せたもんだね――こんなものを寄越しておいて」

ダイアナの声だった。その周りには小さな人だかりができている。パールが人混みをかき分けて近づくと、ダイアナが、一枚のカードを振りかざしながらボニータを怒鳴りつけていた。ボニータのほうもサイモンをかたわらに、一歩も引かない構えのようだ。

「なんの話だか、ほんとうにわからないんだけど」ボニータの落ち着いた口調に、ダイアナの苛立ちはますます募るばかりだった。

「よくわかってるはずさ！」ダイアナが噛みつくように言いながら、ステージに渡された横断幕を示してみせた。「〝皆人《みなひと》に平和と善意を〟だって？　笑わせるじゃないか！　ここに越してきてからってもの、あんたたちときたら、わたしの人生をめちゃくちゃにしては楽しんでいるんだからね」

サイモンがボニータを守ろうと一歩前に踏み出すと、ボニータが片手でサイモンを止めた。

「時間の無駄よ。無視しましょう、サイモン」

「そうだな」サイモンはダイアナに顔を向けながら言った。「どう見たって飲み過ぎだ。酔いを覚まして、さっさと家に帰るこったな」

ダイアナの口があんぐりと開いた。「よくも――」ダイアナがよろめいたところで、プルー牧師が慌ててあいだに割って入り、なんとか穏やかに収めようとした。

「ダイアナ、ねえ、落ち着いてちょうだい」

ジャイルズも素早くステファニーのそばを離れ、おばの体を支えようとした。

「プルー牧師の言う通りだよ、ダイアナおばさん」ジャイルズは、恥ずかしそうに声をひそめた。「すっかり騒ぎの種になってるじゃないか――」

ダイアナがジャイルズを振り払った。「ああ、そうともさ。言っとくけどね、わたしは来年の抱負として、ふざけたことは誰にも許さないって決めているんだ――あんたも含めてだよ」

ジャイルズは困惑し傷ついたような顔で、口をあんぐりと開いた。ステファニーも、ダイアナの夫への態度には心底驚いた様子で、ふたりのそばに近づいた。「ジャイルズにそんな口をきく権利はないはずよ」ステファニーがたしなめるように言った。

「引っ込んでな、ステファニー。わたしには、あらゆる権利があるんだから」ダイアナは、持っていたグラスからまたひと口酒を飲むと顔をしかめた。「今年のクリスマスには、耳の痛いお話をいくつか用意してあるんだ。あんたたちの気に入らないだろう話もね」

ふとダイアナが、そこにいるすべての人に警告を与えるかのように、ぐるりと会場に目をやった。それからいきなり、「乾杯！」と叫ぶと、グラスに残っていた酒を飲み干した。そのまま立ち去ろうとしたが、足元がふらついて、バランスを取ろうと片手を突き出した瞬間に、グラスが手から落ちた。グラスが床の上で大きな音を立てると、ダイアナは困惑した顔でそちらに目を落とし、もう一歩だけ進んでから大きなビルのようにまたよろめいて、床にドサリと倒れ込んだ。

一瞬、パールを含めた誰もが、目にした出来事に唖然としたまま、その場を動くことができなかった。それから野火《のび》のようにざわめきが広がった。医師のリチャード・クレイソンとマグワイアが、倒れたダイアナのそばに駆け寄った。リチャードがダイアナの頬を優しく叩くなか、パールはおばのそばに膝をついているジャイルズと、互いにショックの浮かんだ顔を見合わせた。

「ダイアナおばさん！」ジャイルズが叫ぶと、その声にダイアナが口を開いて何かを言いかけてから、そのままギョロリと白目をむいてしまった。ドリーがするりとパールの隣に立った。

「完全にノックアウトだね」ドリーが声を落とすこともなく言った。「常々、底なしだとは思っていたんだけれど、遅かれ早かれ、飲んできた影響ってのは出るものだから」

リチャードが、静かに横たわっているダイアナの脈を取り、胸に頭を寄せた。教会の鐘が深夜を告げるとともに、リチャードの顔に浮かんだ表情の何かが、パールの胸の中で警告の鐘を鳴らした。

「救急車を」リチャードが簡潔に言った。ダイアナの呼吸は荒くなりはじめていた。

マグワイアが素早く反応して、携帯を取り出した。そこでパールは、足元に何かが落ちていることに気がついた。ダイアナが振りかざしていたカードだ。割れたハイボールグラスのかけらが寄木細工の床に散らばるなかで、カードのラメが煌めいている。みんなの目がダイアナに集中しているかたわらで、パールはカードを拾い上げた。ヴィクトリア朝様式の屋敷の前庭に雪だるまがいるおなじみのデザインだ。カードを開いて、パールはギクリとした。新聞から切り抜いた文字で、予言さながらのメッセージが記されていたのだ。『**怒りに自分を失えば、結局すべてを失う**』

7

十二月十八日（土）午前九時

満潮を迎える夏の午前中であれば、海に臨んだパールの庭には、すがすがしい香りのする優しいそよ風が吹き寄せて、昼になるとともに、スズキやイワシやスパイシーなソーセージなどをバーベキューで焼いている匂いが、浜辺から家のキッチンに漂ってくる。だがそれとは対照的に、チャリティイベントの翌日の寒い冬の朝には、潮も水平線のあたりにじっととどまっているかのようで、浜辺からも、海草のいやな臭いがするだけだった。

夏ならばパールも、地元では〈ストリート〉の名で知られる砂利浜の砂州の先にまで自分のボートを出して、温かい風に回る風力発電の風車を眺めたりするかもしれない。だがその朝は、北東からの凍てつくような風がいつにも増して厳しかったから、パールは歩きで西にあるシーソルターのほうへと向かった。

干潮の海の様子が、パールの気分に響き合った。昨晩の出来事にはすっかりまいっていた。何度かドリーに電話をしてみたものの、ダイアナの状態に関する情報は何もなく、マグワイアの留守電に残したメッセージは無視されていた。いまのところわかっているのは、聖アルフレッド教会のホールに救急車が到着すると、ジャイルズがダイアナに付き添ったことくらいだ。妻のステファニーはニコラスを連れてグレイ・ゲーブルズに戻り、そこで知らせを待つことになった。

ダイアナ・マーシャルのようにしっかりした女性が、ああも自分を失うなんてパールにはとても信じられなかった。しかも、あんな公共の場で――けれどドリーの言う通りで、イェネーバに対する愛着が、結局のところはその報いをもたらしたのかもしれない。

いつもであれば店に入る前には一、二時間もあれば充分なのだが、その日ばかりは、胸から蜘蛛《くも》の巣を払っておく必要を感じた。そんなときには、海のそばにいると心が安らぐのだ。庭の門から道に出ると、すぐに〈オールド・ネプチューン〉というウィスタブルのランドマーク的な、浜辺に立つ木造のパブのところにきた。そこを通り過ぎると、夏のあいだは物見遊山の観光客の注意を引きつけてやまない、マリン・テラスに並ぶカラフルで可愛らしいコテージが見えてくる。観光客は、パールの裏庭をじろじろと見るように、コテージの窓の奥をのぞこうとする。こうしてプライバシーを侵害されるにもかかわらず、五十万ポンド程度で手に入ることから、家を探している人たちには大人気で、次々と持ち主が変わっていく。なにしろ古いテニスコートの向こうにある、ウェーブ・クレストに並ぶテラス付きの四階建てを買うとなれば、二倍以上の値段がするのだ。その海に面したコテージの窓からは、夏のあいだ、素晴らしい景色が楽しめる。なかでも夕景は最高だ。だが冬のウェーブ・クレストには、どことなく町から切り離されたような印象がある。小さなビーチ小屋の立ち並んでいる区画があって、その先にはウエスト・ビーチの古いキャラバンパークが広がっている。裏手にはゴルフ場があり、とくに犬を連れて散歩をする人々にとっては、浜辺から街へと向かうときの風光明媚な近道となっていた。

だがその日のように冷たい北風が海から吹き寄せていると、強風と高潮の組み合わせが、これまでも、これからも、ウィスタブルにとっては大変な脅威になりえることを思わずにはいられなかった。

パールの祖父のウィリアム・ノーランは、まだ十歳のときに、父親に連れられて凍った海を目の前にした。一九四〇年の冬のことで、潮が変わったあとには、二メートルもある氷山が、いくつも浜辺に残っていたという。ウィリアムがその話を息子のトミーに語ると、トミーはトミーで娘のパールに、その情景を言葉で活き活きと描いてみせたのだった。牡蠣《かき》漁の船はひとつ残らず岸につながれたままで、浜辺には凍った鳥の死体があちこちに転がっていたという。

幼い心にこびりついたその光景が脳裏に蘇《よみがえ》るなか、パールはふと、ビーチ小屋の並びの端まで来たことに気がついた。このあたりのビーチ小屋は、より住人の多いタンカートンの東側に並ぶものとは違って見える。パールに言わせれば、ウエスト・ビーチの古いキャラバンパークと、シーソルターの海沿いに豪邸の並ぶ〝億万長者通り〟の中間地点にある、見張り番のような場所だった。このような両極端が隣り合ってやすやすと同居できるのも、ウィスタブルの特異な点のひとつなのだが、パールはふと、この手のビーチ小屋のひとつを、アリス・クレイソンが静養所にしていることを思い出した。

そちらの方角に向かって木製の防砂堤を横切ると、女の叫び声がして、パールは足を止めた。

「ねえ、ちょっと！」

アリスではない。若い女が浜辺から手を振っている。見たことのある顔のような気がしたが、向こうから近づいてきて、ニットのベレー帽を脱ぐまでは誰だかわからなかった。クリスマスを過ごしに、ドリーの宿を借りているキャシーだった。

「ごめんなさい」パールは言った。「ぼうっとしていたものだから」

キャシーは、初期のシャネルを思わせるブークレ素材のヴィンテージ風ジャケットにジーンズというカジュアルな恰好をしていた。キューピッドの弓のような唇に可愛らしい笑みが浮かんだかと思うと、また口をすぼめながら言った。「昨日倒れた人のことだけど、何か聞いてたりする？」

「いいえ」

「まったく妙な幕切れになっちゃって」キャシーが言った。「なんだかメロドラマじみていたわよね？」

パールも、同感だと思わずにはいられなかった。ダイアナの倒れ方にはどこか現実離れした、脚本中の出来事のような雰囲気があった。だがパールがそれを口にする前に、キャシーが続けた。「ご家族にとっては災難よね。すっかり取り乱していたみたいだし」

「ええ」パールは哀しそうに言った。「しかも、クリスマスに合わせて来たばかりだったのよ」

「知ってるわ」キャシーはうなずいた。

パールが物問いたげな視線を向けると、キャシーが説明するように言った。「直接話をしたものだから。あなたのお母さんに紹介してもらったのよ。ドリーったら、町中の人を知っているみたい」

「そうね」パールは、キャシーがシーソルターのほうを眺めているのに気がついた。「どこかに行こうとしているところだったの？」

「ええ。行きたい場所があるんだけど、名前は確か――」キャシーはポケットから、メモのついた地図を取り出した。「〈バッテリー〉で合ってるかな？」

「ええ」パールが言った。「ビーチ小屋の並んでいる場所から十分も歩けば着くわ。よかったら案内しましょうか？」

「助かる。何枚か写真を撮りたいのよ」キャシーは肩に斜め掛けしているカメラバッグを示してから、パールには子どものころからのおなじみである、地元の歴史書の一冊を取り出した。ドリーはその手の本をたくさん持っているのだ。キャシーの持っている一冊は、十九世紀に建てられた、バッテリーと呼ばれる、ふたつの大きな木造の海軍倉庫についての写真集だった。倉庫の片方には大砲が収められ、もう片方は海兵の訓練場として使われていた。だがいまやその広大な地所は、長いこと、ある芸術家の所有となっていて、ちょくちょくゲストに貸し出されたり、創作にまつわるワークショップが行なわれたりしている。

「彼女にはどこか悪いところでもあったの？」古いキャラバンパークを回り込んでビーチ小屋のほうに向かう道をたどりながら、キャシーが突然そう言った。

「わたしの知るかぎりでは、ないわね」なにしろダイアナはただ元気そうに見えただけでなく、定期的にゴルフとテニスもしていたから、それこそ健康そのものだったのだ。

「正直、すっかり酔っぱらっているように見えた」キャシーは率直にそう言うと、バッグからカメラを取り出し、西の水平線のほうにあるシェピー島を狙った。「おまけに、何を言いたいのかさっぱりわからなかったし。なんだか、あのきれいな子に突っかかっていたみたいだけど」

「ボニータよ」パールは言った。「あの子はダイアナの新しいご近所なの」

キャシーはしばらく黙り込むと、海岸線の風景を何枚か写真に収めた。それからまたカメラのストラップを肩にかけて歩きはじめたが、今度はパールのほうが足を止めた。

「どうしたの？」キャシーが言った。

離れたところにあるビーチ小屋のポーチに、うずくまっている人影が見えたのだ。キャシーが、パールの視線の先を追うように目を細くした。「あれって、お医者さんの奥さんだよね？」

アリス・クレイソンはうつむいて、手にしているスケッチブックに集中していた。没頭するあまり、誰かが近づいていることにも気づいていなかったが、そこでキャシーが声を上げた。「うわぁ！　なんて素敵な場所なんだろう。あのポーチからの景色は、絶景に間違いなしだよね」そしてパールが止める間もなく、まるで子犬のように浜辺を走りはじめた。

アリスは小石を踏みしだく音にサッと顔を上げると、予期せぬ客に目をとめながら、恐怖と混乱が入り混じったような表情に顔を曇らせた。

「お邪魔してごめんなさい」パールは、アリスが目の前に広がる海のスケッチをしていたことに気づいて、優しく声をかけた。「こんな寒い日に、来ているとは思わなかった」

アリスはこわばった笑みをちらりと浮かべた。「ちょっと外の空気が吸いたくなって」アリスとパールの視線がからんだところで、キャシーが勢いよくビーチ小屋に近づくと、ステップを駆け上がり、アリスのいた場所にずかずかと割り込んだ。

「あなたが抽選会に寄付した水彩画、ほんとうに素晴らしかった」キャシーは熱っぽく言い、その賛辞にふさわしい反応を待ったが、アリスはじろじろと見られて、困ったようにパールに目を向けた。

「キャシーはクリスマスのあいだ、母の貸し部屋に泊まっているの」パールが説明するように言った。

「それは素敵ね」アリスは機械的にそう返した。

キャシーはにっこりした。「わたしはカメラマンなの。お宅のポーチから、何枚か写真を撮らせてもらってもいいかな?」

アリスは明らかに困っていたが、あきらめたように肩をすくめた。

「どうぞ」アリスはキャシーの熱意に降参したようにそう言った。それからスケッチブックを置くと、両手をポケットに深く入れてビーチ小屋という自分の避難所から離れ、パールと一緒に浜辺に立った。

「邪魔をしてほんとうにごめんなさい」パールがキャシーのほうを振り返りながら小声で言っ

た。キャシーは小屋のポーチから、パシャパシャと景色の撮影をはじめている。「あの子とは、たまたま浜辺で出くわしちゃって」

アリスもちらりと振り返った。「いいのよ」ようやくそう言うと、寛容に、はかない笑みを浮かべた。

冬の厳しい光の中で見ると、大理石の彫刻めいたアリスの肌に、夏の名残である淡いシナモン色のそばかすが散っているのがわかった。ネイサンの言う通り、アリスはほんとうに美しい。ほっそりと背が高い彼女には、ドリーが正しくも表現してみせたように、悲劇のオフィーリアを思わせるところがあった。

「何か聞いているの？」アリスが言った。「ダイアナのことだけれど」

パールはかぶりを振った。「いいえ」

アリスは考え込んだ。「今朝、ジャイルズに電話をかけてみたの。でも出なかったから、留守電にメッセージを残しておいた」アリスはため息をついた。「何事もないことを願うばかりだわ。ダイアナったら、本気でボニータに腹を立てていたわよね？　もともと気の強い人ではあるけれど、あんなに怒ったところははじめて見た」

パールが口を開きかけたところで、キャシーが小屋のステップを下りてきた。「ほんとにありがとう」キャシーは微笑《ほほえ》んだ。「あなたの小屋の写真も何枚か撮らせてもらったから、よかったら、何枚かプリントしますけど」

「ありがとう。でも結構よ」アリスはきっぱりと言った。

ぎこちない沈黙に、キャシーもようやく自分が長居をし過ぎたことに気づいた。「えっと——そろそろ行こうかな。心配しないで、パール。ひとりでも大丈夫だから」キャシーがシーソルターのほうへ歩きはじめてすぐに、パールの携帯が鳴りはじめた。かけてきたのがマグワイアであることを確認すると、パールは電話に出ようとその場を離れた。

「メッセージは聞いてくれた?」パールは声を低めて言った。

マグワイアの返事は素っ気なかった。「長くは話せないんだ」

パールは相手の口調に緊迫したものを感じ取った。「何かあったの?」

それからしばらく、パールはマグワイアの言葉にじっと耳を傾けてから口を開いた。「ほんとうに間違いないのね?」

それに続いた間の中で、アリスはパールの口調の変化を感じると、マグワイアとの会話を続けているパールのほうに物問いたげな目を向けた。パールは電話を切るなりアリスの存在を思い出し、彼女が情報を期待するようにして自分を見ていることに気がついた。

「ダイアナなんだけど」パールはショックに放心しながら、ようやくアリスと目を合わせた。「毒を口にしたみたい」

「毒ですって?」アリスは驚いた声でささやいた。「間違いないの?」

パールはうなずいてから、ゆっくりと付け加えた。「亡くなったわ」

その言葉がふたりのあいだをたゆたってから、切り裂くような突風に吹き飛ばされた。その瞬間、アリスの目がまたたき、ふと閉じられたかと思うと、そのまま風に折られた花のように、ふらりと倒れた。パールは慌てて膝をつき、アリスの手を取った。ぐんなり冷たくなっている。パールは目を上げながら、必死の思いで助けを求めた。「キャシー！　すぐに戻ってきて！」

それから一時間ほどしたところで、アリスの夫である医師のリチャード・クレイソンが、ヤキモキしながら居間で待っていたパールのほうへと階段を下りてきた。アリスが倒れると、パールは慌てて夫のリチャードに電話を入れたのだ。ちょうど診療時間外だったから、ジョイ・レーンからウエスト・ビーチ・キャラバンパークの駐車場まで、車であれば数分で来られることはわかっていた。リチャードは予想通りの素早さで到着すると、失神の発作から回復しかけていたアリスと一緒にパールとキャシーを車に乗せて、自宅へと引き返したのだった。そしていま、リチャードが近づいてきたのを見ると、パールは座り心地のいいソファからサッと立ち上がった。「具合は？」

「大丈夫だ」

パールは安堵に大きく息を吐いた。

「ショックを受けただけさ」リチャードは請け合うように言った。

「そうよね」パールはうなずいた。「誰にとってもショックなはずだもの」

リチャードがパールをまっすぐに見た。「間違いはないんだろうね、その――警察の判断についてなんだが」

「残念だけれど、警察は病院から報告を受けているの。ダイアナの症状を見て、毒物に関する検査が行なわれたみたい。わたしも細かいところまではわからないんだけれど」パールが重苦しい声で付け加えた。「何か、疑わしい状況があったのかどうかについても――」

リチャードがきつい口調で遮《さえぎ》った。「どういう意味だい？　もしダイアナが毒にやられたのなら、事故に決まっているじゃないか」

「どうかしら」パールは正直に言った。「事実を突きとめるために、警察の捜査が入ることになるでしょうね」

リチャードは信じられないというように首を振った。「だが、わたしたちはみんなあそこにいて、すべてを見ていたじゃないか。ダイアナは酒を飲んでいた。しかも、見るからに飲み過ぎていた。癇癪《かんしゃく》を起こし、倒れた」

「そうね」それは事実だったから、あれこれ言うつもりもなかった。パールは、キャシーが庭から近づいてくるのを見ながら、適度な間を置いて続けた。「ダイアナとは、水曜日の夜にも会っているの。そのときには、あなたに会いにいくようなことを言っていたけれど」

リチャードは、パールの言葉にどことなく苛立った様子で顔をしかめたものの、開いていたドアからキッチンへと入っていくキャシーの姿に気を取られてから、またプールに目を戻した。

「それが何か？」リチャードは言った。

「ダイアナには、何か気がかりでもあったのかしら？」

「意味がよくわからないんだが」

「わたしと別れる前のダイアナは」パールが説明するように言った。「ボニータと、その恋人のサイモンに対してすっかり腹を立てていた。キツネのことでもめていたのよ」

リチャードは憤慨したように息を吐いた。「あのふたりは、ダイアナの心をかき乱していたんだ。ふざけたツリーハウスを作ってプライバシーを侵害したり。それこそありとあらゆる点で、ダイアナの怒りを刺激していた。彼女は連中に耐えられなかったんだ。だがそれをのぞけば、ダイアナには何も問題などなかったし——」近づいてくるキャシーを目にして、リチャードの言葉が途切れた。

「奥様はよくなったの？」キャシーにそう聞かれ、リチャードは不意をつかれた。

「ああ、ありがとう」どこか困惑している様子で、リチャードは言った。「失礼。お名前を失念してしまったんだが」

「キャシー・ウォーカーよ」

リチャードは礼儀正しくうなずいてみせてから、一歩、玄関のほうに近づいた——そろそろお帰りください、という合図だった。「診療所に戻る必要があるのでね。だが、妻をみてくれてどうもありがとう」

パールが同情を込めた笑顔を浮かべると、リチャードもはかない笑みを返して、ふたりの女を見送った。扉が閉まったところで、キャシーが玄関を振り返った。

「すごい家」キャシーがきっぱりと言った。パールが顔を向けると、キャシーが立ち止まり、クレイソン家を見上げていた。「素敵じゃない？　プールから何からそろっててさ。ひと財産の価値はあるよね」

パールは、その不躾《ぶしつけ》な言葉にギョッとした。このキャシーという娘は、厚かましくて、出しゃばりで、無神経だ。それでもやはりドリーの客だと思い、パールは唇を嚙みながら、こう言った。「そうね。その通りだと思うわ」

8

十二月十八日（土）正午

「だったら、早々にバラしてくれたわけだ」

マグワイアはシーフード用のカウンターを挟んでパールと向き合い、返事を待っていたけれど、そこで客の一団が、ルビーからコートを受け取ろうと近づいてきた。パールはクリスマスの挨拶をしてから客を送り出し、ようやくマグワイアに注意を戻した。

「秘密にしておきたいんなら、そう言うはずだと思ったのよ」パールに挑むような目で見つめられると、マグワイアはいつもながら追い詰められたように感じて、それらしい言い分を探した。だが今度ばかりは、パールのほうが正しかった。

「病院が、家族にも知らせていたからな」マグワイアが言った。

「ジャイルズに？　当然よね――救急車でダイアナに付き添ったのは彼なんだから」そこでふいに、パールは自分が店主の役目を忘れていたことに気がついた。「ごめんなさい。だいぶくたびれている様子だけど。何か飲む？」

「コーヒーを。ミルクはなし、砂糖はたっぷりで」マグワイアがスツールにどさりと腰を下ろすと、パールはポットからカップに、ミルクなしの甘ったるいコーヒーをいれた。「あんまり寝ていないようね」

今度もパールは正しかった。ただし睡眠不足の原因は仕事ではない。新しい住まいの近くにあるバーが、最近深夜営業の許可を取ったせいだ。やかましいので苦情を入れたい気持ちもあるのだが、遅番明けに常連と一杯やれる店がある点は気に入っている。それに警察という立場を、新しいご近所にはできるだけ知られないほうがいいだろうとも思っていた。

パールがコーヒーを差し出した。「それで、いまはどうなってるの？」

ほんの一瞬、マグワイアはパールの灰色の瞳をのぞき込んでぼうっとなったが、コーヒーをひと口飲んで集中力を取り戻した。

「捜査中だ」カフェインで頭がはっきりすることを願いながら、マグワイアは言った。

「はじまっているのね」パールがすぐに言った。「それで、何か手伝えることは？」マグワイアに見つめられ、パールはハッと気がついた。「そうか！　捜査を指揮するわけにはいかないのね？　あなたは昨日の夜、あそこにいたんだもの。証人になってしまう」

マグワイアは、何に一番苛立っているのか自分でもよくわからなかった。パールに現状をピタリと言い当てられたことか。あのイベントに参加していたせいで、殺人の可能性を秘めた事件の捜査を担当できなくなったことか。代わりに捜査を率いるのは、トニー・シプリー警部。マグワイアの上司であるモーリス・ウェルチ警視によって、最近、巡査部長から昇級した若い男で、マグワイアにとってはこれまた不愉快な存在でもあった。地元の面々を優遇したいウェルチ警視は、ロンドン出身のよそ者であるマグワイアをないがしろにしている。それだけでも腹が立つというのに、シプリーにはどう見ても上級捜査官としての能力がないときているのだから苛立ちは募るばかりだった。

「なんなの?」パールは好奇心を引かれているようだ。

マグワイアはパールの探るような視線を逃れて、店内にサッと目をやった。「パール、きみはこの町のことも――住人のこともよく知っている。故人のことも知っていたはずだ」

「ええ」パールの声が曇った。「彼女の家でコーヒーを飲んでから、まだ三日とたっていないわ。えっと、ダイアナはわたしの会計士だったのよ」パールが声をひそめるなか、また別の客たちが、戸口でパールに手を振りながら店を出ていった。「何かの間違いだったりはしないの? ほんとうに毒死だと?」

「エチレングリコールだ」マグワイアがきっぱりと言った。

「不凍液の?」パールはショックを受けながらも、「毒としては完璧だわ」とつぶやいた。「無臭だし――苦みもない」それからはっと腑《ふ》に落ちることがあった。「そうよ」パールは独り言のようにつぶやいた。「ダイアナが言ってたじゃない」

「何をだ?」マグワイアは、パールの思考の流れをつかみ切れずにそうたずねた。

「甘いって。ダイアナはそれを、ケーキの甘さだと思っていた」

「いったいなんの話をしているんだ?」

パールは頭の中を整理しながら、言葉を選ぶようにして説明をはじめた。「あの夜は、多くの人がわたしの作ったホットワインを飲んでいた――あなたもそうよね。でもダイアナは、自分用にお酒のボトルを持ち込んでいたの。ダッチジンよ。ダイアナのお気に入りだった。それでネイサンの話によると、ダイアナが、ケーキが甘いとぼやいていたっていうの。おそらくは、わたしのミンスパイも含めて」

「ネイサン？」マグワイアは、その名前がまた出てきたことに気づいて、疑わしそうな顔になった。

「言ったでしょ。友だちなの」パールは早口で続けた。「あなたもダイアナには会っている。彼女は機嫌が悪かったし、あの夜が終わるころには足元がふらついていた。それでみんな、ダイアナが酔っていると思い込んでしまった――でもあれは、エチレングリコールの影響だった可能性がある」

パールが目を向けると、マグワイアは顔をしかめた。「どうしてそんなことを知っているんだ？」

「わたしはたまたま警察で訓練を受けたことがあるんだけど、忘れちゃったのかしら？」だがじつを言うと、ヘンドンで行なわれた訓練では、エチレングリコールのことなど学んではいなかった。何者かが皿に入れて残した不凍液により、このあたりの猫が何匹か殺された事件を思い出したのだ。当時は飼い猫のモジョに何かあっては大変とドリーが怯え、その事件がやむまでは、家から出そうとさえしなかった。

「ダイアナは、イェネーバのボトルを厨房《ちゅうぼう》に置きっぱなしにしていた。わたしが渡したグラスを使って勝手に飲んでいたけれど、ボトルの中身に細工をすることは誰にでもできたはず。あのボトルは一晩中――」パールは、ふと言葉を切ってからたずねた。「見つかっているの？」

「ボトルのことか？」マグワイアは、パールの考えについていくのに苦労しながら言った。

「いますぐ捜査官に知らせないと」パールが言った。「今日は資源ゴミの日なの。回収車はいつも、午後の早い時間には回ってくるから」

マグワイアは相手の言いたいことを理解すると、時計を確かめ、残っていたコーヒーを一気に飲み干した。そのまま携帯を取り出して入り口に向かいながら、もう一度パールのほうを振り返った。「ありがとう！」マグワイアはそう言い残して店を出ていった。

パールは空になったカップに目を落とすと、底に残ったコーヒーの模様を見つめながら考え込んだ。紅茶とコーヒーの両方で占いをするドリーであれば、ハテナマークが見えると言い切ったはずだ。さらなる思いをめぐらせる前に、携帯からメッセージの着信音が聞こえてきた。ジャイルズ・マーシャルからだった。グレイ・ゲーブルズに来てほしいという。しかも、できるだけ早く。

ドリーにまかせて店を出ると、グレイ・ゲーブルズからほど近い駐車スペースになんとか車をとめることができた。いつもであれば、自宅のあるアイランド・ウォールからも十五分ほどの距離だし歩いていくところなのだけれど、ジャイルズのメッセージには緊急の響きがあったからだ。

四時ごろになるとあたりはすでに陰り、身を切るような風がまた吹きはじめた。屋敷の私道に近づきながら、ほんの三日前には、年次の収支内訳という平凡な事柄について話し合うためにここに来たことがとても信じられない思いだった。格子窓も、いまやクリスマスの飾りつけではなく、それぞれの窓辺に置かれた一本の蠟燭《ろうそく》により輝いている。パールは呼び鈴を鳴らすと、しばらく待ってから窓のほうに動き、中をのぞき込んでみた。人の気配のない屋敷は寒々しくて、どこか客を拒んでいるかのようだ。だがやがて、玄関の扉についたステンドグラスのパネル越しに、誰かが近づいてくるのが見えた。扉が開くと、目の前にはジャイルズの妻のステファニーが立っていた。彼女は哀しみに打ちひしがれているというよりも、ショックに放心した様子で、パールを招じ入れた。

玄関ホールに入ると、窓台に置かれた精油用のディフューザーから、ユーカリとシナモンのかすかな香りが漂ってきた。

「このたびは、ほんとうにお気の毒なことになってしまって」パールは心を込めてそう言った。

「お気遣いをありがとう。それに、こんなに早く来てくれて助かったわ」ステファニーはパールの赤いコートを受け取ると、玄関ホールのスタンドに掛けた。「ジャイルズは二階よ」ステファニーは声を低めた。「あんなジャイルズは見たことがないわ。一晩中、ダイアナの仕事部屋で寝ていたのよ——そもそも、寝ていればの話だけれど。すっかり哀しみに打ちのめされてしまって」その瞬間のステファニーは、いつになく途方に暮れているように見えた。

「また出直したほうがいいかしら？」パールがそっと言った。

「いいえ」ステファニーは自分を取り戻しながら言った。「あの人は、あなたに会うと決めているの。どうぞこちらへ」

ステファニーが先に立って二階に上がった。閉ざされたマホガニーの扉の前まで来ると、ステファニーは気持ちを引き締めるようにしてから、一度だけノックした。それからドアを開け、顔だけを中に入れて言った。「パールよ」そして一歩下がると、今度はパールに声をかけた。「もし何かいるようだったら、わたしは居間にいるから」

ステファニーが去ると、ひとり残されたパールはドアをさらに大きく開いた。パールはジャイルズがダイアナのデスクについているところを想像していたが、彼はドアには背を向けて立ち、窓の外を眺めていた。ドアの閉まる音にも反応を見せず、声をかけられるまでは、パールの存在にさえ気づいていないかのようだった。

「ジャイルズ？」

その声に、ジャイルズは赤紫のカーテンをサッと閉めてから振り返った。すっかり取り乱している様子だ。髪はボサボサで、カーディガンのボタンも掛け違えている。パールは同情を覚えずにはいられなかった。大切なおばを亡くしたことはもちろんだが、ステファニーも言っていたように、ジャイルズは明らかに打ちのめされていた。

「どうぞ座って」ジャイルズは椅子を示しながら言った。パールは腰を下ろしたものの、ジャイルズは立ったまま、カーディガンに深く手を突っ込んで、部屋の中を行ったり来たりしながら思いを整理しようとした。「警察が一日中ここにいたんだ。シプリーって刑事がね」

「その刑事からは何か聞いているの？」

ジャイルズはこの問いに顔をしかめた。「死因は毒物だって。病院からも報告が上がっているんだ」パールに向けられた顔が突然こわばった。「だがそれ以上は、話せないのか話す気がないのか、何も教えてはくれなかった。だからこそ、きみを呼んだんだよ、パール。きみは探偵だから――この手のことには通じているだろ。ぼくは、真相を突きとめなければならないんだ。わかるかい？　ダイアナおばさんのために、なんとしても」ジャイルズは、表情に表れた弱さを払うように手のひらで顔をぬぐった。

「捜査なら警察がするわ」パールは思い出させるように言った。「それこそ、もうはじまっているはずだし――」

「知ったことか」ジャイルズが苛立った声で言った。「警察がこたえをくれるとは思えない。お金なら必要なだけ払うよ、パール。真相がわからないかぎり、ぼくは心が休まらないんだ。わかってくれるだろ？」

パールはとっさに葛藤《かっとう》を覚えた。一連のクリスマスカードの調査を断ったときから、状況は何ひとつ変わっていない。ただし――ダイアナ・マーシャルが死んだというひとつの現実を除けばだが。店は相変わらず忙しいし、クリスマス休暇にはチャーリーが帰ってくる。クリスマスはあと数日に迫っているのに、まだプレゼントさえ買いにいけていない。それでもジャイルズの決然とした表情は、切迫した状況と、事の重大さを物語っていた。

「助けてくれないか、パール？」すがりついてくる迷子のような目で見つめられて、パールは腹を決めた。

「できることはなんでもやるわ、ジャイルズ」それからひと呼吸置いて、重要な条件を付け加えた。「ただしあくまでも、ダイアナの友だちとしてよ」

ジャイルズはその言葉を理解するのにしばらく時間をかけてから、ゆっくりとうなずいた。

「ありがとう、パール」彼女の返事を聞いたことで、ジャイルズも少しは心の平和を取り戻し、故人の唯一の血縁として重く感じていた責任も、少しは軽くなったようだった。おそらくは、とパールは思った。これでちょっと休むことができれば、新しい一日に向けて、頭の中を整理し直すこともできるのではないかしら。

それからしばらくのちに、パールはジャイルズのあとから階段を下りると、居間のテレビの前に座っていたニコラスにちらりと目をやった。いかにもくつろいだ様子で、大きな容器からアイスクリームを頬張っている。ダイアナのツリーの上では電球がまたたいているし、ここにグラスを手にしたダイアナさえいれば、いかにも家庭的な普通のクリスマスの光景だった。

「ひとつだけ」パールが、玄関に近づいたところでジャイルズのほうを向いた。「警察は今日、家の中をすっかり捜査していったのかしら?」

ジャイルズはうなずいた。「何もかも徹底的にね。おばさんのノートパソコンまで持っていった」

パールは居間のほうを見つめた。「あのトレイに並んでいたお酒のボトルは?」

「それも全部」ジャイルズは言った。

「ありがとう」パールは、その点について考え込んだ。

玄関を出ると、驚いたことに、ジャイルズが手を差し出してきた。もしも探偵の仕事として今回の件を引き受けていたら、取引成立の握手だと思ったかもしれないが、パールは直感的に、ジャイルズはおそらく、人のぬくもりが恋しいだけなのだろうという気がした。パールはジャイルズの手を取り、もう片方の手で包み込んだ。ジャイルズは一瞬パールのまなざしを受けとめてから、涙をこらえるように目を閉じた――が、その瞬間は、静寂を断ち切るようなステファニーの声で破られた。

「さようなら、パール」ステファニーはキッチンタオルで手を拭きながら廊下に出てきた。

ジャイルズは目を開いてサッとパールの手を放すと、いつもの堅苦しい声で、「ありがとう」と繰り返した。ステファニーがジャイルズのかたわらに立ったところで、パールはヨークストーンの敷かれた小道を進み、前庭にあるヴィクトリア朝様式のランプポストを通り過ぎた。振り返ってみると、もう玄関は閉じられていた。

ジャイルズとステファニーに見られていないことを確かめてから、パールはグレイ・ゲーブルズの側面に沿ってフランシス・サリヴァンの敷地へと続く細い小道に入った。グレインジと呼ばれているその屋敷はかなりの規模で、大きく生長した木々が、小道を仕切る壁の上にそびえ立っている。グレイ・ゲーブルズがいかにも堅苦しい雰囲気なのとは対照的に、入り口の上にはカラフルな鳥の巣箱が据えられており、芝の前庭に立つ大きなモミの木ではいくつもの風鈴が鳴っている。これまでずっと扉の上につけられていた門札《もんさつ》も、いまではセラミックでできたハート形のものに掛け替えられている。そこに塗料で屋敷名が記されているのだけれど、それだけを見れば、フランシス・サリヴァンが長年住み続けてきたエドワード朝様式の堂々たる邸宅よりも、可愛らしいコテージを連想してしまいそうだ。フランシスの孫娘とそのパートナーが、いまやその地所が自分たちのものであることを高らかに主張し、消すことのできない彼らのしるしをつけていることは明らかだった。ふたりはダイアナの威嚇《いかく》に対しても引くことがなかったし、パールにも、ツリーハウスを作ったこと自体が、意図せずして隣人のプライバシーの侵害につながったというよりは、ある種の宣戦布告——ダイアナの偏狭な価値観への挑戦のように思われた。

屋敷は闇に包まれていたが、上階にあるひとつの窓にだけ明かりが灯っていて、そこには、立てかけられている羽根のついたドリームキャッチャーのシルエットが浮かび上がっている。パールも、北米の少数民族であるオジブワが、悪夢を祓《はら》う魔除けとしてドリームキャッチャーを信じていることは知っていた。その網に捕らえられた夢は、日中の光によって消え失せるのだと。

パールは屋敷を見上げながら、ボニータとサイモンも、いまでは安らかな眠りを手に入れているのだろうかと思った。ふたりはダイアナ・マーシャルを一種の悪夢のようにみなしていたのかもしれないし、だとすれば——もう二度と、彼らを悩ませることはないのだから。

9

十二月十九日（日）正午

「頼むから、殺人事件の調査を引き受けたなんて言わないでくれよ」ネイサンがいたずらっぽい目をしながら、大きなグラスにリオハ・レセルヴァを勧めてきたが、パールは断った。まだ正午だというのに、ネイサンはまったく気にしていないようで、そのスペインワインをたっぷりとひと口飲みながら、パールのこたえを待っていた。

「協力すると言っただけよ」パールは言った。

「で、正確に言うと、それはどういうことなのかな？　たとえきみが殺人犯を見つけても、ジャイルズ・マーシャルはその経費を払わずに済むってことかい？」

ふたりはアイランド・ウォールに立つ、ネイサンの魅力的な住まいの居間に腰を下ろしていた。コテージということにはなっているが、庭のほうにまで大きく増築されており、洗練された内部は広々としている。天井まで届く棚には本がぎっしりと並び、茶トラの雄のビギーが、座り心地のいいソファに敷かれたブランケットの上で丸まっている。だがネイサンのノートパソコンはスリープモードになったままで、記事が書かれている気配は皆無だった。

「それで、例の刑事は?」ネイサンが探りを入れるように言った。「きみから聞いていた感じとは、ずいぶん違ってたけど。古くさいくたびれたレインコートを着た刑事を想像していたのにさ。あれはコロンボって雰囲気じゃないよな? どっちかといえば、ジェームズ・ボンドだ」ネイサンはワイングラス越しにパールを見つめた。

「それを聞いたらマグワイアも大喜びでしょうよ」パールは言った。何事にもこだわりの強いネイサンは、白い人工のクリスマスツリーの上のオーナメントを、また別の枝に付け直している。

「ぼくに言わせれば、あの刑事は、二枚目でいるための心得を学んでいるね」

「それは気づかなかった」パールは嘘をついた。

「きみは、どんなことにだって気づくじゃないか」ネイサンが、パールのほうに顔を向けながらやり返した。「だからもちろん、薬指に結婚指輪をはめていないことにだって気づいていると思うね。それで、やつにはどんな物語があるんだい?」

「意味がわからないんだけど」

「誰にだって物語があるもんだろ、パール。それであいつのは? 仕事とでも結婚したのかな?」

「ほんとうに知らないのよ」今度ばかりは嘘ではなかった。「言ったじゃない。彼には秘密主義なところがあるんだって」

「じゃあ、きみがその秘密を暴く女性ってわけだ」ネイサンが決めつけるように言い、もうひと口ワインを飲もうとしたところで、パールが自分を見つめていることに気がついた。「何を考えているんだ?」

「毒が原因だなんて、ひどい死に方だなって」

ネイサンは手にしていたグラスを見つめてから、肩をすくめた。「いい死に方があるとでも?」ワインを味わうネイサンに目を据えているうちに、パールはふと、あることが気になった。

「あなたはどこにいたの? おとといの夜――ダイアナが倒れたときに」

ネイサンはしばらく考え込んだ。「クリスマスツリーの結構近くに立っていたから、きみと、憧れの刑事の姿がよく見えたよ」

「だったら、ダイアナの姿もよく見えたわよね?」

「ダイアナよりも、きみたちのことのほうが気になっていたけど」

「つまり、わたしをスパイしていたってこと?」

「そうとも」ネイサンはあっけらかんと言い切った。「あのヤドリギが目に入って(ヤドリギの下ではキスをしてもいいという言い伝えがある)、この調子だときみを助けにいかなくちゃならないかなと思っていたら――ダイアナが、あの魅力的なお嬢さんに向かってわめきはじめて――」

「ダイアナは挑発されたりしていなかった?」

ネイサンはなんとか思い出そうとしてから、肩をすくめた。「何が原因だったのかは、さっぱりわからない。何かを話していたと思ったら、次の瞬間にはダイアナが爆発していて、そのまま倒れてしまったんだ。てっきり飲み過ぎたんだと思ったよ。誰もがそう思ったんじゃないのかな?」

「ダイアナが飲んでいたものは見えた? 透明な飲み物だったかしら?」

ネイサンがかぶりを振った。「思い出せない。飼い葉桶に鼻づらを突っ込むようにして、大きなグラスからがぶ飲みしていたことは確かだけどさ」

「ネイサン――」パールがたしなめるように言った。

「ぼくは偽善者じゃないし、ダイアナのことなんかどうだっていいのさ。とはいえ、彼女の死を望んでいたわけじゃない。ただし、誰かしらが望んでいたのは間違いなさそうだ」

パールはここで考え込んだ。「すでに捜査は行なわれているようだけれど、まだ殺人事件だと決まったわけではないのよ」ネイサンが目を上げると、パールは思い出させるように言った。

「自殺の可能性は常にあるわ」

「おいおい、パール。この世からおさらばする手段として、誰が不凍液なんか選ぶんだ? ダイアナ・マーシャルがどんな人間だったにせよ、腰抜けと呼ばれるタイプではなかったはずだ。実際、彼女には元サッチャー首相を思わせるところがあったとは思わないか? あの押しつけがましい物言いと、プッシーボウのブラウスときたら」ネイサンは身震いをしてみせた。

「まあね」パールは言った。「ただ、イベントの夜は服装もずいぶん違っていたとは思わない? 栗色のワンピースなんか着ちゃって、いっそあでやかだった。その前に店の収支の件で彼女に会ったときも、なんだか――」

「何？」

「いつもより女らしかった」パールは言った。「まるで、これまでのスタイルを変えたみたいに」

「それも長くは続かなかったけどな」ネイサンがあっさりと言い、ワインを飲み干すと、彼にしては珍しい目つきでパールを見た。軽薄な態度こそ崩していないものの、瞳からはいつもの魅力的な輝きが消え、口調も深刻なものに変わった。「もしこれがほんとうに殺人事件だとしたら、パール」ネイサンは言った。「くれぐれも気をつけるんだぞ」

マグワイアはパウンド・レーンにある駐車場から、カンタベリーの買い物客の波に逆らうようにして、セント・ピーターズ・ストリートを進んでいた。この通りは、季節にかかわらず買い物客でにぎわっている。観光客、住人、そして、たとえばウィスタブルのような近郊の小さな町から消費という巡礼を行ないにくる人々。舗道はこの一時間降っていた霧雨《きりさめ》に濡《ぬ》れ煌《きら》めいていたが、大道芸人や若い物乞いは立ち去ろうとせず、寒さから身を守るように戸口で体を丸めている。

マグワイアの頭の中は、パールのことでいっぱいだった。一年のこの時期になると、毎年、どこかへ逃げ出したくなる。できることならキリスト教とは無縁な、暑い土地に。そうすれば、クリスマスと、それにまつわるすべてのことを考えずにすむのにと。家族については、ほとんど語るべきものを持っていなかった。両親はすでに他界していたし、何人かいる高齢のおばたちは、日頃からきちんと連絡を取っていなかったことから、新しい住所を彼に教えることもなくどこかへ引っ越してしまった。マグワイアとしては、すべて警察の仕事のせいだと思っていた。ドナが彼の人生に現れるまでは、あまりにも多くの週末を事件の捜査に費やし続けたあまり、いつかは自分も、家族という、自分がしっくり収まる場所を持つようになるのかもしれない、などとは考える余裕さえなかった。そしていまは、ドナの死からもうすぐ二年がたとうというのに、マグワイアは相変わらずひとりきりでいた。カンタベリーの刑事捜査課に異動したことも、適切な職場を得ることにはつながらなかった。ただしこれについては、ひとえに、新しい上司のせいではあるのだが。

ウェルチはあらゆる意味において小さな男だった。視野が狭く、知性も偏《かたよ》っているから、大局をとらえることなどはまずありえない。だとしても警察組織においてはうまく立ち回っており、警視という座を、実力で勝ち取ったというよりは、まんまと手に入れた。ロンドンからカンタベリーに移ってよかったことといえば、パール・ノーランに出会ったことくらいだ。ここ数か月は連絡も取っていなかったけれど、彼宛てとして一通だけ署に届いたクリスマスカードが、もう一度連絡を取るいい口実になってくれた。

夏のあいだはマグワイアもパールに対し、探偵仕事などはあきらめて、店に集中したほうがいいと言いつのった。だがその後、パールが捜査において強力な武器になることがわかってきた。なにしろ、地元に関する幅広い情報と、犯罪捜査には欠かせない、人間に対する生まれながらの直感力をあわせ持っている。ただし、その両方を駆使して彼の捜査を乗っ取ろうとするので、その点だけは厄介なのだが。

プロの捜査官として、ひとりの女と競い合うことにもとくに抵抗は感じていないつもりだった。どういう意味においても男性優越主義者ではなかったし、賭け事をしたり酒を飲んだりはするものの、そんなときに仲間を必要とする〝群れる男〟というわけでもない。どちらかといえば社交性を持ち合わせた一匹狼で、人と付き合うのも嫌いではないが、ひとりでいるのも同じくらい好きだった。数人の軽い知り合いと地元のジムでスカッシュをすることもあったが、ロンドンの法廷で扱われていた事件が終わり、ベスト・レーンにある新しいフラットに引っ越してからは、その時間もほとんど作れなくなっていた。

マグワイアとしては、クリスマスのあいだに新しい住まいにしっかり落ち着いて、いくつかあるお気に入りの場所を訪れる時間を捻出できればと考えていたのだけれど、いまのところは思ったようにはかどっていなかった。競馬場にはもう何か月も足を運んでいないものの、オンラインでは何度か馬券を買って、法廷仕事の退屈さをまぎらわせていた。マグワイアも最近になって、自分が賭け事をやるのはたいていストレスがたまったときであり、しかもそれが、ドナの死のあとに身についた習慣であることにも気づいていた。要は酒を飲むのと一緒で、人生と折り合いをつけるための手段なのだ。だとしても酒に頼り過ぎていた点に関しては、バーボンにはもとから目がなかったからと自分に言い訳するのはやめにして、なんとか克服することができていた。時は流れ――マグワイアも歩きはじめたのだ。

たった一度の愚かしい事件が、彼からドナを奪ってしまった。薬物でハイになったふたりの若者が、寒い雨の夜に、ロンドン南部のペッカムの通りで、ドナを轢《ひ》き殺したのだ。それによってマグワイアの人生は一変したのであり、二度と元通りになることはないだろう。とにかく、ギャンブルへのうずきは常にあった。ポーカーをひとゲーム、賭けをひと張り、コイン投げゲームで、どちらの面が出るのかを見ているだけでもいい。おそらくは、自分にもいつかは運が戻ってくるという希望を持ちたいのだろう。ドナが生きているときには、当たり前のこととしてそう思えたように。

ギャンブルはマグワイアにとって、彼、あるいは誰かが、物事に対してどれだけの影響力を持つのかを計る手段であり続けた。つまり賭け事が、人生という、より大きなゲームに重なって見えていたのだ。ドナが死ぬまで、マグワイアは人生の勝ち組であり、順調に出世していた。昇級や表彰を重ねて前進し、将来への計画も持っていた。だがその将来が突如として奪われたかと思うと、運も同時に失った。あの暗いペッカムの通りで事件が起きた夜までは、何もかもが、自分の思い通りになるような気がしていたのに。いまではすべてがますます読めなくなっていた。この前の夏に、パールが彼の人生に現れたことを含めて。マグワイアは、単なる事故死に見えた事件を担当していたのだが、パールの見方は違っていて、結局は彼女の直感のほうが正しかったことが証明されたのだ。

マグワイアはパールを見くびっていた。とはいえ――レストランのオーナーシェフが、犯罪捜査で自分の上を行くなどと、どうして想像できただろう？

「犯罪の手がかりは、料理の材料に似ている」と、パールは言ったことがある。「どちらも正しい方法でまとめ上げれば、満足する結果が得られるんだから」と。ふたりは〈ホテル・コンチネンタル〉のバーにいて、マグワイアがはじめてオイスタースタウトを口にしたのもあのときだった。それ以来そのビール——と、パールにも——惹きつけられていたのだが、すぐに連絡が途絶えてしまい、パールからのクリスマスカードが来るまではそのままになっていたのだった。カードに書かれていたのは、シンプルなメッセージだった。『メリー・クリスマス、マグワイア。たまにはウィスタブルに戻ってきて——在来種の牡蠣《かき》でもいかが？』

いまはウィスタブル在来種の牡蠣が出回っている季節なのだが、マグワイアはふと、殺人の季節でもあるのかもしれないと思った。ダイアナ・マーシャルの公式な捜査からは外されていたものの、署内のあちこちに貸しがあったので、それを使って有能な巡査部長ふたりにイェネーバのボトルを探しにいかせ、聖アルフレッド教会のホールの前で収集を待っていた資源ゴミの容器から、持ち去られる前に見つけ出すことができた。瓶の残留物は、ダイアナが割ったグラスの破片に付着していた成分と一致した。同じ工業原料から抽出したエチレングリコールだ。問題は、それがどうやってボトルに入ったのか？

そこで錬鉄《れんてつ》製の門の前に着いた。新居の玄関は、その向こうにある中庭に面している。ちらりとストゥール川の速い流れに目をやると、細い針のような雨が水面に穴をうがっていた。部屋に入り、まずは熱いシャワーを浴びてから、着替えて、新たな一手を打つことにした。大きく深呼吸すると、内ポケットから携帯を取り出し、ショートメッセージを打ち込んだ。『今晩、コンチネンタルで七時に会えないか？』

数秒後には、パールからのメッセージが画面に現れた。『じゃあ七時に』

パールは携帯の電源を切ると、「ごめんなさい」と言って、目の前の人物に笑顔を向けた。

「いいのよ」プルー牧師が言った。ふたりが腰を下ろしているのは、牧師館の書斎だ。「それでどこまで話したかしら？」

「えええっと――瓶のところまで」

「そうそう。警察は、リサイクル工場に持っていかれる前に、なんとか瓶を回収することができたのよ。じつのところ、教会ホールの中もしらみつぶしに調べていったわ」牧師は紅茶をひと口飲んだ。「特定のジンのボトルを探していたんだけれど」牧師が困惑に顔をしかめた。「どうしてそんなことを知っていたのかしら？」

「さあ」パールはそれだけ言って口をつぐんだ。

「その程度で済んでよかったのかもしれないわね」牧師が続けた。「でも、マーサはすっかり動揺してしまって。彼女はもう何年もダイアナの家の掃除を引き受けていたし、聖アルフレッドでもボランティアで雑用をしてくれているから」牧師がパールをまっすぐに見つめた。「まったく、なんて悲劇かしら」

「ほんとうに」パールも同意した。

そこで牧師が単刀直入にたずねた。「この件を調べているというのは、警察に協力しているということなの？」

パールはためらってから、言葉を慎重に選んだ。「いまは、みんなの持っている情報を集めておくのが一番だと思っていて——だから、もしもあの晩の出来事について、何か考えがあるのなら聞かせてもらえないかなって」

「もちろんよ」牧師が言った。「ただ前にも言ったように、わたしはあのとき、ほかのことに気を取られていたものだから。ケーキを売っていたブースで、フィリスとおしゃべりをしていたのよ。彼女の焼いたハミングバードケーキが、目を見張るような出来栄えでね。ひょっとしたら、食べているかしら？」

「いえ」パールとしては、ぜひとも食べてみたかった。なにしろハミングバードケーキは大好物のひとつなのだ。

「残念ながらわたしもなのよ」牧師がため息をついた。「でも、見るからにおいしそうなの。クルミ、ピーカンナッツ、バナナ、つぶしたパイナップルを練り込んだ生地を三層にして、クリームチーズのアイシングがかかっていたわ。フィリスはレシピをくれるって」牧師は嬉しそうに顔を明るくしてから、今度は自信のなさそうな声で続けた。「でも、変わった名前の由来が、せっかく聞いたのに思い出せないのよ」

「そのケーキを口にすると、幸せのあまりハミングしたくなるから」パールが言った。「あとは、蜜《みつ》を好むハチドリ《ハミングバード》でさえ甘いと思うケーキだから、という説もありますね」

「そうそう！　ほんと、クリスマスっておいしいものが盛りだくさんよね？　もちろん、暴飲暴食が罪であることを忘れてはいけないけれど」ふいに、デスクのそばに置かれた大きな振子時計が時を告げた。「もう四時だわ」牧師が舌打ちした。「時のたつのが早いったら」そう言って空になったカップを置くと、立ち上がった。「もう行かないと。町の人たちに配るクリスマス礼拝の案内状の件もあるし、キャロルサービスに向けて讃美歌のリストを作らないといけないから」牧師が申し訳なさそうに付け加えた。「ダイアナは死んでしまったけれど、クリスマスはクリスマスだもの」

書斎を出ると、牧師はもう一度パールのほうに顔を向けて言った。「お見送りをしなくても大丈夫かしら？」

「ええ、もちろん」

牧師が階段を上がりはじめると、パールも玄関のほうに向かったが、そこで足を止め、もう一度呼びかけた。「プルー牧師、ダイアナが、ハミングバードケーキを食べたかどうかはわかりますか？」

牧師は階段のなかほどで足を止め、その問いについて考え込んだ。「わからないわ」牧師はようやくそう言った。「フィリスに聞いてみたらどうかしら？」

「そうしてみます」

通路を玄関のほうに回り、扉を開くと、冷たい風に負けないよう上着の襟を引き寄せた。それから何歩か進んだところで、見知った人物が教会のほうに向かうのが目に入った。パールは牧師館を振り返ってから、その人物のあとを追うことに決めた。

聖アルフレッドは伝統的な英国国教会の礼拝を行なう、居心地のいい、温かな雰囲気の教会だ。これはプルー牧師のあけっぴろげな性格に負うところも大きいだろう。十九世紀の半ばに建てられた教会には、着席で五百人程度を収容できる規模があり、地理的にいっても、礼拝に訪れる人々のつながりにおいても、地域社会の心臓のような役割を果たしている。信仰を捧げ、誕生を祝い、死を悼む場所としてのみでなく、町にかかわるさまざまな問題を扱う会議の場としても利用されているのだ。さらには、蠟燭《ろうそく》の明かりの中で行なわれるクラシカルな演奏会なども頻繁に開かれる。

パールは教会に足を踏み入れながら、すでにコートを脱いだマーサが、花を飾ったり、積まれた讃美歌の本を整理したり、何かしらいそいそと立ち働いているところを想像していた。ところがマーサは、いつものせわしない様子で動き回るかわりに、信徒席の最前列に腰を下ろし、頭を垂れて祈りを捧げていた。パールは邪魔をしないよう静かにたたずみながら、いま古い教会にいるのが、マーサと自分だけであることに気がついた。

湿っぽい匂いがしてはいても、教会の中は比較的暖かかった。石灰岩の四角いブロックでできた壁が、外で吠えている風を、しっかりはね返してくれているおかげだ。教会の、パイプオルガンのある回廊は、収容人数を増やす役割も果たしている。信徒席の長椅子の端に番号がふられているのは、すべての教区民に決められた席があった時代の名残だ。聖アルフレッド教会の持つ瞑想的な雰囲気に心がなごむのを覚えながら、パールは最後部の席に腰を下ろした。

パールはとくに信仰心が篤《あつ》いほうではないし、定期的に教会を訪れることもない。だが幼いころに日曜学校で聖書を学んだときから、教会を、自分の人生という織物の一部のように感じていた。漁を中心にしてきた港町にとって、聖アルフレッド教会は、遠い昔から特別な場所であり続けた。なにしろ教区では、多くの人々が海で命を落としてきた。そんなときには牧師たちが、慰めを与え、故人にふさわしい告別式を行なってきたのだった。

ステンドグラスの窓に次々と目をやりながら、パールは幼いころから慣れ親しんできた聖書の場面を眺めた。ガリラヤ湖に浮かべた釣り舟から説教をするキリストの姿は――まるで、この場に集まった信徒たちに語りかけているかのようだ。パールはこの教会で、友人や親類の、結婚式にも葬儀にも出席してきた。その中には、父や、牡蠣漁師だったヴィニー・ロウの葬儀もあった。この前の夏、パールはヴィニーの死をきっかけにしてマグワイアと出会ったのだ。

二十年近く前に、チャーリーが洗礼を受けたのもこの教会だった。最近では、日曜日を教会よりも、大聖堂ばりの規模を誇るスーパーマーケットで過ごし、消費主義の祭壇を崇拝するほうを好む人が増えている。だとしても聖アルフレッドのような教区教会は、地域社会において、いまだ重要な意味を持ち続けていた。パールがそんなことを考えていると、最前列でマーサが立ち上がり、まっすぐ説教壇のほうに向かった。振り返ってパールに気づくこともなく、ハンドバッグから財布を出すと、募金箱に硬貨を一枚落とした。それから一本の細い蠟燭を手に取って、小さなティーライトの炎で火を灯し、蠟燭ホルダーに差した。

マーサはその炎をしばらく眺めてから財布をしまうと、バッグの掛け金を慎重にとめて、身廊のほうに向かった。何かに気を取られていたらしく、出口に近づいたところで、ようやく後方の席に座っていたパールに気がついた。マーサは何かまずいところでも見られたかのように、ピタリと足を止めた。

パールが慌てて口を開いた。「ごめんなさいね、マーサ。邪魔をするつもりじゃなかったのよ」そして微笑《ほほえ》みながら、こう問いかけた。「紅茶でも一緒にどうかしら？」

ハーバー・ストリートにある〈チューダー・ティー・ルームズ〉は、最近の近代化の波をものともせず、昔のままの姿を保っている。これは稀有《けう》なだけでなく、パールにとっては素晴らしいことでもあった。なにしろ十七世紀にさかのぼる建物の中で、本格的な紅茶が楽しめるのだから。〈チューダー〉の愛称で知られ、三十二年以上も家族経営で続いているその店は、水曜日を除いて毎日営業をしており、夏場には爽《さわ》やかな中庭を客に開放し、冬場には暖炉に炎がはぜていて、その前から離れたくなくなってしまう。パールは、クリスマスらしいハイ・ストリートの喧噪を逃れて、マーサを連れてくるにはもってこいの場所だと思った。

この店の特徴でもある赤いギンガムチェックのテーブルクロスを挟んで、パールは茶葉からいれたアールグレイを、ティーストレーナーを使ってカップに注いだ。「ミルクは？」パールがたずねると、マーサはこくりとうなずいた。

「そう長くはいられないんですよ」老いたマーサが心配そうに言った。「ピルチャードとスプラットが待っているもんで」

パールがミルクを注ぎながら目を上げた。

「猫ですよ。五時きっかりに餌をあげるんでね。あの子たちには時間がわかるんですよ。なにしろ、時計が鳴るちょっと前に、いつだって台所に来て待っているんだから」

パールは微笑みながらカップとソーサーを差し出し、ブラウンシュガーの入った陶製の壺をマーサのほうに滑らせた。

「長いこと飼っているの？」

「もう十年近くになりますねぇ」マーサは誇らしげにそう言いながら、砂糖の塊をいくつも続けて紅茶に入れた。「保護猫だったんですよ。兄弟の。ピルチャードは、あるお宅のテリアと喧嘩をしましてねぇ。おかげで脚を切断することになっちまって」マーサは陰気な声で付け加えた。「つまりテリアじゃなくて、ピルチャードのほうが」

「ひどい話ね」パールが言った。

「あら、あの子ならなんともありませんとも」マーサが言った。「動き回っているところを見たら、ひょっとすると気がつかないんじゃないかしら。スプラットよりもよっぽどやんちゃでねぇ。このごろのスプラットときたら、一日中、居眠りばかりしていて」

マーサが口元をすぼめて小さな笑みを浮かべたが、そこで可愛らしいウエイトレスの運んできた皿のほうに注意を引きつけられた。フルーツスコーンがふたつ載っている。

「どうぞ召し上がって」パールが言った。

マーサは内気な子どものようにナイフを手に取ると、スコーンにバターを塗りはじめた。まるで、そこに人生がかかっているかのような慎重な手つきで。パールはその様子を眺めているうちに、ひょっとするとマーサが食べ物に集中しているのは、わたしと目を合わせたくないから――つまり、会話を続けたくないからなのではと思えてきた。そこで、ここはわたしが主導権を握らなければと気を取り直した。

「調子はどうなの？」パールが言った。

どうとでも取れる問いかけだったので、マーサは目を上げると、質問の真意を問いただすようにパールを見た。「どういう意味です？」

「プルー牧師から、体調を崩していたと聞いたものだから」

マーサは、完璧にバターの塗られたスコーンに目を戻すと、そこにレモンとジンジャーのマーマレードを載せはじめた。「だいぶよくなりましたよ、おかげさまで」警戒するような口調でそうこたえてから、何も隠し立てをしているわけではないとでもいうかのように付け加えた。「とくに深刻な病気でもないし。低血圧でねえ。だけどクレイソン先生がしっかり診てくれたし、いろいろ検査もして、全部大丈夫だったんですから。薬も飲んでいるし、もうすっかりよくなりました」

「それはよかったわ」パールが微笑んだ。

マーサはスコーンを小さくかじると、入れ歯らしい歯で嚙みはじめた。パールにもいくつか聞きたいことはあったのだけれど、無神経に穿鑿《せんさく》をするとは思われたくなかったので、紅茶を飲みつつ、マーサのほうから会話を続けるのを待った。マーサもそれにこたえて口を開いた。マーマレードのおかげで元気が出てきたようだ。

「ダイアナさんだって、あたしの仕事ぶりにはすっかり満足してくれていたんですよ」いきなり話が飛んだので、パールは不意をつかれた。「ほかの家の仕事だってやめる必要なんかなかったのに。クレイソン先生も、少しだけ仕事の量を減らしさえすれば何も問題はないと言っていたし。要は、年を取っただけのことなんだから」

パールはうなずきながら、ここは、マーサに話を続けさせるのが一番だと判断した。ひと呼吸置いたあとに、マーサは言った。「次の誕生日で七十になるもんでね。だからって、掃除ができなくなるってわけじゃなし」

「そうよね」パールはマーサが紅茶を飲むのを見つめながら、この人の場合には、お酒ではなく、砂糖で舌が緩むのかもしれないと思った。

「いくつも仕事をやめなくちゃならなくてね。でなけりゃ、向こうがやめさせたといってもいいけれど。前には五軒、つまり平日に、一日一軒ずつまかされていたんですよ。それがいまは、クレイソン先生のところだけになっちまった」マーサは哀しそうに言った。「ダイアナさんの家へ最後に伺ったときには、銀製品を磨いておきましたっけ」マーサはレースに縁取《ふちど》られたハンカチをポケットから取り出すと、ミュートをつけたトランペットのような音を立てて洟《はな》をかんだ。

「ほかにもいろいろしていたじゃないの」

「そうですね」マーサは誇らしげに言った。「窓掃除以外は全部あたしがやったんだから。ダイアナさんはいつも言ってくれたもんです。『あなたみたいに銀器をピカピカにできる人、ほかにはいないわ、マーサ』とね」

「その通りなんでしょうね」パールは優しくそう言った。「それで、あの家に最後に行ったのは水曜日だったの？」

マーサはうなずき、またスコーンを少しかじった。バランスを取るかのように、今度は反対側から。

「お酒用のキャビネットに瓶が並んでいたと思うけど、あそこにハタキをかけたりはしなかったかしら？」

「もちろんかけましたとも」マーサが警戒するように言った。

「ほら、あの晩、わたしがあの家にいたときに」パールが思い出すように言った。「たまたまダイアナが、ある銘柄の、イエネーバのボトルを開けたのよ。ラベルには船が描かれてた――濃い赤の帆がついたオランダの平底船で、ウィスタブルの観光船の〈グレタ号〉にも似ていたわ。ダイアナがチャリティイベントに持ち込んでいたのは、あのボトルだと思うの。教会ホールの厨房《ちゅうぼう》で気づいたりはしなかった？　扉のそばのカウンターに置かれていたはずなんだけれど」パールは言葉を切ってから続けた。「確か〈スキッパー〉って名前じゃなかったかしら」

マーサが首を振った。「〈シッパー〉ですよ。オランダ語です。ダイアナさんお気に入りのジンだったんだけれど、あの夜、厨房で見た覚えはありませんねぇ。そう、やっぱり見ていませんん」

パールは、その言葉を受けとめつつ言った。「あの晩、ダイアナと話はしたの？」

「サリヴァン家のふたりについてちょっと。そりゃあ腹を立てていましたっけ。あのツリーハウスの件でね」

「そうね、確かに怒っていた」パールはつぶやいた。

マーサは考え込むようにしながら口を開いた。「一緒にくじ用の賞品を並べたテーブルのそばに立っていたときに、ダイアナさんがホールの向こうに目をやったんですがね、とたんに顔がすっかり険しく――それこそ嵐が来る前の空みたいに曇ってしまって」

「それであなたはなんて声をかけたの？」

「何も。そんな立場じゃありませんし。ただダイアナさんは目をすがめながら、あのふたりには殺されそうだ、と言ったんです」

「ほんとうにそのままの表現を使ったの？」パールは眉をひそめた。

マーサはゆっくりとうなずき、「『わたしはあのふたりに殺されそうだ』とね」と繰り返した。

暖炉の中で、大きな薪が動いた。マーサがスコーンの残りを口に放り込んで咀嚼《そしゃく》するなか、パールはたったいま聞いた情報について考え続けていた。それからふと、あることを思いついた。「マーサ、クリスマスの前に、わたしの家の片付けを手伝ってもらえたりはしないかしら？　いろいろなことが遅れているものだから、そうしてもらえると、とても助かるんだけれど――」

パールが言い終わる前に、マーサが慌てて口を挟んだ。「一時間八ポンドになりますけど。それで大丈夫ですか？」

パールは同意するように微笑んだ。

ハーバー・ストリートを歩いていると、クリスマスのギフトを売っている店の明かりが次々と誘いかけてきたが、パールは、急がなくてもクリスマスの買い物をする時間は取れるはずだと自分に言い聞かせた。チャーリーには何か特別なプレゼントを準備したかったし、マーサが軽い掃除をしてくれることになったからには、これまでよりは余裕ができるはずだった。

店の掃除については、地元の代理店に清掃業者を斡旋してもらい、きちんきちんと行なっていた。当初は個人業者に頼んでいたのだが、時間にルーズだったり、仕事がずさんだったり、個人的な問題があったりとトラブルが多かったのだ。店に関しては、あくまでもプロとしての厳格な態度を崩さなかったが、自分の家となるとまた別の話だった。マーサの有能な手が何時間か入れば、シースプレー・コテージは元通りの片付いた状態に戻るはずだし、マーサにとっても、クリスマスを前に臨時収入が手に入る。

チューダー・ティー・ルームズから家に戻る前に、ドリーのところに顔を出すことにした。携帯をチェックすると、クリスマス休暇中の集まりに誘う友だちからのメッセージが何件か来ていたものの、意外なことに、母親からはなんらかのニュースを知らせるメッセージも電話も入っていなかった。ドリーの店の両隣にある店は、こじゃれた感じの、茶色がかったくすんだグレイで塗られているが、〈ドリーズ・ポット〉の正面は、それとはまったく対照的に、目の覚めるようなピンクだった。玄関にはクリスマスらしく、常緑樹の森から取ってきたものを夕ータンチェックのリボンでまとめたアレンジメントが新しく飾られていた。ベルを鳴らし、しばらく待っても反応がないので、ドリーの携帯に電話をかけてみた。すると、すぐに留守電に切り替わった。

その瞬間、港のほうから、〈スターヴェイション・ポイント〉の三角形の芝地を抜けて突風が吹き寄せた。この名は、空腹《スターヴェイション》に苦しむ海の男たちが、仕事を求めて、航海に出る船に雇ってもらえないかとこの場所に集まったことに由来している。パールは風に体をゾクリと震わせたけれど、あきらめて家に帰るかわりに、バッグを探って母親の家の合鍵を取り出した。鍵を差し込んで中に入り、廊下に足を置いたとたんに、つんざくようなドリーの悲鳴が聞こえてきた。胸をバクバクさせながら居間のほうに駆け寄ってドアを開けると、予想外の光景が目の前に広がっていた。

ドリーが腰を下ろしたまま、息ができないほど大笑いしていたのだ。隣にいるキャシーもクスクス笑っていたが、ドリーの視線の先を追って、パールがドアのところから自分たちを見ていることに気がついた。ふたりともワインのグラスを手にしている。

「パール!」ドリーが言った。「びっくりするじゃない」

「玄関のベルが聞こえなかったの?」パールは玄関のほうを指差しながら言った。

ドリーは悪びれた様子もなくキャシーに声をかけた。「聞こえた?」

「全然」キャシーはにっこりしてから、ワインをひと口飲んだ。

「きっとまた、電池が切れているのよ」ドリーが言った。「さあ。ここに座って、一緒に飲みましょうよ。キャシーが、とってもおいしいロゼのスパークリングを買ってきてくれたの」

おかしなこともあったもので、パールはなんだか、自分が母の家で邪魔者になっているような気分だった。「やめておくわ。ちょっと様子を見に寄っただけだから」

「話したほうがいいと思う?」ドリーがにやにやしながらキャシーを見た。

「いいんじゃない」キャシーが肩をすくめ、いたずらっぽい独特の笑みを浮かべた。

「キャシーはね、わたしの写真を撮るために、テスト撮影をしているところなのよ」ドリーが自慢げに説明した。パールが穏当に口をつぐんでいると、ドリーが続けた。「もちろん、きちんとした人物写真ってこと」

「お母さんは、きっと素敵なモデルになると思って」キャシーがパールに向けて言った。

ドリーが顔を輝かせた。なにしろいくらかナルシストの気《け》があることも、害がないレベルではあるが、ドリーの奇人めいた特徴のひとつなのだ。キャシーはカメラを手に取ると、意見を求めるように、撮影した画像のひとつをパールに見せた。パールはドリーが見守るなかで眼鏡をかけ、カメラに収められた一連の画像を確認していった。絹の着物をまとったドリーが、いやそうにしているモジョを抱いて、窓辺に座った姿が収められている。

「どう思う?」ドリーが期待するように言った。

「素敵だわ」パールは正直にそうこたえた。「でもキャシー、あなたはてっきり、風景の撮影が専門だと思っていたのに」パールがカメラを返すと、キャシーは自分でも写真を確認しはじめた。「主に撮るのは風景よ。でも、撮らないともったいないと思える人にもときどき出会うの」キャシーはドリーに顔を向けて言った。「次に撮影するときには照明を使ってみる。それから、現像の段階で、もう少し色味を加えられないかやってみるつもり」

「いいわね」ドリーがキャシーのグラスにワインを注ぎ足した。「ほんとうに飲まないの、パール？」

「また別の機会にね。もう、帰らないと」どこか仲間外れにされたような気分を覚えながらパールは背を向けたが、玄関に着く前に、キャシーの大きな声が聞こえてきた。

「毒死した人について、何か新しい情報はないの？」

パールが振り向くと、キャシーが物問いたげに見つめ返していた。「ないわ」パールは自分の口調が、我にもなく硬くなっていたことに気がついた。


外に出ると、不愉快な気分のまま革の手袋をはめた。新しい情報をドリーに話して、意見をもらうつもりでいたのに。なぜだか、キャシーのいるところでは、どんな情報であれ口にしたくなかったのだ。どうしてなんだろう？　自分でも不思議だったので、パールはそれについて思いをめぐらせながら家までの短い距離を歩いた。すぐにシースプレー・コテージに着いた。と、電話が点滅しており、複数のメッセージが入っていた。最初の声が聞こえてきたとたん、パールの胸は高鳴った。

「母さん」チャーリーだった。「あのさ、もうかなりよくなったから。わかった？　母さんがヤキモキしてるのはわかってるけど、頼むから心配しないで。あと何日かしたら、そっちに帰って、母さんとクリスマスを祝えるんだから。またすぐに電話する。おばあちゃんにもよろしく」

パールは深呼吸すると、胸が安堵に温かくなるのを覚えた。チャーリーが帰ってきて、とうとうクリスマスを迎えられる。そこで携帯から通知音がして、またチャーリーかしらと思った。携帯を見つけると、届いたばかりのメッセージを読んだ。『こっちはもう着いているんだが、どこにいるんだ？』

パールは顔を上げながら思った。マグワイアとの約束を忘れていたなんて、わたしったら、どうかしてるわ。

10

十二月十九日（日）午後七時半

マグワイアはホテル・コンチネンタルで、三十分近く待っていた。オイスタースタウトを頼むと、ひたすら窓の向こうに見える海を眺めて過ごした。ほかのテーブルについているカップルたちから、寂しそうだとか、約束をすっぽかされたようだとか思われていないことを願いながら。メニューも隅から隅まで見てしまった。在来種の牡蠣《かき》があることにも気づいていたが、頼むのはやめておいた。

毎年の恒例であるオイスター・フェスティバルの行なわれた真夏のあいだに、じつは魚介に対するアレルギーがあるのだとパールには打ち明けてあった。長年、それを自分の弱みのように思っていたマグワイアにしてみれば、他人に教えるのは簡単なことではなかった。それでもパールは、さまざまな形で提供される牡蠣をとにかく食べてみるようにとせっつくのだ。エシャロットのみじん切り、白コショウ、ワインなどから作るミニョネットソースを添えた生牡蠣にせよ、異国風のフリットにせよ、マグワイアとしては、いい加減にあきらめてほしかった。ところがパールは、何事にせよ、簡単にあきらめるような女ではない。案の定、診断ミスの可能性を持ち出して、甲殻類がだめなだけで、二枚貝などの軟体動物は大丈夫かもしれないとか言いはじめた。社食で同僚に確認したところ、イラつくことに、パールの言う通りらしい。どちらにしろ、マグワイアは確かめたいとも思わなかったし、牡蠣のことなど考えたくもなかった。ウィスタブルの在来種だろうと、やっぱりごめんだ。ちなみにこの在来種は、真牡蠣などよりも小さめで、殻《から》もひだの深い灰色のものではなく、茶色で平らな形をしているようだ。

ウエイトレスが空になったビールのグラスを持って消えると、入り口までの視界がよくなり、ドアの開くのが見えた。真っ赤なコートを着たパールが、まっすぐに近づいてくる。かぶっている黒いコサック帽が、霧雨《きりさめ》に濡《ぬ》れて輝いていた。パールは帽子を脱ぐと、奥行きのある窓枠に置いてから、黒く長い巻き毛を揺すった。

「遅くなってごめんなさい」パールはコートを脱いでマグワイアの隣に座ると、いそいそと戻ってきたウエイトレスに紅茶のポットを頼んだ。

「ほんとうに酒じゃなくていいのか?」マグワイアが言った。

「頭をはっきりさせておきたいから」

「なんのために?」

「もちろん、今回の事件のためによ」

マグワイアはここで、誘ったのは自分のほうだよな、と思った。だとしても、パールが主導権を握っている風であることに驚きはなかったが。見ると、パールはレポーター用ノートを取り出して開いている。

「さてと」パールが切り出した。「いい点としては、死亡時刻と場所、そして最後に生きているダイアナを見た人が誰か正確にわかっていることよね」

「確かに」

ウエイトレスが紅茶のポットを持ってくると、パールはカップに注いでから続けた。「それから死因もわかっている。毒。それがどう使われたのかも」

マグワイアが口を開いた。「ボトルが見つかった」

「知ってるわ」パールは会話の主導権をやすやすと譲ろうとはせず、軽い苛立ちを覚えはじめたマグワイアを尻目に、ノートをめくりながら続けた。「イェネーバのボトルからも、グラスからも、エチレングリコールが検出されているはずよ――ただし、グラスの破片が見つかっていればの話だけど。もしも見つけられていないのなら、チリトリに残っているかもしれないと捜査官に伝えてみて。ゴミがいっぱいのときはわたしも店でそうするの。おまけに、誰かが手を切っちゃうかもしれないからね」

マグワイアはその情報を頭にとどめた。「ジンの名前だが――」

「シッパーよ」パールがにっこりした。「思い出したの――ちょっとした助けがあったものだから」

マグワイアは、ポケットに忍ばせておいた報告書のコピーが、いまや単なる紙切れに過ぎないことに気がついた。ここに来る前に、エチレングリコールについてはしっかり調べてあった。十九世紀に、フランスの科学者により発見された。飲料用に使われる第一級アルコールの原料である通常のエチレン同様、穏やかな神経毒としての作用があり、口にすると、呂律《ろれつ》や足元が怪しくなるといった典型的な症状が現れる。だが主な危険は、体がエチレングリコールを代謝する際に、さまざまな臓器――とくに腎臓――にダメージを与えるところにある。なかでもマグワイアがある点に興味を引かれたのは、パールが以前、味について言及していたからだった。彼女の言う通り、純粋なエチレングリコールには色や香りがまったくない。だがマグワイアはそれ以外にも、犯人にとって、もうひとつの利点があることを学んでいた。甘味《あまみ》があるために、多くの飲み物やデザート類に加えるのが簡単なのだ。つまり、ダイアナ・マーシャルがチャリティイベントで出されていたパイやケーキが甘いとこぼしていたのは、イェネーバに毒物が入っていたせいではないかというパールの読みは、どうやら正しいように思われた。

「誰かがうっかりダイアナのジンに入れてしまったという線は考慮しなくてもいいわね」パールが言った。「それから自殺の線もなし」

「どうしてだ?」マグワイアが言った。

「ダイアナはそういうタイプじゃないからよ」

「自殺した連中が、かなりの確率でそう言われることを知ったら驚くぞ」

「それはそうかも」パールが妥協するように言った。「だけど仮にわたしの思い違いで、ダイアナに命を絶つなんらかの理由があったとしたら、もっと簡単な方法を選ぶはずよ。彼女の家には銃があるし、使用免許だって持っていたんだから」

マグワイアが考え込んでいるあいだに、パールは続けた。「その担当捜査官の、シプリーって刑事だけど――」

「どうしてやつの名前を知っているんだ？」マグワイアが慌ててたずねた。

「ジャイルズから聞いたの。ダイアナの甥っ子よ。で、その刑事は適任なの？」

「どうしてそんなことを？」

「ジャイルズに協力すると約束したんだもの」

「シプリーは、捜査に邪魔が入れば嫌がるだろうな」

「仮にわたしが解決するとしても？」

「きみが解決するとしたらなおさらだ」マグワイアがグラスに残っていたオイスタースタウトを飲もうとしたときに、パールが口を開いた。

「わたしならできるわ。ダイアナを殺した犯人を必ず見つけ出してみせる」

マグワイアがパールの目をとらえると、「ああ、きみならできる」と言ってうなずきながら微笑《ほほえ》んだ。

「しかもなんだか嬉しそうね」パールは驚いてから、ふいににんまりと顔をほころばせてマグワイアを見た。「ふーん、なるほど。そのシプリーって人が嫌いなのね」

「やつは適任ではない、とだけ言っておこうか」

「わかった。なら今回はわたしたち、協力の精神でいかない？」

「協力なのか――競争なのか」

ウエイトレスが近くのテーブルに料理の皿を運んでいる。それに目をとめたパールが、「料理人ってのはね」と切り出した。「それぞれの材料が引き立て合い――決してぶつかり合わないことを知っておく必要があるのよ」

「ジャイルズ・マーシャルのために働いているわけじゃないんだよな?」

「どうして?」

「殺人の容疑者に調査の報告をするってのはどうもね」

パールが目を見開いた。「ジャイルズは容疑者なの?」

「彼は、被害者に最も近い近親者だからな。金銭的な動機がある。言うまでもないとは思うが――」

「――殺人事件の被害者は、かなりの確率で、身内の誰かに殺されている。確かに」パールは重苦しい声で言った。「言われるまでもないわ」それから紅茶をひと口飲んだ。「ただ、おばの死によって財産が相続できるとはしても、ジャイルズがダイアナを殺すとは思えない。ダイアナはいつだってジャイルズに寛大で、それこそ数え切れないほど、彼を窮地から救ってきたのよ。それにもし殺したんだったら、どうしてわたしに真相究明の調査を依頼したりするわけ?」

「きみを雇えば調査の報告を受けられて、常にきみの一歩前を行けるじゃないか」

パールはその点について考えてみた。「わたしは雇われているわけじゃないし、もしそうだとしても、ジャイルズにそんな抜け目のなさがあるとは思えない。ステファニーならまだしも」

「奥さんか?」

パールはうなずいた。「なんにしろ、クリスマスが終わるまで、依頼は受けないと決めているの」

「それでも犯人は突きとめるつもりなんだろ?」マグワイアは、聞くまでもない質問を口にした。

パールは口を開きかけたものの、また閉じて、唇を引き結んだ。

「パール?」

パールはマグワイアを無視して黙り込んだ。その目は、見るともなく、マグワイアの背後のほうを見つめている。

「どうしたんだ?」マグワイアは心配になってそう声をかけた。

「行かなくちゃ」パールは唐突にそう言うと、コートと帽子を手に取った。

「でもどうして? まだ来たばかりじゃないか」夕食を付き合ってもらえるかもしれないとひそかに期待していたのに——パールはすでに、急ぎ足で扉に向かっている。

「パール!」

パールはそれにこたえて小さく手を振ってみせると、そのまま消えてしまった。残されたマグワイアは、まだ残っているパールの紅茶に目を落とした。椅子に座り直し、パールの注意をああもとらえていた何かを探そうとした。だが目にとまるものといえば、ホテルとその前に広がる浜辺を描いた、見事な壁画くらいのものだ。あとは窓辺の隅に大きなクリスマスツリーがあり、そのそばには箱が置かれている。周りに赤いクレープ紙が貼られ、正面に開口部がついているところは——なんだか郵便ポストのようだ。

11

十二月二十日（月）午前九時

レザーボトルの開店時間は午前十時半なので、パールはその前の、八時十五分に招集をかけた。この時間であれば、そのあとに仕事がある人にも充分な余裕があるはずだった。

声をかけた人は全員来てくれた。少なくともアダム・キャッスルは、スケジュールが詰まっていることを理由に断ってくるかと思っていたのだが。アダムはいま、例のクリスマスカードを受け取ったほかの面々、フィリス、ジミー、シャーメイン、ネイサンと一緒にパブのテーブルについている。ひとつだけ空いている椅子が、ダイアナのいないことを告げているかのようだけれど、じつのところその席にはジミーの妻のヴァルが陣取っていて、紅茶とコーヒーをいれるために、しばらく外しているだけだった。ヴァルが、トレイを手に戻ってきた。

パールは声をかけた段階で、集まってもらう理由を説明しておいた。カードの調査には手をつけられていないものの、ダイアナが死に、彼女もまたカードを受け取っていたことから、わかっている情報をまとめておけば、なんらかの役に立つかもしれないと。これにこたえて、みんなもできるだけ協力してくれた。届いたカードと封筒も持ってきてあったし、受け取った時刻をうろ覚えだったジミーについては、ヴァルがその代わりにこたえてくれた。なにしろジミーが妻に人生を丸投げしてからというもの、ヴァルは夫の生活の、ほとんど一部始終を把握しているのだから。

「何か質問がある人は？」パールが言った。

広告会社での経験から会議を忌《い》み嫌っているネイサンが、物憂《ものう》げに指を一本上げてパールの注意を引いた。「きみはおそらく、ここにいる全員につながるものを見つけようとしているんだよな――もちろん、ダイアナも含めてだ。だが正直なところ、ぼくにはそんなものがあるとは思えない。どこかの誰かさんから――ひょっとしたら複数犯かもしれないけれど――あのいやったらしいクリスマスカードを送るにふさわしいとみなされたって点を除けばね」

ネイサンは手を下ろすと、胸の前で腕を組んだ。パールにも言いたいことはよくわかった。テーブルにぐるりと目をやると、あらためて、集まった面々には、性格、見た目、考え方、どこをとってもほとんど共通点がないことを痛感した。

ジミーの隣で窮屈そうにしているアダムは、知性よりも金によって邁進する事業家だ。その隣にいるシャーメインは浅薄《せんぱく》で、気難しく、作り物めいている。ジミーの反対隣には、赤ちゃんのようなプラチナブロンドをふわふわさせ、指の付け根にえくぼのあるフィリスが無邪気な顔で座っている。もしもここにダイアナがいたら――誇り高き田舎のブーディカ（ローマ帝国への反乱を指揮したケルトの女王）と、ゴルフ場およびロータリークラブの主《ぬし》を掛け合わせたような彼女の姿が加わるのだから――これ以上ないくらいに多様性に満ちたグループが出来上がったことだろう。

次に口を開いたのはアダムだった。「こんなことをする意図がよくわからないんだが、パール」突っかかるような口調だった。「調査はしていないと言ったばかりじゃないか」

「カードについてはね」パールは言った。「でも、ダイアナの死を受けて、考えをあらためているところなの」

フィリスが顔をしかめた。「どういうこと？」

アダムがパールに目を向けた。「つながりがあるって言いたいのさ――例のカードと、殺人事件のあいだに」

「殺人！」ヴァルが声を上げた。「ダイアナが殺されたなんて誰が言ったのよ？」

パールが反応する前に、アダムがまた口を開いた。「ダイアナは毒を盛られたんだ」

「なんてこと！」フィリスが片手を口に当てた。

「ほんとうなのか？」ジミーが言った。

「ええ」パールはそう認めると、アダムのほうに顔を向けた。「どうして知ってるの？」

アダムは、全員の目が自分に据えられているのを見て突然噴き出した。「おいおい、ここはウィスタブルなんだぜ。何事であれ、長いこと秘密になんかできやしないさ」アダムは言葉を切った。「どうしても知りたいっていうんなら、客から聞いたんだ」

「誰なんだ？」ネイサンが言った。

アダムがネイサンに蔑むような目を向けた。「こたえる必要なんかないだろ。ここにいるのは警察ってわけじゃないんだしな」

アダムがパールに鋭い目を向けた。「正直言って、これ以上、ぼくたちに話をする義務があるとは思えないんだが、パール」

ふたりの視線がしばらくからんだが、パールがこたえる前に、フィリスが怯えた声で言った。「わたしたちまで、おんなじ目にあうと思っているわけじゃないわよね？」

「何が言いたいの？」ヴァルがきつい声で言った。

フィリスはまごまごしながらテーブルの面々に次々と目を向け、なんとか考えをまとめようとした。「六人がカードを受け取ったわけでしょ」話し出した声が息詰まっている。「でも、ダイアナが死んで――残りは五人になった」フィリスの唇は、怯えた子どものように震えていた。

「ひょっとしたら、もうすぐ四人になるのかも」

「そいつはまた」ネイサンが間延びした声で言った。「出来の悪い芝居みたいじゃないか」

「同感だ」アダムがピシャリと言った。「バカバカしい。カードの件は、誰かがいたずらを楽しんでいるだけさ」

「これ以上、みんなを動揺させるべきじゃないと思うがね」ジミーがヴァルのトレイに置かれていたカップにコーヒーを注ぐと、ティースプーンに三杯の砂糖を加えて、しっかりかき混ぜてから隣に座っていたフィリスのほうに滑らせた。

「そうね」パールは静かにそうこたえながらも、あることに思い当たっていた。「あなたの言う通りだと思うわ、ジミー」

会議がお開きになると、みんなはそれぞれの仕事に向かった。パールも、コーヒーカップをまとめているヴァルに手を貸してから外に出た。ネイサンが待っていた。

「相変わらず、締め切りから逃げてるってわけ？」パールがからかった。

ネイサンは風に向かって襟元を引き寄せると、パールの質問を無視し、好奇心をありありと浮かべながらパールを見つめた。「欲しかった情報は手に入ったのかい？」ネイサンが言った。

パールはしばらく考え込んでから口を開いた。「正直に言うと、思っていた以上だった」

「で、それは？」

「気にしないで。家に帰って、記事を仕上げちゃいなさい」パールはもったいぶるようにそう言ってから、ポカンとしているネイサンをひとり残して、スクイーズ・ガット・アレイという細い路地に入っていった。


パールの前に立っている小屋は、奥行き十五メートル、幅四メートル半ほどの大きさがあり、その住宅地に並ぶ周囲の家々と比べてもさほど小さいわけではなかった。外壁は濃紺で塗られ、裏手には荒れ地が広がっている。つまりそこでなら、小さな焚《た》き火をしても、さほど近所の迷惑にはならない。そして玄関の上に出ている看板が、地元の〈スカウト会館〉であることを告げていた。

オーウェン・デイヴィスがパールを出迎えた。お決まりのカーキ色にネッカチーフではなく、淡い黄褐色のセーターに、茶色のコーデュロイのズボンという恰好だ。冷たい風にあおられた金髪がくしゃくしゃになったところは、なんだか擬人化したカプチーノのように見えなくもない。たとえ私服姿でも、彼にはやはりボーイスカウトを思わせる、強いバイタリティと奉仕の精神が感じられた。

「どうぞどうぞ」オーウェンが、寒い表から、小屋の中へとパールを促した。

入るなり、暖かさがパールを包み込んだ。暖房としては、壁に据えられた年代物のラジエーターが数台あるばかりだし、蜘蛛《くも》の巣がふわふわとかかる窓からは隙間風が入り込んでいるのだけれど。オーウェンは、パールの思いを読んだようだった。

「古くさい建物のわりには、快適でね」オーウェンが言った。「二月には、新しい建物に引っ越すことになっているんだけれど」オーウェンはどことなく哀しそうな表情になった。

「よかったのかしら？」

「半々ってとこかな」オーウェンは困ったような顔で正直に言った。「裏手の土地が使えなくなるのは大きいと思うんだ。キャンプをするにはもってこいの場所だし」

「焚き火の腕もふるえなくなるし？」

「ご明察。集会の最後に、皮つきのまま焼いたジャガイモが出てくるなんて最高じゃないですか」オーウェンは礼儀正しく笑顔を向けた。「何かぼくに、聞きたいことがあったのでは？」

「これなのよ」パールは五通の封筒をバッグから取り出し、オーウェンに渡した。封筒が空であることに気づくと、オーウェンはポカンとした顔でパールを見つめた。パールは説明するように言った。「わたしが気になっているのは、その切手なの」

「切手？」オーウェンがとまどい気味に繰り返してから、封筒にまた目を落とし、手の中でひっくり返した。「今年のスカウトポストのものだ」オーウェンの口調は、それくらいは知っていて当然でしょうとでも言いたげだった。

「そうなのよ」パールは言った。「昨日の夜、ホテル・コンチネンタルでたまたまスカウトのポストを見つけたものだから、それで思い出したの」

「ああ、なるほど。今年のポストは十数か所に出してあって、あのホテルも場所を提供してくれているからな」オーウェンが誇らしげに言った。「大人気でね。おかげで大変な成果が出ているんだ。なんたって、これまでの最高記録。一万通以上のカードが集まって。すべて仕分け済みだし、配達ももう終わっているんじゃないかな」

「すごい」パールは心の底から驚いていた。「一万通だなんて。配達はいつからはじまっているの？」

「十一月二十二日から」オーウェンが顔を輝かせた。「あっという間でしたよ。子どもたちがほんとうによくがんばってくれて。もちろん、対象になるのは地元の郵便番号のものだけだけれど。カードや手紙にスカウトの特別な切手を貼ったら、あとは投函するだけでいい」オーウェンはパールの持ってきた封筒のひとつをかざすと、指先でその切手を軽く叩いた。「今年の切手には世界スカウト章が使われている。世界スカウト機構のシンボルマークでね」

オーウェンは壁に貼られている大きなポスターを指差したが、そこにはスカウトにまつわる、さまざまな紋章が紹介されていた。「スカウトの創始者であるベーデン＝パウエル卿は、もともとインドで訓練を行なった斥候《せっこう》たちに、フルール・ド・リスをかたどった矢じりのような真鍮《しんちゅう》のバッジを授与していた。その後、ブラウンシー島でのキャンプに参加した少年たちには、フルール・ド・リスの銅製のバッジを与えている。ちなみに卿の著書『スカウティング・フォー・ボーイズ』に出てくるバッジのデザインは、シンプルなフルール・ド・リスで、〝備えよ常に〟というモットーが添えられている。要は、フルール・ド・リスってちょくちょく地図で北を表すマークとして使われるでしょ。つまりそこには、ボーイスカウトたるもの、義務を果たし、他に奉仕することで、自ずから道を示すべきっていう重要な意味が込められているんだ」

オーウェンは、ポスターで紹介されているいくつもの紋章の意味に思いをはせているかのように口を切った。「フルール・ド・リスの三枚の花びらは、他者への奉仕、神への義務、スカウトの掟に対する従順を表していて――新しく活動に参加するメンバーは、この三つの原則に対する誓いを立てなければならない。その後、フルール・ド・リスにはふたつの星が加えられたんだが、この星は知恵と真実を象徴している。今年の消印は、スカウトという家族の絆に重きをおいて、そのすべてを詰め込んだデザインになっているんだ」

「素晴らしいわ」パールは、チャーリーもあんなにスケートボードに入れ込んでいなければよかったのにと思った。チャーリーときたら、火起こしひとつにしたって、とてもうまいとはいえないのだから。「つまり、このあたりの誰かにカードを送りたい場合には、スカウトの特別な切手を――」

「扱っているお店で買って貼ればいい」オーウェンがうなずいた。

「それを、コンチネンタルにあるような、スカウト用の特別なポストに投函するわけね？」

「その通り」オーウェンが言った。「あとは回収して、ここで仕分けをし——それぞれの住所に配達する。ビーバースカウトやカブスカウトも含めて、あらゆる年齢のスカウトたちがかかわっているうえに、幼い子どもたちの付き添いとして、友だちや家族も協力してくれている。子どもたちに、暗い中をひとりで歩かせるのはよくないから」

「それで収益は？」

「一部はスカウトのための基金に入り、残りは寄付に回される」オーウェンが言った。「配達も無事に完了——まだ、少しだけ残っているかもしれないけれど」

「それで、少年たちの配達ルートは決まっているの？——郵便局の配達員のような具合に」

オーウェンはうなずいた。「ええ、スカウトたちには、できるだけ自分の家から近いエリアを回ってもらうようにしているんだ。それが無理な場合もあるけれど」

パールは、オーウェンがまだ手にしていた封筒を指差した。「それについてはどうかしら？」

オーウェンはべっこう縁《ぶち》の眼鏡をかけると、封筒をずらしながら見ていった。「全部、ハーバー地区のものだな」

「ジョイ・レーンの住所にも一通届いているの」

オーウェンは一瞬顔をしかめてから、結論を下した。「それは違うルートだ」

「つまり、配達にはふたりの少年がかかわっているということかしら？」

「ええ。しかも、キャメロン・マッケンジーとルイス・モーガンで間違いないと思う」オーウェンは二度見してから、パールに封筒を返した。「配達に問題があったわけじゃないんですよね？」

「もちろんよ」パールは言った。「カードはきちんと届いているわ」

オーウェンの顔がパッと明るくなった。「よかった。そうこなくっちゃ。ひとりひとりのスカウトは、常に、地域の心に寄り添っている――だからこそ、今年の切手は世界スカウト章にしたんだから。フルール・ド・リスを囲んでいる縄が見えるかな？　これは世界スカウト活動でつながれた家族を、結び目は我々の結束を象徴しているんだ。スカウトの少年たちにも、地域社会には結束があると常日頃から伝えてまして」オーウェンはにっこりしてから、ある提案を持ち出した。「来年は、あなたのお店にもスカウトのポストを置いたらどうかな？」

パールは封筒に貼られた切手に目を落としながら過去に思いをはせた。牡蠣《かき》漁師である父のそばで長い時間を過ごしながら、船にロープを固定させる、もやい結びのやり方を教えてもらったものだ。通常の、ロープの片側を〝ウサギ穴をくぐらす〟ように通すやり方ではなく、一度もロープの両端から手を離すことなく、背中の後ろで、視界がなくても結べる方法だ。これなら暗い夜や、嵐のときにも結べるからと。パールは、ボーイスカウトの隊長に目を戻した。

「そうさせてもらえたら嬉しいわ、オーウェン」

一時間後、パールはクレイソン家にいて、アリスと向き合い、ソファに腰を下ろしていた。

アリスは相変わらず青ざめていて、首のところに黒いビロードの飾りがついた、ハイネックの白いレースのブラウスを着ていた。ビロードのワイドパンツとパンプスはどちらも黒で、なんだか喪服めいている。たっぷりした赤褐色の髪はシルバーの髪留めでひとつにまとめられ、哀しげな表情が、ますますラファエル前派の絵に描かれた美女を思わせた。

「ほんとうにもう大丈夫なの？」パールがたずねた。

アリスがうなずいて、弱々しい笑みを浮かべた。「大丈夫よ。ほんとうに」そう言って、淡い色のミントティーが入った、取っ手のないガラスのカップを唇に持ち上げたが、その手はかすかに震えていた。おそらくは、見られていることに緊張しているのだろう。

「わたしはただ、ダイアナがもういないんだということが信じられないだけなのよ」アリスが続けた。「もう――二度と会えないだなんて」束の間、アリスの視線がパールの背後にある窓の外の、通りの向こうにあるダイアナの屋敷へと向かったように思われた。アリスはまぶたをピクピクさせてから、パールに注意を戻した。「最後にダイアナがここに来たときには、ちょうど、あなたのいるところに座っていたの」アリスはカップを置いた。

「それは、水曜日の夜だったのよね？」その問いに、アリスがサッと顔を上げた。「チャリティイベントの前の」パールが思い出させるように言った。「わたしは店の収支の件でダイアナに会っていたの。そのときにダイアナが、リチャードに会いにいくと言っていたから」

アリスは思い出そうと顔をしかめてから、「ええ、そうだったわ」とこたえた。

「ダイアナは長いこといたの？」

アリスはゆっくりと首を振った。「よくわからない。彼女が来たとき、わたしは二階にいたから。頭痛がひどくて——ときどきあるのよ——だから鎮痛剤を何錠か飲んで、休もうとしていたの。玄関のベルは聞こえなかったけれど、人の声には気がついて。彼女が来たのが何時だったのかはわからないわ。でも、階段の踊り場に出たときに、一階にいるのがダイアナだというのはわかった。あの声は間違えようがなかったものね？」アリスは、自分がダイアナを過去の人として話していたことに気がついて、一瞬口をつぐんだ。「それから着替えて、一階に下りたの」

「ダイアナは、それからも長いことといたのかしら？」

「いいえ。みんなで飲み物を飲みながら、ダイアナのクリスマスの予定について話したのよ。ジャイルズとステファニーが来ることになっているって。ダイアナは、すべきことをする準備がようやく整ったと言っていたわ」アリスがふいに片手を顔に上げ、目を覆うような仕草をした。「ごめんなさいね、パール。でもそう言ったときのダイアナの顔が、わたしにはまだ見えるのよ。何かしらの安堵を得たような穏やかな笑顔を浮かべていて。ダイアナは、チャリティイベントで会えるのを楽しみにしていると言っていた。しかもね、パール、心の底から楽しみにしているようだったの。それがどうなったかしら？」アリスは手を下ろすと、深いため息をついた。「イベントのときに、もっとダイアナと過ごせたらよかったのに。ほとんど話をする機会さえなくて——挨拶くらいしかできなかった」

「それで、ダイアナはどんな様子に見えた？」

アリスは小さく肩をすくめて、「陽気な感じ?」と言いながらパールに目を向けた。「かなり婉曲的な言い方かもしれないけれど」

「ダイアナは飲んでいたのよね」パールが言った。

アリスはパールの言葉を質問と受けとめて、うなずいた。「明らかにね。でも、ダイアナはお酒に飲まれるような人じゃなかったわ。その、ちょっと声が大きくなったり、しつこくなったりはするけれど。リチャードを含めて、たいていの男の人は彼女にかなわなかった。実際に、ブリッジのパーティやゴルフの倶楽部で、男の人をつぶしちゃうところを見たことがあるもの。ダイアナはどんな男の人にも負けなかった――しかも、たいていのことにおいてね」アリスは顔を軽くゆがめながら付け加えた。「実際ダイアナは、すっかり男性社会に入り込んでいたわよね?」

「そうね」パールが言った。「でも、一度も結婚はしなかった」

「それはそうだけれど、ダイアナはしたかったんだと思う。子どもがいないことを残念がっていたし。一度、その話をしたことがあるの。わたしが体外受精に失敗したときも、すごく同情してくれて」アリスはあまりそのことについて触れたくないらしく、慌てて続けた。「一見きつい人に見えるけれど、じつは心の温かい、感情の豊かな人だった。ファッションやインテリアのことをおしゃべりする相手ではないし――彼女とは、わたしの絵についてさえ話したことはないんだけれど――ダイアナは一度――」そこでいきなり、アリスの言葉が途切れた。

「ダイアナは何を言ったの?」パールがたずねた。

アリスはつらそうに唇を噛んでから続けた。「自分が町の人からオールドミスだと思われているのはわかっているって」アリスは正しい言葉を探すようにためらった。「それでもわたしは、真実の愛の意味を知っているつもりだと言っていたのよ」

「どうしてまた、そんなことを言い出したのかしら?」パールは好奇心を引かれていた。

アリスも困っているようだ。「わからないわ。ただ、正直な話がしたかっただけなんじゃないかしら。過去に、とても親密な人がいたそうよ。遠い昔の話だけれど。相手は確か、兵士だったと言っていたかしら」アリスはため息をついた。「それ以上のことはわからない」

アリスはパールをまともに見据えると、しゃべり過ぎたかしらと心配するようにミントティーを置いて立ち上がった。「寄ってくれてありがとう、パール」

これが、そろそろお帰りくださいの合図であることは明らかだったので、パールも立ち上がり、アリスの向こうに目をやった。と、表のプールの水面に雨が落ちはじめていた。

「プールにカバーをかけるべきなんだけれど」アリスがぼんやりと言った。「木の葉もすっかり落ちてしまったから、お庭がとても寂しくなってしまって。活き活きした様子を取り戻すのは、まだ何か月も先なのね」アリスは恐れている何かを思い出したかのように、背の高いポプラの木を見つめた。それからぶるりと体を震わせると、サッとドアのほうに向かったので、パールもそのあとに続いた。

パールは帽子とコートを受け取りながら声をかけた。「ダイアナから、ボニータ・サリヴァンの話を聞いたりはしていないかしら?」

「しょっちゅう聞いていたわ」アリスが言った。「あの子は、ツリーハウスに関するあれこれで、ダイアナの生活をすっかりみじめにしていた。ボニータのような人がそばに暮らしているなんて、ダイアナにはたまらなかったのよ」

「ボニータに会ったことは？」

「きちんとは。つまり紹介されたわけではないんだけれど、見かけたことはあるわ。もちろんあのチャリティイベントの夜にもね。きれいな子だけれど、明らかに考えの足りないところがあるし、ダイアナに対しては、あまりにも思いやりに欠けていたんじゃないかしら」

「そうかもしれない」パールはその点を、自分で確かめてみるつもりだった。


サリヴァンの屋敷、グレインジの壁沿いを走る小道まで来たときには、雨が冷たいみぞれに変わっていた。屋敷からは、かすかな音楽が聞こえてくる。最初はラジオかと思ったが、近づくにつれ、誰かがピアノを弾いているのだとわかった。聞いたことはないが物哀しい旋律が、庭に面した応接間から、冷たい夜の中へと運ばれてくる。

屋敷の正面に回ると、オークの古木の上に、いまもご近所トラブルの象徴であり続けているツリーハウスが見えてきた。パールはふと、ダイアナは、フランシス・サリヴァンの古い屋敷に新しく住みはじめた住人の音楽にも、苛立ちを覚えていたのだろうかと思った。弾き手には明らかに才能があり、腕も確かだったが、それでもダイアナにとっては――新しいものによって古い秩序が崩されるというので――もうひとつの苛立ちの種になっていたのかもしれない。

路地の突き当たりを曲がって、グレインジの私道に入った。風が、中の人に彼女の訪問を告げるかのように庭の風鈴を鳴らし、呼び鈴を押すまでもなく玄関が開いた。

サイモンが目の前に立っていたが、その表情は冷ややかだった。「何かな?」

「あなたには、ダイアナ・マーシャルの庭で少しだけ会ったことがあるんだけれど」パールが言った。「ボニータと話をすることはできるかしら?」

サイモンが、廊下のほうへ大きな声で呼びかけた。「ボニータ」

ピアノの音がやみ、廊下の先にある扉が開いた。ボニータが近づいてきたので、パールが自己紹介をしようとすると、ボニータの青い瞳が、何かに気づいたかのようにパッと明るくなった。「あなた、ウィスタブル・パールの人ね!」

「ええ」パールは微笑《ほほえ》みながらこたえた。「たまたまジョイ・レーンを通りかかったものだから、少しお話ができないかと思って」

「もちろんいいわよ」ボニータの声は温かかった。彼女の気分が、いい影響を及ぼしたようで、サイモンもいまでは歓迎するような笑顔を浮かべている。

「どうぞ」サイモンが言い、廊下から、また別の部屋へと案内した。

ついていくと、そこは大きなキッチンだった。まったく違うふたつの趣味が奇妙に入り混じっている。格子窓には、オプ・アート(特殊な視覚効果を与えるよう計算された抽象芸術)的なカーテンがかかり、古めかしい松材のテーブルの周りには、それにはまったくそぐわない、明るい色で塗られた椅子が置かれている。フランシス・サリヴァンの見事なクリスタルやブランデーグラスのそばに、水玉模様の入った五〇年代のヴィンテージタンブラーが並んでいる。ドリーの作品である白いオイスタープレートもあって、葡萄《ぶどう》とアヴォカドが盛られていた。

ボニータがヤカンに近づきながら、「ハーブティー？　それともブレックファストティーにする？」と軽やかな口調でたずねた。

「ジャスミンティーはあったりするかしら？」

戸棚を開けると、大量のティーバッグや、ブレンドされた茶葉が並んでおり、ボニータはその中から目当てのものを見つけた。「これこれ」それからティーバッグをマグに入れると、残りは棚に戻した。

「ちょっとしたコレクションね」パールが言った。

「ほとんどはハイ・ストリートで買っているの。ハーバリストが町にいるなんて、ラッキーだと思わない？」

「母もきっとそう言うと思うわ」パールが言うと、ボニータが好奇心を刺激されたように顔を向けた。

「ドリー・ノーランよ」パールは言った。「そのオイスタープレートの作者でもあるわ」

ボニータの視線が皿のほうに動いた。「そうそう！　このお皿を買ったときに会っているわ。ハーバー・ストリートにあるドリーズ・ポット。彼女って、すっごく個性的よね」

これはドリーを評する際によく使われる表現であり、変人と狂人の中間あたりを指しているらしい。たいていの人は年を取ると保守的になりがちだが、ドリーは例外のようで、年々、過激さを増していた。

「どうぞ」サイモンが赤く塗られた椅子をパールに示し、ボニータが三つのマグの載ったトレイをテーブルに運んできた。ひとつ目のマグには〝ドラマクイーン（ドラマのヒロインのように大げさな女性）〟という文字、ふたつ目にはブルーの横縞、三つ目には魚座のマークが入っている。サイモンがブルーの横縞を、ボニータが魚座のマークを選んだので、パールはしかたなく〝ドラマクイーン〟を手に取った。

「ご近所のことについては聞いているのかしら？」パールが言った。

「それってダイアナのこと？」ボニータがどこかとまどったような顔で、マグからひと口飲んだ。「体調が悪かったんでしょ。わたしたちだって、あの夜、会場にいたのよ」

「何か――あったのかな？」サイモンが、パールの沈黙に気づいて口を開いた。

「ダイアナは亡くなったわ」パールははっきりと言った。「どうやら、毒を盛られたようなの」

「毒ですって？」ボニータが繰り返した。

パールはうなずいた。「警察が捜査をしているわ」

ボニータはサイモンと目を見交わした。「つまり、殺されたってこと？」

「あのイベントで毒を盛られた可能性が高いのよ」パールは注意深く言葉を選んだ。

ボニータの口がぽっかりと開いたが、口をきいたのはサイモンのほうだった。「それで、俺たちは容疑者ってわけかい？」

「サイモン」ボニータがたしなめるように言った。

「でも、そうなんだろ？」サイモンがパールのほうに注意を向けた。「でなけりゃ、あんたがここに来る理由なんかないもんな？　あんたはその目で、ダイアナがどれだけ俺たちを嫌っていたか見ているはずだ。正直言って、嫌っていたのはこちらも同じだ。あの女ときたら、この地域全体が自分のもので、支配階級にでも属しているような態度をとりやがって。だから俺たちは彼女に挑んだ。俺たちなりの平和的なやり方でな。あんたもあの日、彼女がどんなだったかは見ているはずだ。ボニータが助けたキツネのことで、あの女がガミガミ怒鳴り散らしたとき、そばにいたんだから」

「助けた？」パールが言った。

「あの子は疥癬《かいせん》にかかっていたの」ボニータが言った。「最初に姿を見たときには、ほんと、ひどい状態で。助けを求めるように、まっすぐわたしたちに近づいてきた。だから野生動物保護団体に連絡を取って、ホメオパシーの治療薬をもらったの。毎日、数滴をジャムサンドに混ぜて食べさせるようにって」ボニータはひと呼吸置いてから続けた。「ジャムサンドじゃないと、鳥に食べられちゃうからだめなんですって。そしたらすぐに回復して、ツヤツヤの毛並みを取り戻した」ボニータはにっこりした。「それからというもの、わたしたちを信じてくれたみたいで、定期的に顔を見せてくれるの。だけどダイアナは、あの子が自分の素敵な芝生を横切るのを見るたびに激怒して、わたしたちを怒鳴りつけるってわけ」

「しかも毎回、撃ち殺してやると脅しやがって」サイモンが強い口調で言った。「あんたもあの日、聞いているはずだ」

「ええ」パールが言った。「でもダイアナがそう言ったとき、あなたのほうでも、そんなことをすれば自分も同じような目にあうと警告していたはずよ」

「ああ、しかも本気だった」サイモンがはっきりと言った。「けど、何も俺が手を下す必要はないからな」

「どういう意味？」パールが言った。

「この世には因果応報ってもんがあるんだ」サイモンが、パールのまなざしを穏やかにとらえながら言った。

ボニータがようやく口を開いた。「ねえ、ダイアナはキツネを撃たなかったし、わたしたちもダイアナに毒を盛ったりはしていないわ」

その瞬間、パールは窓のあたりからの物音を聞きつけて、ダイアナの庭で見たあの大きなキツネが、表のパティオに座り、飼い犬のように餌を待っていることに気がついた。

「どうしてここに来たの、パール？」ボニータが、疑いをにじませながら言った。

「お近づきになっておこうと思っただけよ。わたしはレストランのほかに、探偵事務所もやっているの」

サイモンとボニータが視線を交わした。「それなら、今回の件についても、わたしたちよりいろいろ知っているはずよね」ボニータが言った。「あの夜について、わたしたちが言えることといったら、ダイアナがいきなり突っかかってきたけれど、何を言いたいのかさっぱりわからなかったってことくらいなの。彼女がバッグからクリスマスカードを取り出して騒ぎはじめたときには、とうとう頭がどうかしちゃったのかと思ったわ」

「ダイアナが言っていたことは覚えてる？」

ボニータはかぶりを振った。「よく覚えてない。何か――やり過ぎだとでも言いたかったのかな？　いつものことだけど。わたしのそばにダイアナがいるのを見て、サイモンが近づいてきたの。それから間もなくダイアナが怒鳴りはじめて、みんなの注意を例のカードに引きつけたってわけ」

「あなたが送ったものではないのね？」

「絶対に違うわ」ボニータがきっぱりと言った。

サイモンが鼻を鳴らした。「俺たちがクリスマスカードを送るリストを作るとしたら、ダイアナ・マーシャルの名前が来るのは最後になるだろうな」

パールはしばらく考え込んでから言った。「そのカードには『**怒りに自分を失えば、結局すべてを失う**』というメッセージが書かれていたのよ」

「彼女にぴったりじゃないか」サイモンが言った。「だが、俺たちとはなんの関係もない。実際俺たちは、どんな敵に対してでも、相手の攻撃性を利用して自爆させるのが一番だと思っているんだ。それが、ほとんどの武術の基本だから」

「サイモンは空手の黒帯を持っているのよ」ボニータが誇らしそうに言った。「わたしもヨガをするから、ふたりとも瞑想の習慣があるの。だから癇癪《かんしゃく》を起こしたりもしない。ダイアナの攻撃についても、ひたすら受け身で抵抗を続けることが正しい戦略だと思っていた」

「ガンジーも敵に関して言ってるよ。『彼らはまずは無視し、笑い、それから挑みかかってくる』」サイモンが言った。

「『そうして、我々は勝つのだ』」ボニータが穏やかに微笑みながら引き取った。

パールはその態度を見ながら、こういうところがますますダイアナを苛立たせたのだろうと思った。それから庭のほうに顔を向け、パティオに寝ているキツネの向こうに目をやった。

「あのツリーハウスは、もう何か月も前からあるのよね？　頻繁に使っていたの？」

ボニータが、パールの視線の先に目をやった。「この天気だからそんなにはね。でももっと暖かくて風のないときには、あの上で瞑想するのが気に入っているの」

「何か、変わったものを目にしたことはない？　ダイアナの庭で」

「あのツリーハウスを使って近所のスパイをしていたのかって意味なら、こたえはノーだ」サイモンが強い口調で言った。

「ねえ」ボニータが言った。「わたしたちがこの土地の新顔であることも、このあたりの人たち、とくにダイアナにとっては、少し進歩的に過ぎるのかもしれないってことはわかっているのよ。だけどわたしたちとしては、うまくやっていきたいだけなの。地域に溶け込もうと、できるだけの努力もしている。買い物は必ず地元でするようにしているし、キャロルサービスの案内状だって教会のために配達しているのよ」ボニータがお茶を飲んだ。「そうだ」ボニータが突然そう言って立ち上がり、戸棚に近づいた。戸を開けて、ボトルを一本取り出すと、パールに差し出した。「ぜひ受け取ってちょうだい」濃い赤紫色の液体が入っており、ラベルにはグレインジとその庭の絵が使われているのだが、ツリーハウスと、芝に横たわるキツネの姿までが描かれている。絵の下には〈シャトー・ボニータ〉という文字が入っていた。

「エルダーベリーのワインなの」ボニータが言った。「わたしたちから、クリスマスのプレゼントよ」

パールはボトルから目を上げた。ひとつの質問が頭に浮かんだが、それを読んだかのように、サイモンが素早く言った。

「毒は入ってないから」

12

十二月二十一日（火）午前八時十五分

マーサが来るのは九時だ。パールは早く目が覚めたので、シャワーを浴びると、せっかく掃除を頼んだのに、どうしてその前に片付けたくなるのかしらと思いながら家の中を動き回り、雑誌をラックに、洗濯物をカゴに入れ、洗濯の済んだ衣類はクローゼットにしまった。

チャーリーの部屋のドアを開けると、一年以上前に息子が進学で家を出てからというもの、常に感じてきた痛みに胸を刺された。時間が、学期単位で次々と飛ぶように過ぎ去るなかで、パールはチャーリーに繰り返し部屋を片付けるよう言い聞かせてきたけれど、いまとなっては、息子が自分の人生に戻ってきた証《あかし》として、脱ぎ散らかされた服を見ることができたらどんなにいいかと思わずにはいられなかった。

長年にわたって、この部屋の壁の様子も次々に変わった。ベビーブルーだった壁紙が漫画のキャラクターのものに替わり、そこに幼い落書きが重ねられ、それから映画スターのポスターがベタベタ貼られ、結局はビヨンセで埋め尽くされた。あるとき、パールが店で忙しい一日を過ごしたあと家に戻ると、チャーリーが艶消しの濃い黒で壁を塗り終えていたことがある。そこにはさまざまな複製の絵——ピート・モンドリアン、パウル・クレー、ブリジット・ライリーの作品——が飾られていた。親からの最終的な独立を主張しつつ、将来進みたい道を暗示する出来事でもあった。なにしろそれから数年後には、カンタベリーの大学で、美術史の三年コースを取ることになるのだから。とはいえチャーリーは、四か月前にそのコースを変更している。夏のロマンスが悲劇的な結末を迎え、彼の世界がひっくり返ってしまったためだ。パールも息子のことが心配でならなかったけれど、若さ特有のしなやかさで元気を取り戻したのを見るとホッとした。そして立ち直るために取った一年のギャップイヤーを過ごしたのちには、新たに専攻することになったグラフィックデザインの授業を、今度こそ楽しんでほしいと思っていた。

　パールはベッドの上で、チャーリーの清潔な枕をまっすぐに直しながら微笑《ほほえ》んだ。クリスマス休暇のあいだは、息子をとことん甘やかすつもりだった。いくらでも寝坊をさせてやり、いつもなら〝床だんす《フロアードローブ》〟と呼んで冷ややかな目を向ける脱ぎ散らかされた衣類にも文句を言わないようにしよう。息子の部屋のドアを閉めると、階段を下り、マーサが来るのだから暖炉に火を入れてあげようかしらと思ってから——結局やめにした。風がおさまっていたから、家の中は暖かく、セントラルヒーティングだけで充分に快適だったのだ。その代わりヤカンを火にかけ、紅茶をいれることにした。

　ちょうど紅茶が充分に出たところで、呼び鈴が鳴った。マーサは約束していた九時ぴったりに到着した。頭には大きな帽子をかぶっている。ベレーとタモシャンター（スコットランドの民族衣装に由来する帽子）の中間のような、てっぺんに軸のついた、淡いグレーのキノコのような帽子だ。マーサは、ゴールラインでも切ろうとするかのように首を前に突き出しながら、いそいそと入ってきた。

「時間ぴったりね」パールがマーサを迎えながら声をかけた。

マーサはすっかり型の崩れたブークレ生地のグレーのコートをてきぱきと脱ぎながら、こくりとうなずいた。パールがコートとキノコに似た帽子を受け取るかたわらで、マーサはほつれた白髪を撫でつけた。「時間厳守をモットーにしているもんで」マーサが言った。「相手に対する敬意でもありますし。ダイアナさんなんかは、あたしの動きで時計を合わせられると言っていたくらいなんですよ」

「そうでしょうね」パールはそう言いつつ、なんだかんだと遅刻しがちな自分の欠点については、見ずに済ませたい気分になった。

マーサはじっと立ち尽くしたまま、探るような目を居間に走らせていた。そこでパールはふと、窓際のローテーブルに置かれたフォトフレームがほこりをかぶっていることに気がついた。その多くは家族の写真だ。オイスター・フェスティバル中の浜辺を背景にした、よちよち歩きのころのチャーリー。スペインのビーチのバーで撮った、ドリーと、パールの亡き父トミーの、のんびりと幸せそうなツーショット。もう何年も前、ウィスタブル・パールを開店した初日に、店の前で撮影したパールの写真。そこに写っている昔の彼女は、誇らしげであると同時に、どこか不安そうでもある。

いつもならこういった写真は、本などと同じように、家にある当たり前のものでしかない。

ちなみに本棚には、布装丁のディケンズ、オースティン、トロロープと一緒に、世界中の料理に関する本が並んでいる。これはクリスマスシーズンにこそ、読みふけりたい本でもあった。パールはいま、こういった物たちをいままでとは違う視点――マーサの視点で眺めてみた。マーサが引きこもった生活をしているのは確かだが、同時に、信頼できる掃除婦として多くの家に出入りしている。そして仮にその主人たちと親しくなることはなくても、その周りを彩っている彼らの所有物についてはよく知っているはずなのだ。

「シースプレー・コテージに来るのははじめてよね」パールが言った。

「そうだと思います」マーサが礼儀正しくこたえた。

「でも、これが最後にはならないようにしましょうよ。うちでは毎年のクリスマスイブに、夕方の早めの時間から、友だちやご近所を呼んで簡単なカクテルパーティを開くの。よかったら、あなたにも来てもらえると嬉しいんだけれど」

「それはどうも」マーサは、招待されたことにいくらかとまどっているようだった。「考えておきますんで」

パールはにっこりした。「よかった。キッチンに入ってちょうだい。そのあとで家の中を見せるわね」マーサが言われた通りについてくると、パールはフックからティーカップをふたつ取って、ティーポットのほうに持っていった。

「あたしなら結構ですよ」マーサが出し抜けに言った。「早速取り掛かりたいんで。ただ、十時になったらお茶休憩を取らせてもらえるとありがたいんですが」

パールは、マーサのビジネスライクな態度に驚きながらうなずいた。「もちろんよ。なんでも好きに食べてちょうだい。トースト用に自家製のパンもあるし」マーサは興味を引かれていないようだったけれど、パールはそこで、ふとあることを思い出した。「とってもおいしいライムのマーマレードもあるんだけど、もしよかったらどうかしら？」

パールの手にしている瓶を見るなり、マーサの瞳が輝いた。瓶にはペイズリー柄の布の覆いがかかり、ゴムのバンドでとめられている。

「ご親切にどうも」マーサが嬉しそうに言った。

パールはシンクの下の棚を示した。「掃除に必要なものは全部ここに入っているから。来てもらえて、ほんとうに助かるわ」パールは心を込めてそう伝えながら、緋《ひ》色のコートとコサック帽に手を伸ばした。

「店に行かれるんで？」マーサがたずねた。

「いいえ。冬のあいだだけ、火曜日はちょくちょくお休みにしているの。わたし自身も、遅れていることを片付ける時間が欲しいものだから」

「なるほど」マーサは、レンジの汚れに非難するような目を向けながら言った。

「あなたが帰る前には戻るようにするけれど、何か用事があったときのために、携帯の番号を残しておくわね」パールは店のショップカードの裏に番号を書きつけると、マーサに渡した。

「あたしなら大丈夫ですとも」マーサは自信たっぷりにそう言うと、カードをポケットにしまった。

「ありがとう」パールは温かな笑顔を浮かべてから、コートを着て、長い黒髪を帽子の下にたくし込んだ。それから日の中に出ると、ようやく解放された心持ちになった。

バスに揺られてカンタベリーまで出かけるのは、季節にかかわらず楽しいものだ。加えて今日は、両側に野原の広がるブリーンの村をくねくねと抜けたところで、空をかすませている薄霧の上から大聖堂の尖塔が姿を見せて、これは寒さのやわらぐ日も近そうだという嬉しい期待を抱かせてくれた。

セント・ダンスタンズのバス停で降りると、ストゥール川にかかる古い橋のほうへまっすぐに向かった。夏であれば、観光客が平底の小舟に乗って、川沿いにある史跡や、野生の動物を見て回る。かつてはカワウソやカワセミのほかに、鵜《う》なども見ることができた。パールは足を止めて水かさの増した川を見下ろすと、エメラルドグリーンの水草《みずくさ》が、速い流れの中で絶え間なくくねりながら形を変えているさまを眺めてから、きびきびした足取りでウエストゲイトのほうに向かった。これはイギリスに残っている中世の城門としては最大のもので、その塔は、約十八メートルの高さがある。

一三七九年以来、巡礼者をはじめ、この土地を訪れる者は、この城門の、アーチ形の開口部をくぐり続けてきた。パールは門を抜けると、パウンド・レーンにできた新しい店へとまっすぐに向かった。チャーリーに最高のプレゼントを見つけるぞと勢い込んでいたのだけれど、その仕事は三十分で片付いてしまった。シェーンという、チャーリーと同じ年恰好の若い店員がいて、新しく発売されたスマートフォンの素晴らしい魅力をとうとうと説明してくれたのだ。とはいえパールにはほとんどチンプンカンプンで、ほこりと水に強く、超高速の通信力と、高解像度のカメラがついているということくらいしかわからなかった。パールにとって重要なのは、その携帯によって、息子との連絡が確実に行なえるかどうかという点だったので、シェーンがダウンロードブースターとかいう機能について長々と説明をはじめると、それを遮《さえぎ》って単純な質問をした。「もし誰かがクリスマスプレゼントにこのスマホを買ってくれるとして、あなたなら何色を選ぶ？」シェーンは自信たっぷりに肩をすくめてみせた。「間違いなくエレクトリックブルーですね」

というわけで、セント・ピーターズ・ストリートを歩くパールの足取りははずむように軽く、顔にも笑みが浮かんでいた。なにしろこのプレゼントをあげれば、チャーリーがベルリンに戻ったとしても、ちょいちょい顔を見ながら話をすることができるのだから。嬉しさあまって、自分にも何か買おうとお気に入りのショップを訪ねてみることにした。同じ場所で、もう二十五年も商売をしている店なのだが、ファッションやスタイルにおける進化の跡をとどめた、アラジンの洞窟のような雰囲気があるのだ。ハンドバッグにアクセサリーにコルセット、紳士用の山高帽にシルクハットに燕尾服など——ロンドンのカーナビー・ストリートからやってきた〝活況の六〇年代《スウィンギング・シクスティーズ》〟の遺物が、堅苦しい感じの乗馬服や書類カバンやハンチング帽と並んで注目を競い合っている。

その店、〈リバイバルズ〉の小粋なオーナーのモットーは、訪れた人を空手では帰らせないこと。いまも、満足そうに店を出ていく顧客に手を振って見送りながら、ため息をついて言った。「自分にはじつはトルコ帽が似合うとか、そういうことに気づかない人ってほんとうに多いのよね」店の奥のほうで電話が鳴り、彼女が慌てて取りにいったので、パールはひとり、店内に残された。

リバイバルズに来ると、パールはいつも、少女時代のさまざまな午後を思い出した。たとえば母親の突飛な服とピンヒールでめかしこみ、覚束《おぼつか》ない足取りで歩き回ったりしたことを。ドリーがペタンコなパンプスに切り替える前の、だいぶ昔の話だ。その後も十代のころに、戻ってきた流行に合う服を探して母親のクローゼットを引っかき回した時期があった。だがそのうちに、ブランドものを拒絶し、なんであれヴィンテージものに惹かれるという、自分の好みがはっきりしてきた。リバイバルズの壁に飾られているものを次々と眺めていると、テディボーイ・ジャケットとピチピチのパンツの隣に、シルクのドレッシングガウンを着たマネキンがいたりして、そこにネッカチーフでも巻いたら、いかにもノエル・カワードあたりが喜びそうだ。五十年前、海を挟んだ港町のクラクトン＝オン＝シーとマーゲイトの若者たちは、互いのファッションを競い合っていた。だがいまでは、モッズファッションの定番であるパーカー付きのジャケットやモヘアスーツが、チェーンとスタッドのついたロッカー風の革ジャンと平和に共存できているのだ。さらには見事な錦織のウエストコートや、サテンのロングドレスが、古き良き結婚式の形見のようにして飾られていた。

軍服のコーナーにあったアメリカの海軍士官の白いジャケットを見るなり、パールは、ドリーの大好きなハリウッドのロマンス映画『愛と青春の旅だち』を思い出した。パールも繰り返し観たけれど、卒業したてのハンサムな海軍パイロットが、愛する女子工員を救いに戻る結末には何度観ても飽きることがなかった。パールにしても、自分が熱気のこもる厨房《ちゅうぼう》から、若き二枚目によって救い出されるところをずっと夢見てはいたのだけれど、いまのところ、その王子様は姿を現す気がないようだ。ドリーはこと異性に関しては、パールの好みがうるさ過ぎるといつもぼやいている。だがじつのところ、パールは愚かな行為を進んでするほうではないし、チャーリーの父親は、無二の存在でもあった。親切な友人がブラインドデートを設定してくれたことも何度かあるのだが、パールはいつも、どうしたらこの場を一刻も早く逃げ出せるかと考えるばかりだったのだ。結局のところ、彼女の知性とエネルギーに見合うだけの相手にも——遠い夏の熱いロマンスを再現してくれそうな男にも——いまのところ出会えていなかった。だがそれも、マグワイアがウィスタブルに現れたことによって変わったのだろうか。

マグワイア警部には、どことなく、パールを惹きつけるものがある。見た目も含め、ふたりには相反する部分も多いのだけれど。豪胆なケルト人を祖先に持つノーラン家の血は、パールに〝ブラックアイリッシュ〟——スペインの無敵艦隊からアイルランドの西海岸に逃れたのち、叛逆をもくろむ首領たちに仕えた人々の末裔《まつえい》——を思わせるロマのような黒髪と灰色の瞳を与えた。いっぽうマグワイアは色白で、その冷ややかな見た目は彼の堅苦しい性格ともよく合っている。パールは直感に従って動きがちだが、マグワイアは手順を重んじる。にもかかわらず、ふたりには共通する部分も多かった——謎を謎のままにはしておけない、という点についてはとくにそうだ。パールは静かな店内で、アメリカ海軍の白い制服を着たマグワイアの姿を思い浮かべようとしたが、ぼんやりとしたその像は、店主が電話を終える音とともに消えてしまった。

「何かお探しのものでも？」奥から戻ってきた店主が声をかけてきた。パールはかぶりを振りながら、「見ているだけなので」と、おそらくは店員を最も苛立たせるに違いない言葉を口にした。店主は完璧なタイミングでにっこりしてみせると、新たにやってきた客のほうに近づいた。そこで、ハンガー掛けの端にかかっていた白いワンピースがパールの目にとまった。クレープの生地を飾る小さなガラスのビーズが、光を反射して雪片のように輝いている。深い襟ぐりはやわらかなビロードで縁取《ふちど》られていて――クリスマスにぴったり、とパールは思った。サイズが合えばの話だけれど――。

三十分後、パールはいくつかの袋をぶら下げながら店をあとにした。戦利品は、チャーリー用に黒革のジャケット、ネイサン用に赤いタータンチェックのベスト、ドリー用に淡いピンクのサテンを使った薄手のコート、それから薄葉紙でていねいに包まれた中には、ビーズのついた白いワンピース。時間はあっという間に過ぎていたので、セント・ダンスタンズのバス停に向かおうかとも思ったけれど、その前にもう一か所だけ、セント・ピーターズ・ストリート沿いの、ある場所を訪ねることにした。このあたりでは、飲食のチェーン店と一緒にチャリティショップがどんどんできていたが、独立心旺盛な店もまだまだ残っていて、そのひとつには、古くから家族経営で続けているベイカリーの〈A・E・バロウズ&サンズ〉がある。ここは

〝パイとペストリーの店〟を謳《うた》っており、〝お祝い用ケーキ《セレブレーションケーキ》〟を頼めば、伝統的なアイシングを厚く塗って蝶やバラの飾りを載せたケーキに、カラフルなリボンをかけたものを用意してくれる。

古いピルグリムズ病院と聖トーマス教会のチャペルを通り過ぎると、目指している建物が通りの反対側に見えてきた。博物館、ギャラリー、図書館などを兼ねそなえる〈ビーニー・ハウス〉だ。このチューダー様式を模した博物館は、J・G・ビーニー博士の遺《のこ》した基金によって一八九九年に作られたものだが、最近、千四百万ポンドの予算を投じて改装が行なわれている。これにより再設計と増築がなされ、玄関の両脇を守る一対のグリフィンの彫り直しなどを含め、建物の当時の特徴が復元された。人目を引く観光名所であり、パールもこの博物館にまつわる昔話については祖父から聞いていた。たとえば、かつてビーニーを訪れた人は、ライオンの剝製の頭を撫でたり、あるいはマイケル・パウエル監督の映画『カンタベリー物語』の中でも使われている決闘によって切断された手を、驚嘆の思いで眺めたのだという。

ホールに入るなり、パールは〈フロントルーム〉に引き寄せられた。ここには、ウィスタブルの芸術家たちの作品が飾られているのだ。アンディ・マローンは、絵画ではなく、誰もが子どものころから知っているようなさまざまな物を使って興味深い作品を創り上げる芸術家だ。ある作品では、ガイドブックを切り取って作った蝶や鳥といった小さな物たちが、並べられたマッチ箱から顔をのぞかせていた。煙草のオマケについていた昔のシガレットカードで作った折り本もあったし、一年のそれぞれの日に合わせた、三百六十五のマッチ箱はとくに素晴らしかった。そのひとつひとつに自然の驚き——羽根、狩蜂、蟹《かに》の爪——が隠されていて、パールはそれを眺めていると、幼いチャーリーが、小さなアンモナイトなど、海岸を散歩しながら集めた化石のコレクションをしげしげと眺めていたことを思い出し、甘いノスタルジアに襲われた。

立派な廊下を横切って〈グリーンルーム〉に入ると、そこには牛をはじめとする家畜を主に描いたトーマス・シドニー・クーパーの作品が紹介されていた。〈雪の中の羊〉という絵は、画家が九十九歳で大往生したときに使っていたイーゼルに、未完成のまま置かれている。桃色がかった灰色の空の下、雪景色の中で羊の群れが身を寄せ合っている。その絵を眺めていると、なんだかホワイトクリスマスに対する憧れが募ってきて、厳しい寒さも耐えやすいものに感じられた。

その部屋にはほかにもさまざまな絵が飾られており、パールはそのすべてに子どものころから親しんでいた。冬になると、ドリーがよく連れてきてくれたし、母も娘も、飾られている作品に飽きることがなかった。それから今度は、パールが息子を連れて訪れた。まだ幼かったチャーリーは、その場を圧するような大きな絵の一枚に魅入られたものだ。自分と同じ〝チャーリー〟という名前の、賞を取った短角牛の雄牛の絵に。

クーパーの作品には、風景の中に牛や羊を描き込んだものが多いのだが、なかでも一枚の絵がパールの注意を引いた。〈盗まれた馬〉という絵だ。恐怖に目を見開いた一頭の馬が、メリーゴーランドの乗り物のように四本の脚を伸ばして疾走しており、その背中に乗った馬泥棒は、追っ手をうかがい、差し迫った表情で肩越しに振り返っている。罪の瞬間に永遠に捕らわれた男の姿に、パールはふと、ダイアナを殺した犯人のことを思い出した。その人物も、常に捜査の一歩先を行こうと、自分の後ろを振り返っているはずなのだ。

パールは二階も見て回った。そこは傭兵や宣教師を含め、世界中から訪れた人々の寄贈品であふれている。人々がどこかで見つけてきたものや、思い出の品々だ。たとえばエジプトや古代ギリシアの遺物が、〈バフス〉の愛称で知られた〈ロイヤル・ウエスト・ケント連隊〉の記念品の隣に飾られていたりする。パールは展示品の中に没入し、これらの品々をはじめて見たときのことを思い返そうとした。だがゴシキヒワやマヒワといった剝製の動物の中にキツネがいるのを見た瞬間、どうしても、新しいお隣さんに対するダイアナの怒りを思い出してしまった。ガラスケースに閉じ込められている小さな品々は、それぞれが過去への扉を開けることに貢献してきた。そしてパールもいま、残された手がかりを駆使して、一連の悲劇的な事件を組み立て直さねばならないのだった。

最後の部屋には、トマス・ベケットの暗殺を描いたさまざまな油絵や習作の中に、パールのお気に入りの絵が飾られていた。ハリエット・ハルヘッドが一九一〇年に描いた〈扉の前の少女〉だ。画面いっぱいに、縦に長いベージュ色の扉が描かれており、その前には、黒い帽子とコートを身に着け、パールがいま履いているような艶やかなブーツを履いた少女が立っている。少女は小さな両手で真鍮《しんちゅう》のノブをつかみながら、扉の向こうには何が待っているのだろうといぶかるような顔で、こちらを振り返っている。幼いころからずっと、この絵が胸に引っかかっていた。絵の中の扉は、開くことがないだけになおさら。子どものころには何度も繰り返し、扉が開いたら、あの子は何を目にするのだろうと思わずにはいられなかった。そしてパールいま、おそらくはじめて、自分があの少女にそっくりであることに気がついた。はきっと永遠に、扉を開けたい、未解決の謎を解き明かしたいと思い続けるのだろうと。

一時間後、ビーニー・ハウスを出たパールは、建物の前のステップを下りてごみごみしたセント・ピーターズ・ストリートに戻ると、先ほどまでとは打って変わって暖かな日差しが顔に注ぐのを感じた。霧が晴れ、青い空がところどころに見えている。〈ボーホーカフェ〉が目に入るなり、朝食のあと、何も食べていないことを思い出した。黒板メニュー、明るい赤のテーブル、アールヌーヴォー風の書体。このカフェには、古き良きパリを思わせる雰囲気がある。しかもその日は大胆にも、太陽のありがたみを祝するように、舗道にテーブルがふたつ出されていた。パールはそのひとつに腰を下ろして、メニューを眺めはじめた。

13

十二月二十一日（火）午後二時十五分

マグワイアはベスト・レーンに出ると、鋳鉄《ちゅうてつ》の門に鍵をかけた。川に近い住まいだけあって、今日のように晴れたときには、新奇な魅力を感じることができる。だがなんらかの理由で水かさが増すたびに、ドナと過ごしたヴェネツィアでの時間を思い出してしまうところもあった。そろそろ過去と向き合うべきなのはわかっていた。なにしろこれまで、長いこと逃げ続けてきたのだから。哀しみによる直接的な痛みこそ消えていたものの、ある曲がラジオや、通りの向かいのバーから流れてきたりするたびに思わずはっとさせられる。ドナはロンドンでの生活にすっかり溶け込んでいたが、ヴェネツィアへの旅は、マグワイアに、彼女のまた違う側面を見せてくれた。あの夏は特別だった。マグワイアにとっては、愛する女をより深く理解するための、学びのときでもあった。

ロンドンでのふたりは、互いに牽制《けんせい》し合っているようなところがあった。仕事の忙しさを言い訳にしながら、近づいてはまた離れ、そして結局は、重力にでも引き寄せられるようにまた近づくのだ。ふたりはいろいろな逡巡《しゅんじゅん》を克服して、一緒に住みはじめた。ヴェネツィアへの旅は、そのお祝いだったのだ。親密さは軽蔑をはぐくむのではというマグワイアの恐怖は、杞《き》憂《ゆう》に終わった。そうなるには、ふたりとも生活における仕事の割合が大き過ぎた。ドナは事務弁護士の仕事で忙しかったし、マグワイアも働き詰めで警部の地位にまで昇進した。それから突然、ドナが死んでしまった。

マグワイアは新しい住まいの鍵を上着のポケットに入れ、歩きはじめた。長い一日のあとには必ず飲みたくなるうまいモヒートを出す店があるのだが、そのにぎやかなバーを避けながら、古い諸聖徒教会の敷地の上からのぞいている、どこか場違いなマーロウ劇場の黒っぽい三角形の屋根にちらりと目をやった。この地区には〈スリー・シティーズ・ガーデン〉という、カンタベリー、アメリカのブルーミントン、ロシアのウラジーミルという興味深い三つの姉妹都市に捧げられた公園がある。マグワイアはできることなら、一日中、この公園に座っていたいと思った。それも仕事の報告書ではなく、たまには新聞の見出しでも眺めながら。どちらにしろ、その日はあまりにも寒過ぎた。そこでセント・ピーターズ・ストリートに向かいながら、橋のそばにある小さなイタリアンでカプチーノでも飲もうと思ったとき、マグワイアの足がふと止まった。通りの反対側にあるカフェの外で、若いウエイトレスの接客を受けている女の姿に驚いたのだ。

しばらくは、離れた場所からパールを見つめていた。急ぎ足で通り過ぎていく焦り顔の買い物客たちとは対照的に、いかにもくつろいだ様子をしている。髪は自然に垂らし、地面に置いたショルダーバッグの上にコサック帽を載せ、黒い革手袋をテーブルのかたわらに置いて、なにやら分厚いキッシュのようなものにフォークを入れていた。マグワイアは突然、何か買い物以外の用事があってカンタベリーまで来たのだろうかと気になり、それを確かめようと通りを横切った。

　マグワイアが近づいてくるのを見て、パールはフォークを口の前で止めた。

「驚いた」パールは言った。「わたしをつけ回しているとか？」

「それはこっちの台詞《せりふ》だ。このあたりは俺の縄張りなんだからな」マグワイアはパールの向かいに腰を下ろすと、身を乗り出して皿を見つめた。「何を食ってるんだ？」

「レモンメレンゲパイ」

「うまいのか？」

「最高」

パールはフォークを口に入れると、マグワイアの視線を受けながらパイを味わった。マグワイアは手を挙げて通りかかったウエイトレスの注意を引くと、同じものをとジェスチャーで頼んだ。若いウエイトレスが笑顔で立ち去るなか、パールがマグワイアに目を向けた。

「真似っ子ね」

マグワイアは椅子の背にもたれながら、パールを見つめた。「きみの意見に従っただけだ」

「そんなのはじめてよね！」パールが勝ち誇ったように声を上げた。

「きみはシェフだろ、パール。おまけに、優れた味覚にも恵まれている」

「探偵でもあるんだけど」パールが鋭い声で言った。「おまけに、人間に対する優れた直感力にも恵まれている」マグワイアはネイビーのリーファージャケットに白いシャツとジーンズを合わせていて、彼にしては珍しく、しっかり休息が取れているように見えた。

カプチーノとレモンメレンゲパイを運んできたウエイトレスが、身をかがめながらテーブルに置くと、マグワイアはお礼を伝えるようにうなずいてみせた。ウエイトレスはにっこりしてから背筋を伸ばしたが、パールには、彼女がマグワイアのハンサムな顔を意識しているとしか思えなかった。ウエイトレスが立ち去るのを待って、マグワイアが口を開いた。「どうしてまたカンタベリーに?」

「手がかりは全部ここにそろっているわよ」パールは足元に置かれたショッピングバッグを示してみせた。「ようやくチャーリーへのクリスマスプレゼントを買うことができたってわけ」パールはその思いにホッとして、小さなため息をつきながら目を閉じると、淡い冬の太陽のほうに顔を傾けた。

マグワイアは静かにたずねた。「それで、この前はどこに消えたんだ?」

パールがパッと目を開いた。

「この前の夜だよ」マグワイアが続けた。「ホテル・コンチネンタルで」

「ちょっと考えがあってね」パールは謎めかすように言った。

「それで――話す気はあるのかい?」

パールは考えをまとめながらためらった。「封筒が見つかっているかどうかはわかる?」

「封筒ってなんの?」

「ダイアナが倒れる前に振り回していた、クリスマスカードの封筒よ。配達されたときは封筒に入っていたはずだし、ほかの人たちのカードと一緒に買われたものだと思うの。ダイアナの甥のジャイルズによると、警察はグレイ・ゲーブルズの捜索をして、ダイアナのパソコンと一緒に書類のたぐいも持ち去っている。それだけでなく、シッパーのボトルを回収したときに、聖アルフレッド教会のホールもすみずみまで調べているはずよ。だから、封筒を見つけたりはしていないかなって」

マグワイアは顔をしかめた。「その封筒を見分ける方法は？」

「宛名のところにダイアナの名前が書かれている点をのぞくと、中にはたぶんラメが入っていると思う。ほかの封筒もそうだったから」パールはバッグから、プラスチックのクリアホルダーを取り出した。挟んであるダイアナのカードが、はっきりと透けて見える。グレイ・ゲーブルズにもよく似たエドワード朝様式の屋敷と、その前庭に立つ雪だるま。屋敷はラメを敷きつめた中に立っているのだが、それがクリアホルダーの下にもたまっていた。

「あの夜に拾ったの」パールは言った。「カードのメッセージには、やっぱり新聞からの切り抜き文字が使われているわ。『怒りに自分を失えば、結局すべてを失う』」

「人生も含めてだな」マグワイアがそう言って考え込んだ。クリアホルダーを受け取ると、パールがまた別のものを差し出してきた。

「残りの封筒よ。シプリー刑事に渡してもらいたいの。オーウェンに会いにいったときからバッグに入れたままにしていて、ちょうどよかったわ」

「オーウェン？」

「オーウェン・デイヴィス。地元のスカウト隊長よ。一連のカードに、スカウト便が使われていたことをはっきりさせておきたくて」

パールは、コーヒーと一緒にパイをひと口飲み込んだマグワイアの顔を見ながら、何も伝わっていないことに気がついた。

「スカウトによる、ボランティアの配達サービスがあるの」パールが説明した。「できたらダイアナの封筒も、ほかのものと比べてみたいところなんだけど、ほぼ間違いなく、スカウト便が使われていると思う」パールは何かを考えるように言葉を切った。「少なくとも、カードは手元にある。そしてメッセージを読むかぎり、犯人は、ダイアナが癇癪《かんしゃく》持ちであることをよく知っていた」

「あの晩、ダイアナとやり合っていた若い女も、それは知っていたはずだよな？」

「ボニータね」パールは考え込んだ。「ええ、ダイアナが彼女を非難していたのはほんとうよ。でも、彼女とその恋人のサイモンは、絶対に送っていないと否定していた」

「そのほかの反応が期待できるとでも思うのか？」

「いいえ」と、パールは認めた。「おまけに、ふたりにはダイアナを嫌うだけの理由もはっきりとあるしね。ダイアナは、ツリーハウスの件でふたりを訴えると脅していたの」

「なんだって？」

「ふたりの庭には、ダイアナの敷地を見下ろせるところにツリーハウスがあるのよ」

「殺しの理由になるとは思えないがな」

「ご近所トラブルが殺人事件の引き金になることはよく知られているじゃないの」パールはなにやら物思いにふけりはじめた。

「何を考えているんだ?」

パールは首を振った。「なんでもない」それから話を変えようと、ベスト・レーンのほうにちらりと目を向けた。「新居はこの近くなの?」

「ああ」マグワイアはぎこちなく肩をすくめた。「ほんとうなら軽く寄っていかないかとお誘いしたいところなんだが——」

マグワイアは長い間預けっぱなしにしていた荷物の開梱《かいこん》がまだ済んでいないことを説明しようとしたけれど、相手のためらいを見てとったパールが、その前に口を挟んだ。「また別の機会にね。ほんとうに、もう帰らないと」

パールが立ち上がり、荷物をまとめているあいだに、マグワイアが財布から金を取り出し、伝票の下に置いた。「車のところまで送るよ」

「バスで来たの」パールが帽子を手に取りながら言った。「この時期は、駐車する場所を見つけるのが難しいから」

マグワイアは、あっさり彼女を行かせたくなかった。「だったら、家まで送ろう」マグワイアがパールの荷物のほうを手振りで示したので、パールはおとなしく持ってもらうことにした。

「ありがとう」パールは感謝するように微笑《ほほえ》んだ。

ウィスタブルまでの道のりは短かったものの、マグワイアにとっては、パールからスカウト便についての詳細を聞く有意義な時間になった。

「ダイアナのカードにもスカウト便が使われていたとすると、ほかのカードとは違うときに配達されていたんだと思う。ほかのものは全部、ハーバー地区にある住所だから」

マグワイアはその情報について考えながら、ブリーン村の道の急なカーブを曲がった。パールは、ハンドルに置かれた力強い手を見つめた。「ボーイスカウトに入っていたことは？」パールがその可能性をなんとなく面白がっているような顔でたずねた。

マグワイアがパールに、軽く警告するような目を向けた。「ない」

「カブも、ボーイも、ブリゲードも？」

マグワイアはかぶりを振った。

「じゃあ、子どものころの楽しみは？」

マグワイアは黙ったまま、雨粒がポツポツとフロントガラスを叩きはじめたのを見て、ワイパーのスイッチを入れた。

「ほらほら。何かあったはずでしょ？」

マグワイアはため息をついてから口を開いた。「どうしてもっていうんなら、船の模型を作るのが趣味だった」

「ほんとに？」パールは軽い驚きを覚えながら言った。「どんな船？」

「航空母艦に、ドイツや日本の飛行艇。主にキットで売られていたやつだな」マグワイアは反応を求めてパールにちらりと目をやったが、パールはその情報を咀嚼《そしゃく》しているようだった。

「そういう時期もあったってことさ」マグワイアが言った。

「そんな人が、海の見える場所に住めるときに、わざわざカンタベリーに引っ越すほうを選んだってわけ？」

　車はちょうどボースタル・ヒルのてっぺんに差しかかったところで、そこからは、冷たい雨の中に広がる、灰色の金属プレートのような入り江の海が見下ろせた。「最近では、都会のほうが落ち着けるんだ」

　マグワイアとしては、これでこの会話は終わりになるものと踏んでいたのだが、パールはいつもの執拗さで話を続けた。「ウィスタブルに住んでみると、カンタベリーは思いのほか近いのよ。悪魔がウィスタブルの町を作ったって話を聞いたことは？」

「ないね。だが、これから聞かせてもらえそうじゃないか」マグワイアは微笑んだ。

　パールは身を乗り出して、活き活きと語りはじめた。「悪魔の目は、カンタベリーにあったのよ。それを巡礼者たちが定期的な祈りによって守り続けていた。ところがある晩、聖トーマスの教会墓地に勤めるチャプレン（教会に所属せずに活動する聖職者）たちが、祈りを捧げる前に眠ってしまったの。悪魔はチャンスを見てとると、空から舞い下りて、両腕にカンタベリーの町を抱えようとした。ところが爪が長過ぎて、なかなかうまく持つことができなかったの。何度も繰り返し、大きな黒い翼を広げて、この道沿いに急降下しては持ち上げようとしたんだけれど、結局、腕いっぱいに抱えていた町はほとんどが海に落ちてしまった。そのまま悪魔が去りかけたところで修道士のひとりが目を覚ますと、教会に走って、大きな鐘を鳴らしたの。ちょうどこの丘のてっぺんにいた悪魔は、その鐘の音《ね》を聞くと、最後まで腕に抱えていた家々を落としてしまった。それが丘を転がり落ちて、最後には〈タンカートン・スロープス〉から海へと延びる〈ストリート〉と呼ばれる砂利浜になったと言われているのよ」窓の外には、ボースタル・ヒルに並ぶ、下見板張りの白いコテージが見えていたが、それからやがて町の入り口に入った。「チャーリーは小さいころに、このお話が大好きでね」

マグワイアが顔を向けると、パールは相変わらず雨のはねた窓の外に目をやりながら、首にかけたロケットをいじっている。マグワイアには、車のワイパーの音が、さあ、さあ、とせき立てているかのように聞こえた。

「タンカートン・スロープスにはレストランがあったよな?」マグワイアは言った。

「〈ジョー・ジョーズ〉ね」パールが振り返った。

「今夜、食事に行くってのはどうかな?」

「予約もなしで? 入れたらラッキーよ。あの店のカラマリは、うちのに負けないくらいおいしいんだから」

「とりあえず、トライしてみないか?」

パールはマグワイアを見つめながら、相手が本気であることを確かめた。「いいけど。警察の身分証をちらつかせるしかないかもよ」

マグワイアはパールに笑みを返しながら、思わず相手の瞳に吸い込まれそうになったが、その瞬間、アクセルを踏み込むと、環状交差点を抜けた。

「あ、しまった！」パールが突然叫んだ。

「どうしたんだ？」マグワイアが動揺しながらたずねた。

「掃除婦さんに、お金を置いてくるのを忘れてた」

「なんだ、それだけか」マグワイアがホッとしたように言った。

「あなたにはわかってないのよ。マーサは高齢なうえに、うちで頼むのは今日がはじめてなの。マーマレードとビスケットと焼き立てのパンは準備したのに——肝心のお金を忘れるなんて。わたしったら、ほんとバカだわ」パールは言葉を切ると、マグワイアに顔を向けて、愛嬌たっぷりに言った。「寄り道をお願いできたりしないかしら？」


五分もすると、マグワイアの車は、ウィスタブルとタンカートンの境にある私道にとまっていた。マーサのコテージは、ほかの家よりも奥まった場所にあった。家の前には、雨に打たれてどこか哀しげな、低木とゼニアオイの生垣で仕切られた小さな庭がついている。「すぐに済むから」パールは言った。

木の門を開けると、乱形石《らんけいいし》の敷かれた小道を、ガラス張りのポーチへと早足で近づいた。ポーチには、活き活きと元気そうな鉢植えや、回覧板がいくつか置かれている。郵便受けからはみ出している地方新聞が雨に濡《ぬ》れかけていたので、奥まで入れておこうかとも思ったけれど、その前にポーチのドアノブが手の中で回り、扉が開いた。玄関のベルを押すと、明るい音が響き渡った。返事はなかった。家の中からは、猫の鳴き声だけが聞こえてくる。と思ったら、猫が一匹ポーチに出てきて、さらにもう一匹が続いた。テリアとの負け戦の話を覚えていたパールには、どちらがピルチャードかすぐにわかった。脚の一本がないことなどまったく気にしていない様子で、臆せず、パールの足首に体をからませてくる。ドリーの飼い猫のモジョが、餌が欲しいときにやる仕草にそっくりだ。時計を確かめると、もうすぐ六時になろうとしていた。教会の晩禱式《ばんとうしき》にはまだ早いものの、ピルチャードとスプラットは、もうだいぶ前に食事を済ませているはずだ。その瞬間、スプラットが何かに怯えたかのようにサッとポーチの外に出た。パールもそのあとを追って、家の裏手に回った。

ピルチャードがスプラットのあとから、勝手口についているキャットフラップをくぐり、さっさと中に入ってしまった。パールも扉に近づいて、ドアのガラス部分から中をのぞき込みつつノックをした。

「マーサ?」扉のハンドルに手をかけると、鍵はかかっていなかった。キッチンに入るなり、二匹の猫が鳴きはじめた。

「誰かいるの?」呼びかけたが、返事はなかった。きれいに片付いたキッチンには、フォーマイカのテーブルが置かれ、フローラルの消毒液の香りが漂っている。キッチンから廊下に出ると、開けっ放しの扉があって、その中は、古風なアヴォカド色に塗られた洗面所とバスルームになっていた。居間への扉は閉まっていたので、軽くノックをしてみた。マーサは居眠りをしているのかもしれないし、驚かせたくはなかったのだ。返事がなかったので、扉を開けると、中に入った。

小さな暗い部屋の中に、テレビの画面だけが明るく光っている。マーサは扉には背を向けて、安楽椅子に腰を下ろしていた。近づいてみると、どうやら居眠りをしているようだ。小首を傾げ、口を軽く開いている。薄明かりの中でも、シワの寄った唇の端から、よだれがひと筋うっすらと垂れているのがわかった。そばにはトレイがあり、空のカップ、小さな皿、それからこちらも空になったジャムの容器のようなものとナイフが一本置かれていた。ほかには、聖アルフレッド教会が線画で描かれたポストカードが一枚あって、シーズン中に行なわれるクリスマス礼拝のスケジュールが告知されている。

パールは身をかがめると、老いたマーサの肩にそっと手を置きながら、ささやくように呼びかけた。「マーサ、パールよ――」

マーサの体が、パールの手の重みに反応して横のほうに倒れた。片腕が、床の上にあるものを指し示すかのように大きく広げられている。それはいまやすっかりおなじみになったクリスマスカードで――ヴィクトリア朝様式の馬車が、ラメをまぶした雪景色の中を疾走していた。カードのそばには、ハサミがひとつと、壁際に積まれた新聞紙から切り取ったらしき小さな文字が散らばっていた。テレビの画面からは、ケーキの焼き方を教える番組が流れ続けており、パールはそのありふれた番組を背景にバッグからペンを取り出すと、震える手でカードを開き、中に記されたメッセージを読んだ。

私は自分のあやまちを知っている。

14

十二月二十一日（火）午後九時十五分

「あなたを逮捕するなんてどういうこと！」ドリーが言った。「警察はどこまで無能なのよ。あなたがマーサの死に関係あるわけないじゃないの。扁平足を訴えてやろうかしら」

「逮捕されたわけじゃないから」パールは忍耐強く言った。「当たり前の事情聴取を受けただけ。警察は、マグワイアからも話を聞かなくちゃならなかったのよ」

「それはよかった。たまには自分も、苦い薬を飲んだらいいのよ」ドリーはしばらく怒りをくすぶらせてから、疑わしげにパールを見た。「そもそも、どうしてあの男と一緒だったわけ？」

母親の警察に対する反感をよく知っているパールは、ジョー・ジョーズでの食事に誘われていたことは黙っていようと思った。「カンタベリーでばったり会ったのよ」パールは言った。「そしたら送ってくれるっていうから。雨も降っていたしね」

パールは母親の家のソファに腰を下ろし、スコッチをちびちびやりながら、片手で優しくモジョを撫でていた。雄猫のモジョは人懐っこいタイプではないのだけれど、家族の誰かが慰めを必要としているときにはわかるらしく、パールがふたりの警官に連れられてドリーの家に戻ってくると、自分からパールに近づいて膝の上に乗った。ドリーは決して認めようとはしないだろうが、内心では、パールがマーサ・ニューカムの死体を発見したとき、そばにマグワイアがいてくれてよかったと思っていた。

こうも短い期間にふたりの死人が出て、しかもダイアナとマーサにはつながりがあるのだから、警察が事件性を疑うのは当然だ。パールもカンタベリー署に同行し、できるだけの協力をしたのだが、そこでマグワイアとシプリーの冷淡な関係を、自分の目で確かめることになった。パールの見たシプリーは、尊大な態度が目につく若い男で、自分の力不足を過剰に取り繕おうとする傾向があるように思われた。なるほど、事件は日を追うごとに複雑さを増しているのだから、シプリーに捜査がまかされていることに、マグワイアが不安を抱くのも納得だった。

何時間も署に引きとめられた。その大半は、必要な手続きが踏まれるのを、時計を見ながら待っているだけだったが、供述を済ませて、すべての質問にこたえると、パールはようやく帰宅を許されて、マグワイアだけがあとに残った。

「殺されたのかしら?」ドリーは単刀直入にそうたずねた。

「可能性はあるわね」パールは、マーサのそばにあったジャムの瓶が鑑識に回されたことに気づいていた。最終的なこたえは、その結果を待たねばならない。「現場に残っていたものを見るかぎり、マーサが例のカードの犯人で間違いないわ。ただ、最後のカードに残っていたメッセージがちょっと――」パールの言葉が途切れた。

「死体のそばで見つけたカードってこと?」

パールはうなずいた。「『私は自分のあやまちを知っている』」

ドリーは困惑顔だ。「なんのこと？」

「違うのよ。これは、カードに残されていたメッセージなの」撫でているモジョが大きく喉を鳴らすのを聞きながら、パールは母親の反応を待った。

「罪の告白？」ドリーがようやくそう言った。

「おそらくは」

「でなければ遺書かしら？」

パールは顔をしかめた。「だとしたら、どうしてわざわざ新聞から文字を切り抜いて、クリスマスカードに貼りつけたりするの？」

ドリーが小さく肩をすくめた。「カードの送り主であることをはっきりさせておきたかったとか」

パールがこたえずにいると、ドリーが続けた。「いやがらせのカードを送ったせいで殺されたってよりは、よほどありそうな線だと思うけど」

「それはそうね」パールは言った。

この反応に勢いづいて、ドリーが言った。「考えてもみなさいよ。カードを受け取ったなかで、癇癪玉《かんしゃくだま》を破裂させるとしたらダイアナくらいのものじゃない」それからひと呼吸おいて続けた。「ところが彼女は死んでいるんだから、アリバイとしては完璧だわ」

パールは膝の上のモジョに目を落としながら、マーサの猫のことを思った。ピルチャードとスプラットは、警察によって地元の保護施設に連れていかれた。誰かに引き取られるとしても、あの二匹が一緒にいられればいいのだけれど。

「あなたは疲れているのよ」ドリーがふいにそう言った。「それを飲んじゃいなさい。ソファベッドの準備をするから」

「いいわ」パールは慌てて言った。「帰りたいの」

「バカ言わないで。あなたは大変なショックを受けたのよ」

「大丈夫。少し歩いたら気分がよくなるわ」パールがバッグに手を伸ばすと、モジョも膝の上からそそくさと立ち上がった。自分の役目が終わったことを察したのだ。

「だったら、少なくとも車で送らせて」ドリーが苛立った声で言った。「頼むから、パール。殺人犯が、このあたりをうろついているのよ！」

言い争うには疲れ過ぎていたので、パールは母親の気遣いを受け入れて、家まで送ってもらうことにした。


それからしばらくすると、パールは車の中でシートベルトを締めていた。ドリーが運転席につくときには、いつだってこれが頼りになるのだから。ハーバー・ストリートには、立ち並ぶ店の明かりが輝いていた。子ども向けの店のショーウインドーは、揺り木馬やテディベアなどの伝統的なおもちゃで埋め尽くされている。古風なヒイラギの花綱がふんだんに飾られているのを見ると、なんだか時をさかのぼったような気分になったが、それをぶち壊すようにして、宇宙人の触角のような頭飾りをつけた、お祭りムードでほろ酔い加減の若者たちが道路に出てきたかと思うと、突っ込んでくるドリーのモーリスマイナーをひょいとかわしながら、テリーズ・レーンへと入っていった。マーサの死にもかかわらず、世界は回っていくのだという現実を感じながら、パールは突然、ドリーにこうたずねた。「ところで、母さんは今日、どうしていたの?」

「キャシーと撮影よ」ドリーは、パールも覚えていて当然というように言った。

「うまくいった?」

「すごく楽しかった。そのあとは軽いランチをとりながら、何杯か飲んできたの。ほんと、一緒にいるのが楽しい子なのよね」

「じゃあ――ほとんど一日中、彼女と一緒にいたってこと?」

「四時半ごろまでね」ドリーは、ほかにも無謀な歩行者がいないか確認してから、シー・ストリートの交差点を抜けた。

「キャシーには出かける用事でもあったのかしら?」

「そうじゃなくて、わたしのほうがね。昼寝をしたくなったものだから」ドリーはシースプレー・コテージの前に車を寄せると、アイランド・ウォール沿いの庭に立つ裸の木々が、凍てつくような風にあおられているのを見つめた。「ほんとうにひとりのほうがいいの?」ドリーが言った。

「わたしなら大丈夫だから」パールは身を乗り出して母親の頬にキスをすると、後部座席に置かれているクリスマス用の買い物を思い出して手に取った。パールが玄関に近づくのを見守っていたドリーは、投げキッスをしてから、ようやく手を振り、「じゃあ、また明日！」と声を上げた。

遠ざかっていく車の音を聞きながら玄関に入ると、家の中がすっかり見違えていた。クリスマスツリーの電球が明滅し、スパイシーなポプリの香りが漂っている。クッションはふっくらとふくらみ、あらゆるものの表面はピカピカで、フォトフレームからはほこりが消え、棚の中で倒れかけていた本は、どうだといわんばかりにきれいに並んだ背表紙を見せている。マーサはシースプレー・コテージを、本来の姿に戻してくれていた。そこでパールは、これだけの働きに対してきちんと礼が尽くせなかったことを思い出し、強い後悔の念に駆られた。

両手に顔をうずめたまま、マーサ・ニューカムを思って泣いた。マーサはもう、二度とクリスマスを味わうことができないのだ。その瞬間、携帯が鳴りはじめてあっさりと静寂を破った。画面を見ると、マグワイアからだった。

「大丈夫か？」その口調が妙に素っ気なく堅苦しかったので、パールはまだ署にいるのだろうと見当がついた。

「大丈夫よ。どうしたの？」

「俺が知っているべきことじゃないから大きな声では言えないんだが、毒物に関する検査結果が出た」

「マーサの遺体のそばにあった瓶のこと？」

「そうだ。瓶に入っていたのはマーマレードで――ヤドリギがたっぷり加えられていた」

マグワイアが先を続けようとしたが、パールのほうが早かった。「毒性がある」

「必ずしも致死性はない。だがたとえば高齢で――」

「マーサのようにね」

マグワイアがひと呼吸置いてから続けた。「毒性というのは、口にする人の体質に左右されるんだ。ヤドリギには、血圧を急激に低下させる作用がある」

「マーサは低血圧で悩んでいた」

「間違いないのか?」マグワイアが言った。

「最近患《わずら》ったあとに、薬を処方されていたのよ。マーマレードのことをもっと教えて。おそらく、ホームメイドだったんじゃないかしら?」

「いや。店で売られていたものだ。そこにヤドリギの実とエキスを加えたのさ。味をごまかすために、砂糖もたっぷりとな」

パールは黙ったまま、いま聞いた内容について考え込んだ。

「何を考えているんだ、パール?」

「マーサは甘いものに目がなかったの」パールの脳裏には、ライム・マーマレードがあると聞いたとたん、パッと明るくなったマーサの顔が浮かび上がった。「シプリーはなんて?」

「俺には、何ひとつ情報を寄越そうとしないもんでね」

「あら、でも、そうしてくれる誰かがいるみたいじゃない」

「これだけの情報を手に入れるだけでも、これまでの貸しをいくつか思い出させなくちゃならなかったんだ」マグワイアが言った。

「それで、カードについては？　何かカードについての情報はないの？――マーサの遺体のそばで見つかったものも含めてだけど」

「期待しないことだな。現場が乱されていたこともあって、鑑識のほうもあまり見込みがなさそうなんだ」

パールは思いをめぐらせた。「でも、マーサの家に積んであった新聞に残っている指紋を、カードに貼られていた文字のものと比較することはできるわよね？　そしたら指紋が誰のものかを確かめて――送り主を特定することができるかもしれない」

「かもな」

「マーサに毒を盛った犯人は、カードを送ったのがマーサだと見えるように仕組んだ可能性があるわ」

「遺書のようにみえるメッセージも含めてだな」マグワイアが付け加えた。

「その通り。それ以外にも、あのメッセージについては何かが引っかかるのよね」

「たとえば？」

「自分でもよくわからなくて」パールは正直に言った。「もう少し考えてみないと」

マグワイアはパールの苛立ちを感じ取った。「わかった。少し休め。明日また話そう」

電話を切ろうとしたところで、マグワイアの声がまた聞こえてきた。少し口調が優しくなっている。

「パール？」

「何？」

「夕食をおごる約束だった」

「忘れてないわよ」

「明日の夜は？」

パールは思わずにっこりした。「いいわよ。聖アルフレッド教会の外で六時に会いましょう。クリスマスのキャロルサービスがあるの」

「なんだって？」

「心配しなくても大丈夫——さすがのプルー牧師も、歌に参加しろといってあなたを舞台に呼んだりはしないから」

「絶対にないと言えるか？」

「そんなことになったら、わたしが助けてあげるから大丈夫」

その言葉を聞いたとたん、マグワイアは胸が温かくなった。「じゃあ、そこで会おう」

パールは電話を切ると、キッチンに入って電気をつけた。まさにピカピカだった。レンジの汚れは消え、ハーブやスパイスの瓶はきれいに並べられている。冷蔵庫の中をチェックすると、何もかもが清潔で衛生的だった。一番上の棚に置かれたライム・マーマレードが半分ほどに減っているのを見るなり、マーサがやましさを覚えながらも捨てられなかったささやかな喜びを思い出し、パールは胸が痛んだ。その甘いものへの弱さがマーサの破滅につながったわけだが、犯人もそれを知っていて、利用したのに違いないと思った。

冷蔵庫を閉めると、顔が映り込むほどに磨き込まれたステンレスのヤカンが目に入った。見るとそこには、表にパールの名前が書かれた封筒がたてかけられている。震える手で封筒を開いた。思わずピカピカの作業台にラメが落ちるところを想像しかけたけれど、入っていたのは、桃色の小さな短信用のカードだった。短いメッセージが新聞からの切り抜きではなく、ひょろりとした繊細な手書きの文字で書かれている。

ご招待に感謝です。クリスマスイブを楽しみにしてます。では。マーサ・ニューカム。

15

十二月二十二日（水）午前十時十五分

「マーサも気の毒に」プルー牧師が当惑した顔で言った。「それで、証拠を見るかぎり、そのクリスマスカードを送ったのはマーサだというの？――ダイアナが倒れる前に、ボニータからだと責めていたものも含めて？」

「遺《のこ》されていたメッセージを見るかぎりは、そういうことになるのかなと」パールは慎重にこたえた。

牧師はゆっくりと首を振りながら顔をしかめた。「罪の意識に打ちのめされたんじゃないかしら」牧師はパールのほうに目を上げた。「道義心がそれは強い人だったから」

「キリスト教徒としての道義心ですよね」パールは鋭く指摘した。「それで思ったんだけれど、マーサのように信仰心に篤《あつ》い人が、自ら命を絶ったりするかなって」

「教会の考え方に対してということかしら？　うーん――」牧師は考え込んだ。「自殺を考えるほどの絶望の中にある人は、必ずしも、自殺に対する教会の立場に影響を受けるとはかぎらないのよ。ほら、検死審問のときに使われる言葉はなんだったかしら？　『精神のバランスが損なわれている場合』？」牧師は何かを思い起こすように言葉を切った。「以前、チャプレンの友だちがいて、自殺を試みた人々のカウンセリングに当たっていたの。彼女の経験上、自殺には典型的なタイプというのがないんですって。実際、命を絶とうとする人の大半は、たとえば結婚生活の破綻《はたん》や死別などによる反応性の鬱《うつ》か、脳における化学物質の不足による生物学的な鬱を抱えていたりするのよ。ときには、処方された薬物やそうでない薬物、あるいは深刻な精神疾患によって妄想に陥っている可能性もある」牧師はため息をついた。「マーサは寂しい人に見えたけれど、ひとりでも充実した生活を送っていたし、鬱になっていたとは思えない。なんといっても、慈善活動には熱心だったのよ。あのマーサがそんなカードを送るなんて、わたしにはちょっと想像できないわ」

「精神のバランスがほんとうに損なわれていたのだとしたら？」パールが考え込むように言った。「マーサのことはそれほどよく知らないんだけれど、ちょうど昨日、うちの掃除に来てくれたばかりで。病気のせいで仕事を失ったと聞きました。以前は五軒――平日には毎日一軒ずつ仕事が入っていたのにと」パールはふと言葉を切った。「プルー牧師もその中のひとりだったんですよね？」

「ええ」牧師がうなずいた。「でも、やめてもらったのよ。教会での仕事は、彼女には荷が重過ぎるようになっていたから。マーサは、それこそありとあらゆる形で教会のために働いてくれた。まさに、無給の聖堂番も同然だった。ああ、まさか」牧師が悩ましそうに言った。「仕事を失ったせいで、マーサが一線を踏み越えてしまった可能性はあるのかしら？」

「自殺のことですか？」

「いま話しているのはそのことでしょ？　マーサは一度も結婚していないし、あの二匹の猫を除けば、家族といえる家族もいない。あの猫たちが、かけがえのない存在だったのよ。あるとき、マーサが電話をかけてきたことがあったの。パニックになりかけながら、薬を家に忘れてしまったので、車で取ってきてもらえないかって。もちろんわたしはその通りにしたんだけれど、マーサの家の裏口を開けたら、ピルチャードとスプラットがキッチンに座っていたの。じーっと見つめられて、すっかり困っちゃった。ほら、わたしは猫の毛にアレルギーがあるものだから、いつもならマーサが家の奥に入れておいてくれるんだけれど。そのときは、すぐには逃げ出せなくってね」

「ほかの雇い主についてマーサから話を聞いたことは？」

牧師は必死に思い出そうとした。「えっと、もちろんダイアナでしょ。マーサは、ダイアナが亡くなるまで彼女のところで働いていたはずよ。それからクレイソン夫妻。確か、あの家の掃除も頼まれていたと思う」

「ほかには？」

牧師はしばらく思い出そうと努力してから、首を振った。「そもそも聞いたことがなかったか、忘れてしまったかのどちらかね」

「もしも思い出したら、知らせてもらえますか？」

「もちろんよ。ふたりも死者が出るなんて」牧師は暗い顔で考え込んだ。「しかも、クリスマスの直前に。なんて悲劇なのかしら」牧師はパールがバッグを手に取るのを待って、サッと扉に近づいた。「このまま決行しても大丈夫だと思う？」牧師が突然、深刻な顔でこう言った。「今夜のキャロルサービスよ」

「ええ」パールはきっぱりとこたえた。「マーサもそれを望んでいるんじゃないかしら？」そこで、何かを思いついたかのように言葉を切った。「さっきの話で、薬を取りにマーサの家に行ったとき——どうして玄関じゃなく、裏口を使ったんですか？」

「鍵を持っていなかったからよ」牧師は言った。「マーサから、裏口には鍵がかかっていないと言われたの。日中はいつもそうだったみたい。わたしももっと気をつけたほうがいいとは言ったのだけれど、マーサは『盗まれるようなものはありませんから』と言うばかりでね」牧師が哀しそうに微笑《ほほえ》むかたわらで、パールはいま聞いた話に思いをめぐらせていた。

それから三十分もすると、パールはレザーボトルのテーブルについて、ヴァルの話に耳を傾けていた。「例のいやらしいカードをジムに送ったのがあのおばあちゃんだったっていうんなら、あたしたちふたりとも、死んでほしいとまでは思っていなかったのよ」

「それはそうよね」パールは、がらんとしたパブの中にちらりと目をやった。暗い店内には、壁のあちこちに狩猟の写真が飾られていて、重たげな棚にはダーツのトロフィーがいくつか並んでいる。壁際に置かれている古びたロッコーラ社のジュークボックスはジムの愛蔵品であり、彼の人生にすっかり入り込んでいたヴァルでさえ、これにはほとんど触れることがなかった。

「ジムは何時ごろに帰ってくるの?」パールがたずねた。

「あら、まだ数時間は帰ってこないわよ。最近は道が混んでいるでしょ。とくに週末は渋滞がひどいから、毎週水曜日に〈キャッシュ&キャリー〉に行ってもらっているの。スタリー村の近くにある店でね」パールがうなずくと、ヴァルは続けた。「地元で買い物をして、経済を回す必要があるのはわかっているんだけどさ、あたしたちだって生きていかなくちゃならないじゃない?」ヴァルはカップを持ち上げ、コーヒーを飲んだ。

「マーサは昔から、このあたりで掃除婦として働いていた。あなたのところで頼んだことは?」

「つまり、この店でってこと?」ヴァルが、当然のように驚いた顔を見せた。「マーサ・ニューカムがパブに足を踏み入れるところなんて、想像もできないんだけど」

「二階にある住居のほうは?」

ヴァルはバカにするように鼻を鳴らした。「じつを言うと、エワとセリーナっていう、ポーランド人の若い子をふたり使っているのよ。ものすごい勢いで掃除をして回るんだけど、そりゃあ徹底的にやってくれるから。あんたもよくわかってると思うけど、ケータリングやパブなんかをやっていると、リスクをおかすわけにはいかないからね。この前ジムと一緒に日曜日のランチに出かけたら、田舎の素敵な場所ではあるんだけど、まあ、店の掃除の足りていないこと。肘がテーブルにくっついちゃった」ヴァルは身震いをしてから、時計に目をやった。もうすぐ十時半になるから、仕事をはじめなければならないのだ。

「長居はしないわ」紅茶を急いで飲みながら、ふと、テーブルの上のシュガーボウルに目を引き寄せられた。

「何?」ヴァルが慌てて言った。「汚れてるわけじゃないわよね?」

パールはためらった。「そうじゃなくて――ちょっと思い出したことがあってね。ジムが戻るころに、また顔を出してみようかしら?」

ヴァルはかぶりを振った。「あの人、水曜の夜は休みにしているのよ。〈労働者クラブ〉から、〈ブリティッシュ・リージョン〉でダーツをしたあとに、ケバブの店に寄り道してくるの。毎回、コレステロールに気をつけろと繰り返しているんだけど。しばらく前に医者に連れていったら、コレステロール値を下げるスタチンを処方されてさ。そのときだけはしっかりビビッていたくせに――もう何を食べても平気だと思っているみたい」

「クレイソン先生のところに行ったの?」

ヴァルはうなずいた。「あたしは女の医者のほうがいいからリー先生に診てもらっているんだけど。ジムは昔からクレイソン先生。あんまりいい宣伝はしていないと思うんだけどね」

「宣伝ってなんの?」

「健康のよ。先生の奥さんときたら、このところひどい顔色じゃない? いまにも消えてしまいそうでさ。それこそ横を向いただけで見えなくなりそう」ヴァルが言葉を切った。「彼女、どこか悪いところでもあるんじゃないかな?」

「さあ、どうかしら」パールは紅茶を飲み干した。

立ち上がったところで、ヴァルが言った。「とにかく、マーサのことを知らせてくれてありがとう。哀しいニュースだけどさ、少なくとも、あのカードの件は解決したわけだから。ああいうことが起こると、ご近所さんのことまで疑いはじめちゃうじゃない」

「わかるわ」パールが言った。

「でもやっぱり、マーサのことは気の毒だな。年のいった二匹の猫と教会しかない人生だなんて」ヴァルがパールに目を向けた。「寂しかったはずだよね？」

「そうね」パールはまさに同じようなことを考えながら、ヴァルを空っぽなパブに残して外に出た。


そこからフィリス・ラスクの店〈ハービスカス〉までは歩いて五分とかからない。パールはハイ・ストリートを抜けるルートを取り、救世軍のブラスバンドが陣取っている図書館の前を通りかかった。演奏されていたのは〈ダビデの村に〉で、そのホルンの音色が、またひとり、町で死者が出たことを弔うかのように鳴り響いていた。パールは募金箱に小銭を何枚か入れると、霧雨《きりさめ》から逃れるようにハービスカスへと急いだ。店に入ると、ボニータがいた。モヘアのダッフルコートは着たままだが、フードは下ろしている。ぎこちない沈黙が広がると、フィリスがそれを破った。

「マーサのニュース、驚いたわ」

パールがカウンターに近づいた。「どこから聞いたの？」

「プルー牧師からよ」ボニータが、手にしている携帯を示してみせた。「ちょうどキャロルサービスのことで電話をかけたんだけど、そしたら、あなたから知らせを受けたって」

フィリスが舌を鳴らした。「マーサも気の毒に。自分のしたことを悪いと思っていたんなら、わたしたちに会いにきて、そう言ってくれさえすればよかったのに。あんなカードを出した理由がなんであれ、みんな許してあげたと思う。なにしろわたしだって、罪を憎んで人を憎まずと教えられて育っているんだし」

「つまり、キリスト教徒ってこと？」パールが言った。

「キリスト教徒として育てられたってこと」フィリスが言った。「いまじゃちょっと信仰心に欠けている部分はあるけれど、それだって、ヒマを持てあましていた可哀そうなおばあさんを許すことくらいはできるわ」

「その人のことは、あんまりよく知らないんだけど。あなたは？」ボニータにそう声をかけられて、パールはかぶりを振った。

「もっと深く知り合えていたらよかった」パールは哀しそうに言った。「マーサはもともと、町のあちこちで掃除を請け負っていたの――ダイアナ、聖アルフレッド教会、クレイソン夫妻。ほかにも誰かいたのを知らないかしら？」

フィリスは肩をすくめてから、ふいに口を開いた。「あの不動産業者のアダム――確か、最近彼のところで働いていたんじゃないかしら」

「ほんとに？」パールはこの情報に驚いた。

フィリスはうなずいた。「ダイアナが最後に店に来たときに、そう言っていたはずよ。アダムが地元の誰かを探していたから、マーサを紹介したって。まさかそんな！」フィリスが突然叫んだ。「マーサがあのカードを送っていたんなら、ダイアナに毒を盛ったのも彼女だったりするのかしら？」

「どうしてマーサがそんなことを？」

「わからないけど」フィリスが言った。「探偵はあなたの仕事でしょ」

パールは、ボニータが黙ったまま情報を咀嚼《そしやく》しているのを見てとった。「また話を聞きたくなった場合、遅い時間までここにいるかしら？」

フィリスは申し訳なさそうな顔になった。「いないと思う。今夜は、キャロルサービスのあとに出かける予定があるの。でも、明日なら大丈夫よ」

「わかった。じゃあ、またね」パールは扉に向かいながら、ふと足を止めた。「忘れるところだった。この店に、高コレステロールに効果があるものって置いてあるかしら？」

「もちろん」フィリスは背後の棚を振り返って小さな箱を手に取ると、「紅麴《べにこうじ》」と誇らしげに言った。「自然由来のスタチンよ」

「ありがとう」パールは微笑んで、「明日また来るかも」と言うと、フィリスとボニータの両方に笑顔を向けてから店を出た。

そのあと、十一時になるころには、アダム・キャッスルの事務所に腰を下ろし、アダムが電話で誰かと話しているのを辛抱強く待っていた。ようやく電話が終わりそうになった。「わかった。じゃあ、月曜日に。詳細はカメラマンと詰めておくから。買い手には、あのボロ物件を確実につかませてやるさ。こちらのやり方に合わせてくれてありがとう」

アダムは受話器を置いてパールに目を向けると、あやまる気などまったくないような口調で言った。「忙しいと言ってあったはずだ」それから今度は、メールの着信に気づいてパソコンの画面に目を向けた。

「出直したほうがいいかしら?」パールが言った。

「いや」アダムがぶっきらぼうな声で言った。「なにしろ常に忙しいんでね」それからメールの返信を打ち終えると、まだいたのかというようにパールを見た。アダムは椅子に深く身を沈めてパールをにらんだが、ようやくあきらめたように言った。「いいだろう。五分だけだぞ。いったい何が知りたいんだ?」

「ダイアナが、掃除の仕事の件で、あなたにマーサを紹介したと聞いたんだけど」

アダムが顔をしかめた。「だったらどうだと?」

「マーサはあなたのところで働きはじめていたの?」

「どうやら誤解しているようだな」アダムが苛立ったように言った。「家の掃除なら、すでに頼んでいる人がいる。ぼくがダイアナに聞いたのは、内見の前に、物件を手早く磨き上げてきれいにしてくれる人間がいたら便利だなと思ってね。うちで扱っているのは基本的に高級物件だから、そう見えるように保っておきたいのさ。なにしろ、第一印象は重要だから」

「それで、ダイアナにマーサを紹介されたの？」

アダムが肩をすくめた。「あのばあさんの電話番号をもらったよ。どこかにあるはずだ」アダムはデスクの引き出しを開けたが、そこでまた電話が鳴ると、慌てて受話器を取った。「アダム・キャッスルです」熱を帯びていた表情から、一気に興味が消え失せた。「少々お待ちを」そう言って受話器を片手で覆うと、声を上げた。「ポーラ？」

隣のオフィスから、従順そうな声が返ってきた。「何かしら、アダム？」

「この電話を替わってくれ」アダムは受話器を置くと、パールに目を戻した。「どこまで話したかな？」

「ダイアナからマーサの電話番号をもらったって」

「そうそう。マーサは信頼できるし、仕事ぶりも確かだと言っていた」

「で、それはいつごろ？」

「先週だ。彼女の家の掃除が完璧なことにも気づいていたしな」

「ダイアナのってこと？」

アダムが小さくうなずいた。

「どうしてダイアナの家に？」

「どうしてだと思う？」アダムは椅子の背にもたれると、選択肢を推し量るようにパールを見つめた。「じつのところ、きみの探偵の腕前なんて、たいしたことなさそうだよな？」アダムが独善的な笑みを浮かべた。「もちろん、あの家の価値を査定に行ったんだ」

「ダイアナは、グレイ・ゲーブルズを売るつもりでいたの？」パールは愕然とした。

アダムがこたえる前に、また電話が鳴りはじめたが、アダムはそのままにして、パールを見つめていた。「ほかに査定を頼む理由があるとでも？」アダムが、話は終わりだというような仕草を見せてから電話を取ったので、パールはひとり、いま聞いた情報について思いをめぐらせた。


三十分後、パールはウィスタベルの受付に立っていた。

「どうぞお座りになってお待ちください。シャーメインはすぐに参りますので」

パールは素直に腰を下ろした。受付嬢は若いのだけれど、濃いアイライン、つけまつ毛、厚いファンデーションのせいで、かなり老けて見える。

単調な、どこかオリエンタルな雰囲気のＢＧＭが、スティック形のお香や、水の流れ続けるファイバーグラスの壁によくマッチしていた。おそらくは、サロンを訪れた客たちに、瞑想的な安らぎを与えることを狙った内装なのだろう。

確かに、忙しい一日のあとにこのような場所にいると心が安らぐのはパールも認めざるをえなかった。パールとしては、別にくつろぎに来たわけではないのだけれど。だとしても、しょっちゅう前を通り過ぎながら一度も入ったことがなかった店の中を見るとなると、やはり興味を引かれる。なにしろこの手のお手入れとしては、ハーバー・ストリートにある美容院に通っている程度で、それでさえ年に三、四回なのだ。とはいえ最近、いやな白髪を見つけてしまったので、もう少しちょこちょこ通うことを考えなければならないのかもしれない。パールには美容サロンに通う習慣などなかったものの、ドリーのほうは、大昔に地元のパブのダンスフロアで痛めた腰をほぐしてもらうために、ときどきマッサージを受けている。ただ今回は抽選会で無料券をもらっていたので、それで情報を引き出しつつ、自分の外見にも磨きをかけられるのであれば一石二鳥だと思っていた。

突然ブザーが鳴り響き、禅の世界めいた、ウィスタベルの穏やかな雰囲気を破った。フェイスブックを見ていた若い受付嬢が、顔を上げてこう告げた。「シャーメインの準備が整いましたので、蓮の間《ロータス・ルーム》にお入りください」

〝サフラン〟〝涅槃《ニルヴァーナ》〟と記されたふたつの部屋を通り過ぎて廊下を進むと、ウィスタベルのオーナーであるシャーメインが待っていた。パリッとした白いチュニックにズボンという恰好だ。クリニックのような雰囲気を出したいのだろうが、シャーメインの化粧と、派手に結い上げた髪にはいまひとつ合っていない。じつのところ、テレビの医療ドラマに出て来るゴージャスな女優にしか見えなかった。

「早速無料券を使いにくるなんて賢明だったわね」シャーメインが、パールを部屋に入れてから扉を閉めた。「これ以上クリスマスに近くなったら、ねじ込めなかったもの」

「そんなに忙しいの?」

「もうぎっしりよ」シャーメインが、大きなエステベッドに乗るよう促した。「楽にして」

パールはブーツを脱ぐと、ベッドに横たわった。ラベンダーのエッセンシャルオイルの香りが濃厚に漂っている。シャーメインは無駄のない滑らかな手つきでやわらかなピンクのタオルをパールの胸にかけ、ヘアバンドを使い、顔に髪がかからないようにした。頭上のライトが暗くなるなかで、シャーメインはアングルポイズ社のランプをつけた。リラクゼーションよりは取調べに向いていそうなその明るいランプを動かして、パールの肌を入念にチェックしていく。それからようやく口を開いた。「最後にフェイシャルエステを受けたのはいつ?」

その声のトーンに、パールはふと、やましさを覚えてしまった。そこで単純な、一度も受けたことがないという事実を認める代わりに、もぐもぐとつぶやいた。「えっと——いつだったかしら」

シャーメインは叱るようにチッと舌を鳴らすと、湿った布や、さまざまなローションを選びはじめた。「少なくともワンシーズンに一度はトリートメントを受けるべきよ。とくに夏と冬は肌環境が過酷だから、何度かお手入れすることが重要なの。いくつか毛細血管の浮きはじめているところがあるわ」

「ほんとに?」パールが困惑しながら言った。

「顔をしかめない!」シャーメインが言った。「シワを増やしたくないんだったらね」

「シワって何?」パールは力なく言った。

「額に何本かできかけているわ。それに、肌の色は暑さと風の影響で悪くなるいっぽうなのよ。船に乗るときには、保護用クリームを塗ることを考えたほうがいいわね」

パールは小さくうなずいた。自分の小さなボートに最後に乗ったのは何か月も前だし、海に出て顔に日差しを浴びるまでには、まだ何か月もあるのだ。

「さあ、目を閉じて。何ができるか見てみましょう」

パールは目を閉じると、リラックスしようとした。シャーメインのほっそりと長い指が、たるんだ肉を持ち上げて、とどめるかのように動いている。決して不愉快ではないのだけれど、いかんせん、シャーメインの体が近過ぎた。甘い息がかかって落ち着かないし、麝香《じゃこう》系の鼻につく香水が、ラベンダーの香りとぶつかり合っている。

「マーサのことでは驚いたわ」シャーメインが静かな声で言った。

「ええ」シャーメインの指先が口の周りを細かくマッサージしているので、それ以上の説明はできなかった。

「パックをはじめるわね。汚れを落として、栄養を与えるのよ」

冷たくてやわらかいものが、てきぱきと顔に塗られていくなかで、シャーメインがまたマーサの話題に戻った。「あなたが遺体を見つけたっていうのはほんとうなの？」

パールがうなずき、シャーメインは考え込んだ。「あの気の毒なおばあさんは、頭がどうかしていたんじゃないかしら？」

パールが唇を動かしてこたえようとすると、なんだか素人《しろうと》が腹話術でもしているような具合になった。「どうしてそう思うの？」パールはようやくそう言った。

「だって、聞いた話だと、例のカードを送っていたのはマーサなんでしょ。罪悪感に押しつぶされたんじゃないのかしら？――ダイアナを殺したことで」

「ダイアナを殺したのがマーサだという証拠はないのよ」パールが言うと、シャーメインが、それ以上は話すなというように、指先でパールの唇を閉じた。

「でも遺書を残しているのよね?」

「カードよ」

「メッセージが書いてあったの?」

「『私は自分のあやまちを知っている』」パールは言った。「中には、切り抜いた文字を使ってそう記されていた」

シャーメインは黙ったまま、パックを塗り終えた。「それで何もかも説明がつくんじゃない?」

「そうかしら? ダイアナを殺す理由は? マーサにとっては、残っていた数少ない仕事先だったのよ」

シャーメインは優雅に肩をすくめてみせた。「ダイアナにうんざりしていたとか。でなければ、ぼけていて混乱しちゃったのかも。わかったもんじゃないわ」

パールは、ティッシュで手をぬぐっているシャーメインを見つめた。「ダイアナに最後に会ったのはいつ?——つまり、チャリティイベントを別にしてってことだけど」

シャーメインはピンクのゴミ箱にティッシュを捨てた。「一週間くらい前かしら。土曜日だったと思う。フルコースのトリートメントを受けにきたのよ。フェイシャルとマニキュアとペディキュアってこと」

「ダイアナが？」パールは驚いた。

「ここ数か月は定期的に来ていたわ」

「その前は違っていたのよね？」

「自分を変えているところだと言っていたけど。あなただって、髪を染めたことには気づいていたんじゃない？」

「ええ」パールはこたえながら、グレイ・ゲーブルズで最後にあった夜、ダイアナがいつになく女らしく見えたことを思い出していた。「どうしてまた、いまさらそんな気になったんだと思う？」

「珍しいことじゃないわね。女性はある年齢になると、それまでの自分を手放すまいとするものなの。わたしとしても大賛成。何も商売になるからだけじゃなくて——」シャーメインは微笑んだ。「すべての女性は、自分の美しさを最大限に引き出すべきだと思っているから。それに、ダイアナはほとんどすべてを手にしていたでしょ。グレイ・ゲーブルズみたいな美しい家とかね。あの屋敷は羨望に値するもの」

シャーメインの顔が、パールにとっては、少し刺々《とげとげ》し過ぎるような表情を取り戻した。パックで肌がこわばり口を開けにくかったけれど、パールはなんとかこう言った。「昨日はこのサロンにいたの？」

「ランチの時間までね。そのあとはクリスマスの買い物に出かけたの」パールがこたえようとしたのを見て、シャーメインは素早く言った。「もうしゃべっちゃだめ。パックが落ち着きはじめているから、その魔法を効かせるにはたっぷり十分かかるのよ」シャーメインが立ち上がると、ドアに近づいた。「しばらくしたら戻ってくるから」

小さくカチリとドアの閉まる音がして、シャーメインは出ていった。

ウィスタベルを出るまでには、さらに四十分もかかった。なんらかの麻酔でも打たれたような気分だったが、冷たい風に当たるなり、気持ちがシャキッとした。目を落とすと、爪には淡いピンクのマニキュアが塗られ、先の部分が白く半月状に縁取《ふちど》られている。フレンチネイルというのだそうで、シャーメインがサービスでやってくれたのだ。パールはおそるおそるバッグから手鏡を取り出し、顔のほうに持ち上げてみた。とたんに、シャーメインから提案された眉のスペシャルケアはやめておけばよかったと後悔した。あやとりのようなものを使って脱毛するのだが、おかげで本来ならばムーンストーン色の瞳に寄り添っているはずの黒っぽい眉が、ほっそりしたアーチ形のものに変わっている。パールは大きなため息をついた。誰にも気づかれないといいのだけれど――なかでも、マグワイアには。

16

十二月二十二日（水）午後六時

「おいおい、その眉毛、いったいどうしたんだ？」ネイサンが言った。

「言いたくないんだけど、糸脱毛したの」パールがこたえた。

ネイサンがひるんだ。「うげっ」

「知ってるんだ？」パールはネイサンが糸脱毛を知っているばかりか、短時間で終わるとはいえ、その恐ろしい痛みを明らかに経験済みのようなので驚いた。

「また生えてくることを祈るしかないな」

「そんなにひどい？」パールはしょんぼりしながら言った。

ネイサンは、シャーメインの手による仕上がりをチェックした。「まさに妬《ねた》んでいる女の仕《し》業《わざ》だ。別に驚かないね」

その言葉が、パールの胸の中でこだました。シャーメインに妬まれていると思ったことは一度もなかったけれど、彼女にどことなく貪欲な雰囲気があるのは常日頃から感じていたのだ。今日だってグレイ・ゲーブルズについて〝羨望に値する〟と言っていたし。

妬みこそが、シャーメインの原動力なのだ。欲しい、自分にはふさわしい、と思いながらも手に入らないものへの不満が、彼女を突き動かしている。

そこでカチリと音がした。ネイサンが、手にしていたキーで、愛車であるフォルクスワーゲンのヴィンテージカーにロックをかけたのだ。彼は例の記事を書くうえでの気分転換になればとロンドンまでクリスマスの買い物に出かけ、ちょうどウィスタブルに戻ってきたところだった。しばらく前に遅くなりそうだからとパールに電話があり、聖アルフレッドの前で落ち合うことにしたのだ。小さな駐車場は、キャロルサービスの成功を約束するかのようにいっぱいだった。さらには、雨の予報にもかかわらず、いまのところは降らずに済んでいる。北風でさえ、敬意を表するかのように吹きやんでいた。実際、大気は妙に静かだった。雪の前にはときどきこんなことがあるので、パールはひょっとすると、結局はホワイトクリスマスになるのかもしれないと思いながら、ネイサンの腕を取って歩きはじめた。

マグワイアには開始時刻を知らせるメッセージを送っておいたのだけれど、返事がないので、時間と場所を間違えることがないように、念のため、もう一度送っておいた。ネイサンと一緒に教会の角を回り込むなり、クリスマスツリーの下にできている人混みが目に入った。ツリーの枝には、祝祭に合わせて電球が灯り、その輝きが、いくつもの見知った顔を照らし出している。プルー牧師は、金糸《きんし》で模様を浮織りにした、いくらか重たそうな白い祭服《チャジブル》をまとい、聖歌隊と一緒に教会のステップの上に立っていた。聖歌隊の面々のほうは、それほどは形式張らない、赤と黒の制服に身を包んでいる。

地元からは多様な人々が集まっていた。フィリスの姿はすぐに目にとまった。ふわふわした、白いピクシーハットをかぶっていて、そのそばにはボニータとサイモンが立っている。クレイソン夫妻もそこから少し離れた場所にいて、小さく震えているアリスの体に、リチャードが守るようにして腕を回すのが見えた。ヴァルは眼鏡をかけており、讃美歌の紙を見つめているところは、いつになく真面目そうに見える。だとすると、ジムも今日だけはレザーボトルのカウンターをまかせてもらえているのかしら。パールはそう思ったところで、水曜日は、ジムの休みの日であることを思い出した。シャーメインはこのような場所にはいくらかめかし込み過ぎていた。体に張りつくような紫のビロードのジャケットにピッタリしたズボンを合わせ、膝まである黒いブーツを履いていた。シャーメインは、自己満足のにじんだ笑顔をパールに向けてから聖歌隊のほうに近づいた。そこでパールの目に、向こうから振られている手が見えた。指の動き方に特徴がある。と思うと、年配のカップルの頭の上に、ドリーの顔がひょいっと現れた。

パールの顔はほころんだけれど、その笑顔も、母親の隣にキャシーがいることに気づくなり、こわばりかけた。アイラインでくっきりと縁取《ふちど》られた目はキラキラ輝いているが、唇のほうは相変わらず、少しすねてでもいるかのように固く結ばれており、どこか独善的な印象を与えた。勝ち誇っているとまでは言わないけれど――それに、何を勝ち誇るというの？　パールは、自分がキャシーの存在に対してこうも落ち着かないものを感じるのは、単純に、彼女がドリーにへばりついているのが気に入らないだけなのかしらと思った。パールのおかしな気分を感じ取ったらしく、ネイサンが声をかけてきた。「どうかした？」

「なんでもない」パールは慌ててこたえると、キャシーに対する否定的な感情を押し殺そうとした。そこでプルー牧師が、集まった人々を抱き締めるかのように大きく腕を広げながら声を上げた。

「みなさん、ようこそ。そして、今夜のささやかなキャロルサービスにお集まりいただきありがとうございます」牧師は言葉を切って、ツリーのほうに目を上げてから続けた。「クリスマスは、これまでも、これからも、キリストの生誕を祝ってみんなが集《つど》うとき。さらにまた、わたしたちは近頃、地元で深く愛されていたダイアナ・マーシャルとマーサ・ニューカムを失いました。ふたりの死を、みなさんとともに悼みたいと思います」

牧師がまた言葉を切ったが、パールはここで、ステファニーと息子のニコラスの姿に気がついた。そのそばにいるジャイルズは青ざめ、体も縮んでしまったかのようだ。ポケットをやたら探っていると思ったら、白いハンカチを取り出して、目元をぬぐっている。

プルー牧師は静かに続けた。「いまこそ、ふたりの家族や友人とともに悼みましょう。ですが、哀しみ、共感、連帯感の中でひとつになることを忘れてはなりません。今宵《こよい》の歌は、その象徴でもあるのです」

牧師がお辞儀をすると、それを合図のようにして、牧師の背後に並んでいた聖歌隊が〈ああベツレヘムよ〉を歌いはじめた。そこにいた人々は、老いも若きも歌に加わり、パールとネイサンも最後の部分を高らかに歌いながら視線を交わした。『暗き通りはとこしえの光に照らされ、幾霜《いくしも》の希望と恐れは今宵汝のもとに集う』

牧師の短い祈りのあとに、その場にはふさわしからぬ笑い声が響き渡り、人々の顔がサッとそちらに向けられた。秘書のポーラを連れ、黒いカシミアのコートをまとったアダム・キャッスルが通りかかったのだが、彼もそこで突然、自分たちに向けられているみんなの目に気がついたようだ。ポーラの腰をしっかりと抱いていた腕を慌てて下ろすと、ポーラとやましそうな視線を交わした。それからそそくさと通り過ぎようとしたのだけれど、ブルー牧師のほうが素早くて、ふたりを狙うように声を上げた。「どなたでも大歓迎よ！」

アダムとポーラはいかにも追い詰められた様子で、いたずらを見つかった子どものように近づいてきた。ふたりが一同に加わると、牧師がようやくにっこりしてから言った。「〈ひいらぎとつたは〉を歌いましょう」今回も聖歌隊が歌を先導したが、パールは歌のあいだにも、視線をめぐらせてマグワイアの姿を探していた。警部が来ていないのは痛いほどはっきりしていたし、時間がたつにつれ、来るつもりもなさそうに思われてきた。パールは携帯に手を伸ばしながら、送ったメッセージがどちらも無視されたままであることに気づいてがっかりした。

キャロルサービスが終わると、聖アルフレッド教会の駐車場へと戻りながら、ネイサンがパールに目を向けた。「なんかあったな。どうしたんだ？」

「なんでもないから」パールはぶっきらぼうに言った。「ほんとうに」

これはどうやら聞いてはいけないらしい。ネイサンはそう判断しつつ車のキーを取り出すと、フォルクスワーゲンのドアを開けようとした。そこでパールがネイサンの手を止めながら素早い視線を投げて質問を遮《さえぎ》ると、駐車場にとめられていた一台の車に目をやった。車内のルームランプがついているおかげで、運転席に座ったフィリス・ラスクの顔が確認できた。フィリスはサンバイザーの裏側についた鏡を使って口紅をていねいに塗り直してから、ピクシーハットを脱いで後部座席に投げた。続いて髪を整えると、すぐにルームライトが消えて、エンジンのかかる音がした。

フィリスが駐車場から出ていくなか、パールは腹を決めたようにネイサンからキーを奪って車のロックを外した。そのまま助手席に乗り、シートベルトを締め、自分の車を見つめているネイサンのほうを振り返った。

「ちょっと。何をポカンとしているのよ」パールはネイサンにキーを返しながら言った。「あの車を追いかけてちょうだい」

このまま永遠に走り続けるのだろうかと思いかけたところで、ようやくフィリスの車が細い田舎道に入り、ネイサンもそのあとを根気よくついていった。先を走る車が小さな橋を渡りはじめたとき、あとを追おうとするネイサンに向かってパールが手を伸ばし、「待って」と告げた。

ネイサンが目を丸くした。「だけど、ウィスタブルからずっと、彼女を見失うなと言っていたのはきみのほうじゃないか！」

「見られないことが重要なの。フィリスは、あそこにあるパブの駐車場に入っていったわ。ここがどこだかはわかる？」

「全然」ネイサンは真面目な顔で言った。「わかるはずがあるか？　この三十分、ぼくはフィリスの車のバンパーだけを見つめていたんだぞ」

「フォードウィッチよ」パールが言った。「イングランドでも一番小さな町」

ネイサンが興味を引かれたようにパールに目を向けた。「そうなの？」

パールはうなずいてから説明をはじめた。「住人は四百人にも満たないんだけど、公的に町と認められていて――議会もあるのよ」

ネイサンは驚いたようだった。「そいつはすごいや」

歴史が大好きなネイサンは、運転席の窓から、離れた場所に立っているハーフティンバー様式の建物を眺めようとしたが、パールがその邪魔をした。「くつろいでいる場合じゃないのよ。あなたにはフィリスのあとを追って、何をしているのか見てきてもらいたいんだから」

「ぼくが？」ネイサンがギョッとした。

「そう、あなたが」パールは言った。「信じたくなければ信じなくてもいいけど、とにかく、わたしに比べたら、あなたのほうがよっぽど目立たないはずなの」パールは自分の着ている緋《ひ》色のコートを見下ろしてから、後部座席に置かれていたネイサンのマフラーと、彼が雨の日に愛用している黒いコーデュロイのギャッツビーキャップを手に取った。ネイサンは、抵抗しても無駄なことを悟りながら、マフラーと帽子を受け取った。

それからしばらくすると、車は古いパブの裏手にとまっていた。ネイサンは車を降りたが、数歩と行かないうちに戻ってくると、切羽詰まったような声でささやいた。「万が一、フィリスに見つかったらどうすればいいんだ？」

「見つからないようにするのよ」

ネイサンは大きくため息をつくと、帽子を目深にかぶり、入り口のほうへと建物を回り込んで姿を消した。パールは気をもみながら、予想していたよりもかなり長く待たされた。満月の夜ではあったが、まだ月は姿を現していない。真っ暗な空には、煙のような雲が筋をつくっている。もう一度携帯をチェックしてみたけれど、やはりマグワイアからはなんの連絡も入っていなかった。心が少しこわばりはじめていた。きちんとした説明もなく約束をすっぽかされたことで、悔しいのと同時に腹が立った。勇気を振り絞って電話をかけようとしたとき、突然車のドアに手が置かれ、パールは驚きのあまり息を呑んだ。ネイサンが運転席にひょいと乗り込んできた。

「それで？」パールはホッとしながらたずねた。

ネイサンが帽子をかぶったままパールに顔を向けると、「ぼくってば、なかなかのもんだぞ」とこたえながら、にっこりした。「フランス人のふりをしたんだ」

パールは顔をしかめた。「誰に？」

「L'homme a la porte」ネイサンが気取った口調で言った。「入り口についていた男にだよ。今夜は貸し切りのイベントでね。グルメクラブ主催のカレーナイトなんだってさ」ネイサンがパールにチラシを差し出した。「登録をしておくと、今後のグルメイベントに関するお知らせがメールでもらえるそうだ」ここでネイサンが、勝ち誇ったような、それでいて、どこかいたずらっぽい笑顔を浮かべてパールに身を寄せると、こう打ち明けた。「フィリスはある人物と落ち合ったところでね。そいつにブチュッとキスをしていたよ」

「ジミーかしら？」

ネイサンがとたんにしょぼんとなった。「どうして知っているんだよ？」

「内緒」パールがからかうように言った。「よし。じゃあ、行きましょうか」

ネイサンがギアを入れたところで、パールの携帯が鳴った。マグワイアだった。一瞬、無視しようかとも思ったけれど、好奇心のほうが強かった。

「もしもし」パールの声は素っ気なかった。

「すまない」マグワイアはパールの口調に気づくと、まずはそう言った。「面倒が起こって、約束の時間には行けなかった」

「そのようね」パールは、ネイサンが聞いていることを意識しながらこたえた。

「殺人事件の捜査が進行中なんだよ、パール」

「それはあなたの担当じゃないはずでしょ」パールは思い出させるように言った。「犯人が、ひょっとしたら今夜のキャロルサービスに現れるかもしれないとは思わなかったの？」

マグワイアが、いぶかるような口調で言った。「何か――あったのか？」

「ええ。じつを言うと、ものすごく重要なことを発見したところなの」

「どこにいるんだ?」マグワイアが心配そうにたずねた。

「いまからフォードウィッチを離れるところ」

「どこだって?」

「小さな村――」パールは言葉を切ってから言い直した。「じゃなくて、町。ストゥール川沿いの、カンタベリーから四キロくらいのところにある町よ」

「そこにいろ。迎えにいくから」マグワイアが言った。

「いやよ」

マグワイアは、相手のつっけんどんで謎めいた口調に苛立ちを募らせはじめていた。「どうして?」

「待つ必要がないからよ。友だちと一緒なの」パールは言った。「彼に車で送ってもらうわ」

マグワイアはふいに、力が抜けるのを感じた。「わかった」

「明日、また話しましょう」パールはそう言うなり、電話を切った。

すぐにネイサンが口を開こうとしたが、パールが指を持ち上げた。

「何も言わないで」

行きよりもまっすぐに帰れるルートを取ったので、二十分もすると、ネイサンは車をシースプレー・コテージの前にとめていた。パールがネイサンに顔を向けた。「今日はお手柄だったわね」

ネイサンが得意そうな顔になった。「そう、なかなかのもんだったよな? また手伝えることがあったら、いつでも声をかけてくれていいぞ。記事をひねるのに悪戦苦闘するよりも、よっぽど楽しかった」ネイサンはキスをしようと身を乗り出したが、まだ帽子をかぶったままであることをパールが思い出させると、帽子を脱いでから、頬に軽くキスをした。「きみが探偵業にハマっている理由がよくわかったよ。だけどきみとしては、ぼくよりも、あの警部を相手にしているほうがいいんだよな?」ネイサンが訳知り顔な目つきになった。「さっきの電話は、やつなんだろ?」

こたえは聞くまでもなく、パールの顔に書いてあった。「どうやら、恋の病《やまい》にかかっているらしい」

「おやすみ、ネイサン」パールが刺々《とげとげ》しい声で言った。

ネイサンはパールが車を降り、玄関の前まで行くのを見守ると、ふざけたように敬礼をしてから、アイランド・ウォールの反対側にある自分の家のガレージのほうへと小道を入っていった。パールは、車のテールランプが見えなくなるのを待ってから、シースプレー・コテージに向き直った。バッグに手を入れて鍵をごそごそ探していると、玄関ステップの上に置かれた、大きな石が目に入った。その下には、紙が押さえられている。紙を取り上げてみると、落ち着いた読みやすい筆跡でメッセージが記されていた。至急バッテリーに来てほしい。どうかひとりきりで。C。

17

十二月二十二日（水）午後九時半

ネイサンに車で送ってもらおうかとも思ったけれど、結局やめにして、パールは浜辺のルートをバッテリーへと向かった――ひとりきりで。危険を冒していることはわかっていたが、それは充分に計算済みだ。ポケットには護身用として、キッチンの引き出しから持ってきた肉用の串も忍ばせてある。だがじつのところ唯一の危険は、同伴者を連れていくことで、情報をくれようとしている誰かが怯えて姿を現さないことだと思っていた。

家を出る前に、靴はブーツから底のペタンコなキャンバスシューズに履き替えていた。これなら浜辺の小石を踏んでも、ほとんど音を立てることがない。ポケットの中の携帯は、いつでも助けを呼べるように準備してある。曇った空には大きな丸い月が出ていて、西側の海岸の向こうに見えるシェピー島に銀色の光を落としているのだが、その浜辺でも、ちらちらと明かりが明滅している。満ち潮に合わせて波が高くなり、白い泡が砕けては溶けながら、パールの進む道を照らし出していた。

パールは伝言の内容と、Cとだけ記されていた文字のことを思い返していた。ウィスタベルでのトリートメントを受けたばかりだったこともあり、まずはシャーメイン《Charmaine》の顔が思い浮かんだ。だがウエスト・ビーチに並ぶ小屋の前を通りかかったときに、ふと、違うかもしれないと思った。数日前、キャシーから、バッテリーへの行き方を聞かれたことを思い出したのだ。キャシーがバッテリーに写真を撮りにいこうとしていたあの午前中には、マグワイアから、ダイアナが毒を盛られたとの情報が入っている。アリスがビーチ小屋で倒れてしまったために、キャシーは結局、バッテリーに行くのをやめたのだった。ひょっとすると、こうして自分を呼び出したのはキャシーかもしれない。だとすれば、メッセージにきちんと名前を残さなかった理由がよくわからないけれど。

クリスマスシーズンで、海辺に立ち並ぶ家々には人気《ひとけ》がない。その前を通り過ぎていくと、海岸線に、百年ものあいだ海に面して立っている、見間違えようのないバッテリーのシルエットが見えてきた。

そのどっしりした長方形の建物は、西側の海岸に並ぶ海沿いの住居に、ひと区切りをつけるような存在でもある。なにしろその向こうには、だいぶ前から野ウサギの棲みかとなっている野原があるだけなのだから。バッテリーの中にはぼんやりした明かりがひとつ見えて、誰かがいることを告げていた。

波の音ばかりが静寂を包み込むなか、パールは建物に近づいた。玄関への木のステップを上がるときに振り返ってみると、浜辺にはまったく人気《ひとけ》がなかった。玄関の呼び鈴を鳴らして待ったものの、返事はないままだ。手を上げて、ノックしてみた。ひょっとすると、こんな辺鄙《へんぴ》な場所に呼び出されたのは、わたしに何かの邪魔をされないようにするためだったのかもしれないという思いが浮かんだ。でも、どうして？　パールはもう一度ノックしてみた。今度は窓のほうに移動してみたが、重たげなレースのカーテンの向こうに明かりが灯っているのがわかる以外は何も見えない。どうやらかつがれたようだと苛立ちながら帰ろうとしたとき、肩に手が置かれるのを感じた。

はっと息を吸って振り返ると、自分を見下ろすようにして男が立っていた。堂々とした体軀《たいく》が、月光に浮かび上がっている。瞳の色が淡いうえに、ふさふさした黒っぽい髪には白いものが混じっているせいで、やけにオオカミを思わせる男だった。

「誰なの？」パールは息を呑みながらも、男がどちらの方角から現れたのか見当をつけようとした。

男は重苦しい声で言った。「どうぞ中へ。それから説明しよう」男はドアを開け、入るように促した。パールは中に入るとすぐに、外から見えていた明かりの元が、〈ビースト〉の愛称でよく知られている、バッテリーの巨大な薪ストーブであることに気がついた。背後でカチリとドアの閉まる音がして、パールは思わず恐怖にゾクリとしたが、そこで男が電気をつけた。

「庭にいたんだ」男が言った。「ずっと待っていたものだから、もう来てくれないのかと思っていた」

「町でキャロルサービスに出ていたのよ」

「知っている」

「あなたも来ていたの？」

男はゆっくりうなずくと、何本ものボトルが身を寄せ合うようにして並んでいるサイドテーブルのほうに近づいた。「何か飲み物は？」

パールは首を横に振ったが、男は自分用にたっぷりと注いだ。ビーストの明かりを浴びて、液体が暖かな蜂蜜《はちみつ》色に輝いている。上質なモルトウイスキーだ。パールは、やわらかなタータンチェックの布を掛けたソファに腰を下ろした。

「あなたは誰なの？」パールはたずねた。

「クリストファー・ハドリーというものだ」

「スコットランドの方ね」パールは、かすかななまりを聞き逃さなかった。

クリストファーは一瞬驚いたようだった。「正解だ。エディンバラに近い、リースの生まれでね」

「海沿いの街ね」パールは思い出したようにそう言ってから続けた。「それにしても、キャロルサービスのときには会いにこなかったくせに、ああしてメッセージを残していったのはどうしてかしら？」

「きみには同伴者がいたからさ」クリストファーは肩をすくめた。「それに、しっかり見定める必要があった」

「つまり、わたしをスパイしていたってこと？」パールはとがめるように言った。

淡い琥珀《こはく》色の瞳が、パールに据えられた。「信頼できる人物かどうか知っておく必要があった」クリストファーは言葉を切った。「じつは、しばらく見張っていたんだ。きみは探偵をしているね」相変わらずパールを見つめたままで、クリストファーは肘掛椅子に腰を下ろした。「いまは誰のために働いているんだい？」

パールがこたえずにいると、クリストファーがさりげなく言った。「ジャイルズ・マーシャルかな？」

「だとしたら？」パールは言った。

クリストファーはゆっくりと首を振った。「あいつは信用がならない」

「どうしてそんなことを？」

「彼女が自分を勘当するつもりでいたことを、きちんと承知していたからさ」

「ダイアナがってこと？」パールは簡単には納得できなかった。「どうしてそんなことが信じられるっていうの？　あなたはまったく見ず知らずの人で――」

「ダイアナにとってはそうじゃなかった」クリストファーは大きく唾を飲み込みながら、なんとか感情を押し殺そうとした。「わたしは、彼女と婚約していたんだ」

その言葉の生んだ静寂の中に、外からの波の音だけが響き渡った。クリストファーがその音に呼ばれたかのように立ち上がると、窓に近づいた。レースのカーテンを手で分けながら外に目をやり、しばらくじっと立ち尽くしたあとでカーテンから手を離した。だがそのまなざしは、残像でも見つめているかのように固まったままだった。「彼女に恋をしていたんだ」クリストファーはそっと言った。「ほとんど、出会ったその瞬間から」

パールが慎重に口を開くと、クリストファーが振り返った。「――それは、だいぶ昔のことなのかしら?」パールは、アリス・クレイソンに聞いた話のことを思い出していた。「あなたは兵士だったのね」

「そうだ」クリストファーは言った。「近衛兵だった。ダイアナは当時、大学に通っていた」

「エディンバラの大学ね」

クリストファーはうなずいた。「ダイアナとは狩猟パーティで出会ってね。わたしたちは考え方がよく似ていた。彼女はわたしの――」ふと、彼は続けるのを恥じるように言葉を切ったが、勇気を奮い起こすようにして、これだと思う言葉を口にした。「ソウルメイトだったんだ」

その瞬間、ほんの束の間ではあったけれど、彼が赤裸々《せきらら》な、無防備な自分をさらけ出したかに見えた。パールはクリストファーに同情を覚えた。強い男が、喪失により力を失っている。

「なんとも陳腐な表現だよな?」クリストファーが言った。「だが自分にとってのダイアナを表現するのに、ほかの言葉が思いつかないんだ」

パールは、淡い瞳に浮かぶ哀しみの色に胸を突かれた。「何があったの?」

「人生さ」クリストファーは簡潔にそう言うと、残っていたスコッチをぐいっと飲み干し、またグラスに注いだ。そうするあいだにも手が震え出していたが、それでもなんとか話を続けた。

「わたしは一九八〇年に、フォークランド諸島に送られた」クリストファーはそれだけ言うと、充分に説明をしたと言わんばかりに黙り込んでしまった。

「でも、戻ってきたはずでしょ。あの紛争には勝ったわけだし」

「ああ。だが仲間には、命を落とした者もいた」クリストファーは手の中のグラスに目を落とした。「ダイアナには戻ってくると約束してあったし——実際に戻ったわけだが——もう、彼女の知っていたわたしではなかったんだ」

「どういうこと？」パールは顔をしかめた。

クリストファーはウイスキーをぐいっとあおると、手の甲で口元をぬぐった。「わたしたちの部隊は、スタンリーへの最終的な先遣部隊に組み込まれていた——陸上部隊だよ。これが、大方の想像を超えて辛いものだった。わたしは二十二歳だったが、それでもアルゼンチンの兵士たちのほうがはるかに若かったよ。山のふもとのほうで行なわれた夜戦で、海兵隊と激突したんだ。味方の戦車の一台が、敵の仕掛爆弾によってやられはしたが、しっかり持ちこたえた。それから激しい銃撃戦に突入した。それが何時間も続いたあとに、味方はようやく要地を確保することができたんだ」クリストファーはウイスキーを注ぎ足した。「我々が避難できたのは、もう少しで真夜中を迎えるころだった」

クリストファーは手を握っては緩め、握っては緩めている。まるでその反射的な動きによって、なんとか話を進めているかのように。

「死んだ者たちは置き去りにするしかなかった」クリストファーは声を低めて言った。「そのあたりには地雷が埋まっていて、爆発により敵方の迫撃砲小隊に気づかれてしまったために、味方からはさらに犠牲者が出た。迫撃砲の弾《たま》がやわらかい泥炭地に落ちて衝撃を吸収してくれたからよかったようなものの、でなかったらさらにひどいことになっていたはずだ。それでも我々は夜通し戦い続け、より高い場所を確保すると、さらに攻撃を続けたんだ。そのころには多くの捕虜を取っていたが――同じくらいの死者も出ていた。それでも敵はその場に踏みとどまろうとした。アルゼンチン軍の大佐が出てきて、ようやく戦いを終わりに導いてくれたんだ。とうとう退却をはじめたのさ。そして我々は勝利を手にした」

クリストファーは目を閉じたままで話を続けた。「山のてっぺんのほうから、行進曲を吹くバグパイプの音が聞こえてきた」そう言うと、まるで、その音が聞こえるかのように小首を傾げた。「そこで、目の前が真っ暗になった」

パールは黙ったままだったが、その物問いたげな瞳にこたえるかのように、クリストファーがようやく口を開いた。「狙撃兵の放った銃弾が、わたしの頭蓋骨を貫通したんだ。わたしは航空機で、仮設の手術室まで運ばれた。これはだいぶあとになってから聞いたんだが、わたしの手術は最後に回されたそうだ。助かる見込みがほとんどなかったからさ」

クリストファーがグラスを置いた。「ここからが話しにくいところなんだ。わたしは、二度と歩けるようにはならないと告げられた」クリストファーがパールの目を見つめた。「人生が、取り消されてしまったんだ」

「それで、ダイアナとの婚約を解消したの？」

「あの銃弾がそうしたんだ」クリストファーがきっぱりと言った。「ダイアナが待っていてくれるなどと期待することはできなかった。わたしは一年を車椅子で過ごし――」

「でも、回復したじゃない」パールは言った。「歩けるようになったから、こうして、話をしにきているわけだし」

「いまとなってはもう手遅れだ」クリストファーがパールに顔を向けた。「どうしてわたしに知りようがあったと？」その声には力がなかった。「わたしとしては、彼女を自由にするしかなかったじゃないか。当時はなんの保証もなかった。ダイアナなら、別の誰かを見つけるはずだと思った。もうひとりのソウルメイトを。きっと結婚して、家族を持つだろうと――」

「けれど、彼女はそうしなかった」その言葉が、沈黙の中にこだまするかのようだった。

クリストファーは黙ったまま、頭を垂れた。

「それで、あなたは？」パールはそっとたずねた。

「わたしは――結婚したが、何もかもが間違っていて、すぐに離婚したよ。そしてようやくひとりきりでいることに慣れてきたときに、芝居を観に出かけたんだ。チチェスターにある劇場でね。大昔にダイアナと一緒に観た芝居――『つまらぬ女』がかかっていたのさ」クリストファーが眉のあたりに手を滑らせた。「そしたらふいに、彼女がそこに現れたんだ。同じ劇場に――まるで、ふたりともずっとそこにいたかのように。あんなに奇妙な思いをしたことはなかった。わたしたちは自分たちに起こったことを理解しようとしたけれど、そもそもが間違っていたんだ。これ以上、時間を無駄にするわけにはいかなかった。だから――わたしはプロポーズをして、ダイアナは受け入れてくれた。彼女は言っていたよ。これからは人生の三幕目を過ごすんだと――わたしと一緒に」かすかな笑みが、その口元に浮かんだ。

「それであなたは――それを秘密にしていたの？」

クリストファーはうなずいた。「誰も知らなかった。ダイアナは、クリスマスに発表するつもりでいたんだ。わたしがここにいるのもそれが理由でね。彼女が、わたしのために予約してくれたのさ――海のそばにあるこの場所を、きっと気に入るはずだからと言って。何もかも、ダイアナによって計画されていたんだ。わたしには、甥に話をしたあとで到着するようなタイミングで飛行機の便を手配してくれていた。甥には面と向かって、金曜日に話をするつもりでいたのさ。それから、わたしの家に電話をかけてくる約束になっていた。何もかも計画されていたんだ」

「だったら――ダイアナは、死んだ夜に、ジャイルズと話をするつもりでいたのね」パールは言った。

「そうだ。わたしは何があったのかを知らなかった――約束の電話もかかってこなかった。その週末に、こちらから何度か電話をかけてメッセージも残した。だが一向に返事がないので、予定通りの飛行機に乗り、昨日ここに到着したんだ」

「あの屋敷には、ジャイルズが家族と一緒に滞在しているわ」

「知っている。今日、もう一度電話をかけたときに、彼の奥さんが何もかも説明してくれたよ」

「ステファニーはあなたのことを知っているの？」

クリストファーは、なんとこたえたものかためらっているかのように顔を背けた。

「説明していないのね？　あなたが誰なのか、伝えていないんだわ」

「ダイアナは殺されたんだ。さっきも言ったように、わたしは、誰を信じていいのかわからずにいるんだ」

「でもジャイルズとステファニーは、ダイアナの家族なのよ！」そこでパールは、はっと悟った。「ダイアナは、グレイ・ゲーブルズを売るつもりでいた――あなたと新たな生活をはじめるつもりだったのね」パールは、必死に思いをまとめようとした。「けれどももしもあなたの言うことがほんとうで、ジャイルズとの関係を断つつもりでいたのだとすれば――」パールは、クリストファーの暗い瞳にメッセージを読み取った。「まさか、彼が殺したと思っているわけじゃないわよね。ジャイルズはダイアナの死を受けて悲嘆に暮れている。おばのことを心から慕っていたのよ！」

「わたしだってそうだ」クリストファーが激しい口調で言った。

ふいにクリストファー・ハドリーという男が、望遠鏡を逆さまにしてのぞいているかのように、巨大な居間の中で離れた場所に遠ざかって見えた。もともとバッテリーには、傷痍《しょうい》軍人の保養所として使われていた過去があるのだが、いまやまた、その役目を取り戻したかのように――今回は、老兵の哀しみを慰めているのだった。

ビーストの炎が弱まるとともに、クリストファーの淡い瞳も暗くなった。それを見ているうちに、パールは確信した。ダイアナの死によって、ふたつの心の中で燃えていた小さな炎と、古い恋による新たな未来への希望が、はっきりと、永遠に消えてしまったのだと。

18

十二月二十三日（木）午後四時

マグワイアの苛立ちは、いまや怒りに変わっていた。「ひとりでのこのこ出かけていくなんて、いったいどういうつもりだったんだ？ どうして電話を寄越さなかった？」

「そっちこそ、どうしてキャロルサービスに来なかったのよ？」パールがやり返した。

マグワイアは、アイランド・ウォールをハイ・ストリートのほうへとずんずん進むパールのそばを、離されないように歩いていたのだが、そこでパールがぴたりと足を止めると、責めるような目を向けてきた。昨晩の約束をすっぽかされたことで、どう見ても気分を害している。

「だから――」マグワイアはそう言いかけたものの、突然何かに気を取られたかのように言葉を切った。

「何よ？」パールが言った。

マグワイアが持ち上げた人差し指を、パールの顔の上で円を描くように動かした。「何かが――変わったような。どこだろう？」

パールの手が、恥ずかしそうにサッと額のほうへ動いた。「どこも変わってなんかいないわよ」そう嘘をつくと、これ以上、手入れされたアーチ形の眉に注意が行かないようにと、話題を変えることにした。「クリストファー・ハドリーについて重要な点は、彼が、喜んで警察に話をしにいくつもりだと言っていたことよ。実際、そうしたんでしょ?」

「ああ」マグワイアが言った。

「まあ、わたしに昨日話した以上のことを、あの人がシプリー刑事に話したとは思えないけど。とにかく――ダイアナがこれ以上の経済的援助を断るつもりでいたとすれば、ジャイルズには、はっきりと殺人の動機があったことになる」キームズ・ヤードの駐車場に入りながら、パールが鋭い目をマグワイアに向けた。「ジャイルズにどれだけの借金があったのか、警察が教えてくれればの話だけれど」

「そろそろ、昨日のキャロルサービスに行けなかった理由がわかったんじゃないのか?」マグワイアが言った。

パールは顔をしかめた。「どういう意味?」

「情報を集めていたんだ」

「また別の――〝貸し〟を使ったってこと?」

「こう見えても、俺には結構な貸しがあるもんでね」

パールは愛車のフィアットに寄りかかりながら、マグワイアを見つめた。「それで、何がわかったの?」

マグワイアは誰もいない駐車場にちらりと目を走らせてから続けた。「まずは、あのクリスマスカードだが、どれもセット売りにされていた同じ束のものだった。メッセージに使われた新聞からの切り抜き文字は、マーサ・ニューカムの家にあった紙用の糊《のり》で貼られている」

「つまり——どこをとっても、マーサがカードの送り主であることを示しているわけね」

「だがひとつだけ、わずかだがおかしな部分があるんだ」

「なんなの？」

「マーサは主に、地方紙の〈クーリエ〉を使っていた」

「居間に積んであった新聞よね？」

マグワイアがうなずいた。

パールはそれについて考え込んだ。「主にというのはどういう意味？」

「メッセージの中に例外があるのさ」

「どれなの？」

「きみが発見した遺体のそばにあったカードに記されていた、〝私は〟と〝自分〟という言葉のところだ」

パールはそのときのことを思い返した。「カードに書かれていたメッセージは——『**私は自分のあやまちを知っている**』だったわよね？」

「そうだ」

「なら、どうして違う新聞を使ったのかしら？」

マグワイアは首を振った。「わからない。そんな文字なら、クーリエからでもなんなく見つけられたと思うんだが――」

「その通りよ」パールは考え込むように言った。「その違う文字が、どの新聞のものかはわかっているの？」

マグワイアがパールを見つめた。「もちろんだ。ここはカンタベリーで、ハリウッドではないんだからな」そう言って内ポケットから一枚の書類を取り出すと、それに目を走らせた。

「それよりも重要に思えるのは、ダイアナ・マーシャルが、会計士の仕事によってかなりの額を稼いでいたことだ。顧客はそれほど多くないが――」

「そのうちのひとりはわたしよ」パールが言った。

「あとはクレイソン夫妻」マグワイアがうなずいた。「フィリス・ラスク、アダム・キャッスル、シャーメイン・ヒルクロフト――」

「ジムとヴァルのところは？」パールは、あるパターンがあるのではないかと思いながら、そう口にした。

「いや。あとは甥のジャイルズ・マーシャルと、亡くなったフランシス・サリヴァンだけだ」

「ボニータの祖父よ」パールが言った。「彼女はあのグレインジという屋敷を、祖父から相続しているの」

「該当の顧客については、現在、帳簿に調べが入っている」

「わたしのやつにも？」

「そうだ。とくに違法な点は見つからなかった」

「それならわたしはホッとするべきなんでしょうね」パールが考え込んだ。「違法な点って、いったいどんなものを探しているの?」

「申告されていない収入、貯金、臨時収入——ありふれた内容さ」

「わたしのところはすごく正直にやっているから」パールがにっこりした。

「多くの連中とは違ってな」マグワイアが言った。「パール、きみを信用して打ち明けるんだが、ウィスタベルとキャッスル不動産は上り調子だ。クレイソンの診療所は安定しているが——この前の夏に、何度か大金を引き出している」

「どれくらいの額なの?」

「合計すると、一万ポンドになる」

「あら」

「何週間かにわたってなんだが」

「目的は?」

「損金としては報告されていない。つまり、私的な用途として扱われているということだ」

「そっか」

「どう思う?」

「アリス・クレイソンは、若いアーティストと不倫をしていたの。おそらく彼女が、どこかに駆け落ちでもするつもりで準備していたんじゃないかしら」

「だがそれを実行した気配はない」

「そうね。でもその関係が終わったあとで、アリスとリチャードは、イタリアに旅行をしている。確かヴェネツィアだったかな」パールが憧れるように微笑《ほほえ》んだ。「行ったことないのよねぇ。あなたは？」

「大昔にな」マグワイアは言葉をにごすように言った。「なかでも最も重要な事実は、ジャイルズ・マーシャルが――経済的に死にかけていたということだ。もう何年も借金を抱えたまま、身の丈以上の生活をし続けている」

「そして定期的に、ダイアナから助けてもらっていたわけね？」

マグワイアの顔にはそうだと書いてあったけれど、パールはそのまましばらく考え込んだ。

「一般的な話としてだけれど」パールは言った。「もしもダイアナがクリストファーと結婚していたら、彼女の遺志によって、ダイアナの財産は新しい夫に渡るのが自然よね。でも、あのダイアナがジャイルズを無一文のまま、ほうっておくとは思えない。ジャイルズの、お金に対する無節操な態度に腹を立ててはいたけれど、彼はダイアナにとってたったひとりの血縁だったわけだし――大切に思ってもいた。おそらくは、現在抱えている借金を清算してあげたうえで、これからは、はっきりと事情が変わることを伝えようとしたんじゃないかしら」

そこでパールは、ふとあることを思い出した。「うちの会計の件で会った夜、ダイアナは、彼らが教訓を学ぶことになる、というようなことを言っていたのよ。それに――せっかくのお金をドブに捨て続けるのはバカげているって。『すべては予算の中で行なうべき』とダイアナは言った。『とはいえステファニーに、この言葉の意味が理解できるのかどうか』とね。そうよ。ダイアナはあの晩、そう言っていた。となると、ダイアナからお金を引き出していたのは、ステファニーなんじゃないかしら?」

パールはマグワイアに目を向けた。「あのチャリティイベントで、ダイアナが厨房《ちゅうぼう》に入ってきたときのことは覚えてる? なにやら妙な雰囲気だったんだけれど、ジャイルズとステファニーに話をするつもりで身構えていたんだとしたらわからなくもないわ。となると、ダイアナが結婚について話すつもりだった、というクリストファーの言葉とも辻褄が合うし」

「ただし、彼女がそうすることはなかった」マグワイアが重々しく言った。

「何者かが、先に彼女を始末したからよ」

マグワイアは何も言わなかったが、どこかいぶかるような目でパールを見つめていた。ひょっとしたら眉毛に気づかれたのかしら、と思いパールはぞっとしたが、マグワイアはその代わりにこう言った。「昨日の夜、フォードウィッチには誰と一緒に行ったんだ?」

パールはためらった。「言ったでしょ——友だちだって」ここは謎めかしておこうと、しばらく黙り込んでから続けた。「重要なのは、わたしたちが何を発見したかよ」

「で、何を発見したんだ?」マグワイアは、質問をうまくかわされたことに苛立ちながら言った。

「ジミー・ハーバートとフィリス・ラスクは、ひそかに付き合っているかもしれないの。昨日の夜、密会しているところを見たのよ——向こうは気がついていないけど。わたしたちでこっそり尾行したってわけ」

「つまりきみと、きみの――〝友だち〟がってことか？」

「そう。この前の朝、例のクリスマスカードを受け取った面々に声をかけて、レザーボトルに集まってもらったの。互いに見ず知らずってわけではないだろうけど、彼らのうちの誰かが深い知り合いだと思う理由もなかった。ところがどっこい、ジミーがひとつのコーヒーカップに、砂糖を三杯入れたことに気がついたのよ」

「それがなんだっていうんだ？」マグワイアは困惑したように言った。

「ジミーはそのカップをフィリスに渡したの。誰も気づかなかったけど、わたしの目はごまかせない――どうやらジミーは、わたしが思っていたよりも、フィリスのことをよく知っているぞとピンときたってわけ」

マグワイアには感心した様子もなかった。「仮にふたりが付き合っているとして、それのどこが重要なんだ？」

「まだよくわからない。ただしふたりには、嘘をつけることがわかった」パールはマグワイアに視線を戻してから、突然目を上げた。何か、空中にあるものに注意を引かれているようだ。

「わぁ――あれを見て！」

マグワイアがパールの視線の先に目をやると、鳥の群れが空で渦を巻いていて、旋回しながら、駐車場にあるナナカマドの木の枝に落ち着いた。

「スズメかな？」

パールが首を振った。「違うわね。もっと大きいわ。翼と尾に黄色い部分があるでしょ。たぶん、レンジャクだと思う」

マグワイアがポカンとした様子なので、パールが説明を続けた。「冬はたいてい、スカンジナビア半島やシベリアで過ごすのよ。でもあまりにも寒さが厳しいときには、食べ物を求めて南に向かうの。数年前にも大群が来たわ。北海を越えてきたかと思ったら、たまたま果実をたっぷりつけていたスーパーマーケットの木を見つけて直行したってわけ」

パールは、たくさんのレンジャクがとまっている木のほうにもう一度目を上げた。携帯をポケットから出して、鳥の写真を何枚か撮ったものの、出来栄えには満足していないようだ。

「きちんとしたカメラがあればな」それから突然、はっとしたように唇を引き結ぶと、「そうよ」とゆっくり言いながら、マグワイアを見つめた。「なんてバカなの。いままで思いつかなかったなんて」

「思いつくって何をだ？」

つくづく頭にくることに、パールは説明しようともせず、そのまま車に飛び乗ってしまった。

「行かなくちゃ」それだけ言い残すと、急いでエンジンをかけた。マグワイアのほうも、慌てて運転席の窓をコツコツ叩いた。

「どこへ行くつもりだ？」だがパールのほうは、車をバックで出すことにすっかり集中していて、そのまま駐車場から走り去ってしまった。

置いてきぼりを食らったマグワイアは、ナナカマドの上の鳥に目を向けて、パールはあの鳥からどんなインスピレーションをもらったのだろうと、こたえを探しながら考えあぐねていた。

一時間としないうちに、パールは携帯でキャシーにあるお願いをしてから、グレイ・ゲーブルズの居間に腰を下ろし、ジャイルズが自分のグラスに酒を注ぐのを見つめていた。「ダイアナおばさんが亡くなってから、とにかく電話が多くてね」

ジャイルズは、クリスタルのデキャンタを、ダイアナのシルバーのトレイに置いた。パールが前回に来たときとは打って変わって、淡いピンクのシャツとグレイのズボンでオシャレに決めている。髪も片側にきちんととかしつけられていたが、まだ顔色は悪く、感情を抑えているかのように表情がこわばっていた。

パールがはっきりと言った。「ある人物のことで話にきたのよ。クリストファー・ハドリー。彼によると、何度かメッセージを残しているとのことだけれど――」

「彼とならわたしが話したわ」

そう言ったのはステファニーで、開いたドアのところに立っていた。黒いワンピース姿で、首元には見事なクリスタルを連ねたネックレスをつけている。ステファニーは居間に入るとドアを閉めた。「彼は、ダイアナに何度かメッセージを残していたの。でも番号がわからないから、かけ直すことができなかった。昨日の朝、またかけてきたときに、たまたまわたしが電話に出て。ダイアナが亡くなったことを知らせたのよ」ステファニーがちらりとジャイルズを見てから、パールに目を戻した。「どうして?」

パールはひと呼吸おいてから、口を切った。「彼は自分が何者であるか、はっきり説明したのかしら？」

ステファニーは肩をすくめてからジャイルズのそばに腰を下ろしたが、こたえようとはしなかった。

「いったいなんなんだ？」ジャイルズが好奇心をそそられたように言った。

「なんでもないわ」ステファニーはさりげなく言った。「ダイアナの古い友だちのひとりでしょ」

ジャイルズが説明を求めるようにしてパールに顔を向けたけれど、ステファニーの表情の何かが、ここは言葉を選んだほうがいいとパールに警戒をさせた。

「最近、ふたりはまた親しくなったようなの」パールは言った。「あの人は今日、何もかも警察に話したそうよ」

ジャイルズは困惑顔だ。「話したって、何を？」

「自分が――クリスマスにダイアナと会う予定でいたことを」

「なら、がっかりしたことだろうな」ジャイルズはしょんぼりと言った。それから、また酒をひと口飲むと、手の中のグラスに目を落としてからパールを見つめた。「マーサがおばさんを殺したなんてことがありえるのかな？」

「ないと思ってる」パールが言った。

「でも、彼女は遺書を残しているのよ」ステファニーがこわばった声で言った。

「カードに書かれたメッセージに過ぎないわ」パールが言った。「いかにも曖昧《あいまい》だし。不愉快なクリスマスカードを町のあちこちに送っていた点を除けば、マーサがなんらかの罪を犯したという証拠はほとんどないのよ」

「ダイアナに届いたようなカードのこと?」ステファニーが言った。

「ええ。でも、マーサがダイアナを殺したとは思えない」

「それなら、誰がやったんだよ?」ジャイルズがせっつくように言った。「協力すると約束したくせに——ちっとも真実に近づいているようには見えないじゃないか」ジャイルズはいかにも哀れっぽい顔で、みじめそうに付け加えた。「そうだろ?」

残っていた酒を飲み干すと、ジャイルズは空になったグラスを乱暴に置いて、部屋を大またで出ていった。

ステファニーは、いかにも心配そうな顔で夫の後ろ姿を見つめていたが、しばらくすると、パールのほうに意識を戻した。「そのクリストファー・ハドリーって人とダイアナは、単なる友だちじゃなかったんでしょ? 彼、電話ですっかり取り乱していたもの。それ以上の関係だってことはすぐにわかったわ」

「ふたりは婚約していたのよ」パールは静かに言った。

「ダイアナが?」ステファニーは、相当のショックを受けているようだった。

パールがゆっくりうなずくと、ステファニーは額に手を当てた。「その人が、ダイアナの死に関係している可能性は?」

「ないと思う。ウィスタブルにはおととい着いたばかりだし、どうやら真剣に愛し合っていたようだから。ダイアナから話を聞いたことは?」

「まったくないわ。とても信じられない。なにしろダイアナはいつだって――」ステファニーは言葉を探すように口ごもった。「――自分に満足していて――独身を楽しんでいるようだったもの。ジャイルズには知らせないほうがいい」ステファニーがきっぱりと言った。「いまはまだね。なにしろダイアナの死で意気消沈しているから、これ以上、動揺させたくないのよ。わかってもらえるかしら?」

パールはしばらくためらってからこたえた。「ええ、わかったわ」

「ありがとう」ステファニーは素っ気なく言うと、話は終わりだといわんばかりの態度でドアに近づき、開けながら待っていた。パールがこれから、ある助言をするなどとは思いもせずに。

「真実は明らかになるわよ、ステファニー」パールは言った。「遅かれ早かれ、必ずそうなるものなんだから」パールはステファニーと視線をからませると、それから部屋を出ていった。

グレイ・ゲーブルズをあとにするときに、ステファニーの乗っている、メルセデスのシルバーのスポーツカーが私道にとめてあるのが見えた。ナンバープレートには、彼女の名前に合わせて選んだらしく、STE9Hと記されている。ステファニーがまだ窓から見ていたけれど、パールが前庭にあるヴィクトリア朝様式のランプポストの先まで来ると、オークの大木に遮《さえぎ》られて屋敷の正面は見えなくなった。ジョイ・レーンを何歩か進んだところで、通りの向こうに、車の後部座席からジャケットを取っているリチャード・クレイソンの姿が見えた。助手席からは、アリスが降りている。リチャードはパールに気がつくと、彼女が近づいてくるのを待った。

「診療が終わったところなの？」パールが声をかけた。

「そうなんだ」リチャードはうなずくと、通りの反対側に目をやりながら、顔でグレイ・ゲーブルズを示してみせた。「あの人たちの様子は？」

「ジャイルズは少しよくなったみたい」パールが言った。

「わたしたち、クリスマスの日には、あの家の方たちをお招きしようかと思っていたのよ」アリスが言った。「カンタベリーの〈ハイド・ホテル〉で過ごすつもりでいたんだけれど、事情が日に日に変わっているから」

リチャードが、慰めるようにして妻の体に腕を回した。

「警察から連絡はあった？」パールがたずねた。

「どうしてまた？」リチャードが聞き返した。

「マーサから、主治医はあなただと聞いていたから。もちろん――彼女の病状についてわたしに話せないことはわかっているけど、あなたなら、マーサがヤドリギのエキスを口にした場合、命を落とす可能性が高い点を裏づけることはできるはずじゃない？」

「確かに、マーサの主治医としては守秘義務がある。だとしても、警察にはできるかぎり協力するつもりでいるよ。連絡してきたらすぐにでもね」

パールはリチャードの青い瞳に、彼が患者に対して常に忘れない、優しさと共感のようなものを見てとった。リチャードは物静かで控えめな男だが、妻を心から愛しており、アリスが重荷のように抱えている悲哀を明らかに気遣っていた。

「そうよね」パールは言った。

リチャードは、何かに気を取られたように家のほうを振り返った。その視線の先を追うと、ボニータとサイモンが、グレインジからジョイ・レーンへと出られる路地から姿を現したところだった。なにやら笑い合っていたけれど、パールとクレイソン夫妻の姿に気づくなり、ぴたりと黙り込んだ。そのまま足を止め、どうしたものかと状況をはかってから、腹を決めたように近づいてきた。

だがアリスがふたりに笑顔を向けた瞬間、その場の緊張がほぐれた。

「ハイ」ボニータがホッとしたように言った。「じつは、あの素晴らしい水彩画のことで、お礼が言いたいと思っていたの。ダイニングルームに飾ってあるんだけど、ほんとうに素敵なのよ。だから、もしよかったら見にきてもらえたらなって。飲み物か、夕食でも一緒にどうかしら?」

アリスが夫に目を向けると、リチャードが礼儀正しくこたえた。「それはいいですね」

「例の亡くなったおばあさんについては、何か新しい情報ってあるのかしら?」ボニータが言った。

パールはかぶりを振った。「残念だけど」そして若いカップルとクレイソン夫妻に目をやりながら、自分が橋渡しの役目をしていることに気がついた。

ボニータが一歩前に出て、クレイソン夫妻に手を差し出した。「このたびはとても残念なことになってしまって」

「ほんとうに」と、サイモンも言った。「俺たち、ダイアナとのあいだには意見の相違があったけど、彼女があなた方の友人だったことは知っているし——亡くなってしまったことは心の底から残念に思っているんだ」

リチャードは感謝の気持ちを込めてうなずいてみせると、ボニータの手を取って、ようやくこの和解を認めるように口を開いた。「わたしもだよ」

ボニータとサイモンが町の方角に向けて立ち去ろうとしたときに、自転車のブレーキ音が響いた。毛皮に縁取《ふちど》られたアノラックに、ピチピチのジーパンを合わせた若い娘が、〈ウィスタブル・バイク〉のしるしが入ったレンタサイクルを屋敷の前で止めていた。フードを下ろすと、それはキャシーだった。

「あらら」キャシーはにっこりした。「こうしてみなさんが集まっているところに出くわすなんて嬉しいな。わたし、邪魔したりしてないよね？」

パールはまたしても、キャシーが気まずいタイミングで現れて、場違いな態度を取っていると思った。「いいえ」パールは言った。「写真を撮りに出かけたの？」

「うん。古い牡蠣《かき》棚のあるシーソルターまでね」キャシーは明るい声で言った。「でも、この荒れた海と天気でしょ。だから早々に退散したの。コンチでホットチョコレートでも飲もうかと思って」キャシーは笑顔を作った。ホテル・コンチネンタルを愛称で呼ぶなんて、キャシーの話しぶりはどんどん地元の人間っぽくなっていたけれど、やはり北部のなまりだけは消すことができなかった。「みなさんは元気？」キャシーが言った。

ボニータが笑顔を返した。「ええ、ありがとう」

サイモンはうなずいてみせたが、リチャードは黙ったままだし、アリスのほうは気おくれを覚えているようだった。

キャシーがパールのほうを向いた。「えっと——メッセージは受け取ったし、頼まれたものは、玄関の下から入れておいたと伝えておきたかったんだ。それで大丈夫？」

「ありがとう」パールが言った。

キャシーは自転車をこぎだそうとして、ふいにためらった。「わたしとしても、あれが役に立ったらすごく嬉しいなって。その——ここは素敵な場所だし、親切な人ばかりでしょ——大切な誰かを失った人にとって、せめてもの慰めといったら、真実だけだとは思わない？」

「そうね」パールがそうこたえると、キャシーはサドルにひょいと乗り、ペダルをこぎながら小さく手を振って、そのままジョイ・レーンを町のほうへと向かう車の中に消えていった。

「そろそろ家に入りましょう」アリスが思い切ったように言った。

「わたしたちも行かないと」ボニータがサイモンの腕に、するりと腕をからませた。

パールは、道を遠ざかっていくふたりの姿を見送った。快活で、若くて、愛し合っている。それから振り返ると、リチャードとアリスの入った家の玄関が閉まるところだった。

19

十二月二十三日（木）午後七時半

　またしてもパールのご機嫌を損ねたくはなかったので、マグワイアは約束の五分前にはシースプレー・コテージの前に着いた。ちょっといいシャブリのボトルと一緒に、カンタベリーのパレス・ストリートに出ていた花屋の露店で、白いバラの花束も用意していた。

　パールは温かく出迎えてくれた。コテージの雰囲気も同様で、薪の入った暖炉では火格子の向こうで炎がはぜており、クリスマスツリーの上では電球がまたたいている。その下には、金や銀のリボンでラッピングされたプレゼントが並んでいた。パールの恰好はいかにもカジュアルだった。色のあせたジーパンに、ロールネックの黒いセーター。髪はポニーテールにしているので、秀でた頬とすらりとした首が際立ってみえる。パールは、ギリシアのカラマタ地方のオリーブ、炭入りのチャコールビスケット、それからイギリスのチーズをひとつの皿に盛って出してくれた。チーズはすべてハーバー・ストリートにある個人店から買い求めたもので、サマセット・ブリー、コーニッシュ・ヤーグ、シュロップシャー・ブルー、セージ・ダービーなど、おいしそうなものばかりが並んでいる。

マグワイアの持参したワインと一緒に食べ物を居間に運ぶと、パールはソファに腰を下ろし、隣に座るようマグワイアを促した。

「で、いったい何をするつもりなんだ?」マグワイアは興味津々という声でたずねると、目の前のコーヒーテーブルに置かれたノートパソコンに、パールがメモリースティックを挿すのを眺めながら彼女の隣に腰を下ろした。

「例のチャリティイベントよ。ほんと、どうしてもう少し早く気づかなかったのかしら。でなければ、あなたが気づいてくれてもよかったんだけど」パールが挑むような目をマグワイアに向けた。「とはいえあなたはあのとき、ほかのことで忙し過ぎたのかも」

「どういう意味だ?」マグワイアは尖った声で言った。

「あなたが抽選のくじ引きを手伝ったり、景品を渡したりしているあいだに、あのときの様子を記録に取っている人物がいたのよ」パールはカーソルを合わせてからクリックした。「さっき、レンジャクの姿を写真に収めようとしたときに、ようやくキャシーが、あの晩ずっと写真を撮っていたことを思い出したってわけ。それで彼女にコピーを作ってもらい、そのデータを入れたメモリースティックを家に置いていってほしいとお願いしたの。もうわたしのほうでチェックして、必要なメモも作っておいたから」

パールが刺繍《ししゅう》の入ったノートをテーブルから取って開くのと同時に、パソコンの画面には一連の画像が現れた。

「最初のほうの写真には、まったく人物が写っていない」パールが言った。「たとえばこのあたりには、当たった人に渡すために、舞台へと運ばれる前の景品が写されている」パールが新たな画像を画面に出した。「これが、人物を撮った最初の写真みたいね」

パールがパソコンをマグワイアのほうに向けた。画面には、ドリーの写真が大写しにされている。ツリーのイヤリングを垂らし、いかにもクリスマスといった雰囲気だ。片手にはグラスを持ち、頰を赤く染めて満面の笑みを浮かべている。その後ろには、赤いサンタの恰好をしたジミーの姿が写り込んでいた。

「この写真の撮られたのが七時十二分。写真のデータにも残っているし、教会ホールの壁にかかっている時計でも確認できる」パールが、また別の写真をクリックした。「次に撮られたのがこの写真。ほんの数分後よ」

「例の医者だな」マグワイアが言った。

「それから、奥さんのアリス」パールが付け加えた。「リチャード・クレイソンはプルー牧師と話をしていて、アリスのほうは、景品の水彩画をテーブルの上でまっすぐに直している」パールがまた別の写真を出した。「それからちょっとあとに、キャシーは、不動産業者のアダム・キャッスルと、ウィスタベルのオーナー、シャーメインの写真を撮っている。ウィスタベルは、ハイ・ストリートにある美容サロンなの」

「きみが無料券を当てたサロンだな」

「その通り」パールは、薄くなった眉毛に注意を引かないよう、マグワイアから軽く顔を背けながら、パソコンの画面を指差した。「スカウトの出店を写した、次の写真が重要なの」

マグワイアは首を伸ばしたものの、そこにはスカウトの子どもたちを連れ、誇らしそうな笑顔を見せているオーウェン・デイヴィスが写っているだけだった。

「背景を見て」パールが言った。「ステージのそばに誰かが写っているでしょ。背けているので顔は見えないけれど、服装が、あの日、ダイアナの着ていたものと一致するの。この、栗色のワンピースを覚えてる？　これは彼女に間違いないと、自信を持って言えるわ。そしてどうやら——クロークルームに向かっている。時刻は七時十八分」

マグワイアにも、パールの言わんとしていることがわかった。「つまり、この時刻にはイェネーバのボトルは厨房《ちゅうぼう》にあって、誰にでもいじることができたというわけだ」

「その通り。そして、充分な量をボトルからシンクに流し、不凍液を加えるのには数秒もあれば充分だわ」

「最初から目的をもって持ち込んだというわけか」

「それも、充分な量を」パールはうなずいた。「おそらくはフラスクを二個、あるいは水用の小さなペットボトルをバッグの中、あるいはジャケットやコートの内ポケットに忍ばせていたんでしょうね」パールはもう一度写真を見てから、ため息をついた。「この写真にも、次の写真にも、厨房の入り口は写っていない。だから、その付近に誰がいたのかはわからないの」パールがまたクリックした。「そのあとはずいぶん長いこと、一枚も撮られていない。おそらくキャシーは、母から誰かに紹介されていたんでしょうね。次に来るのは、景品が当たった人たちの写真。これは、フランス製の香水を受け取っているマーティ」パールがにやりとした。

「ウィスタブル一、甘い香りがする八百屋さんってわけ」

「夏にはきみに夢中だった男だろ？」マグワイアが思い出したように言った。

「彼は次に進んだのよ」ただしその主な理由というのが、パールが夏のあいだマグワイアと過ごすほうを選んだことに、マーティが苛立ったためだとは言わずにおいた。

「これは、母さんがヨガのチケットを受け取っているところ」パールが言った。「それからこれは、ウィスタベルの無料券の入った封筒を、あなたがわたしに渡しているところ」

マグワイアが身を乗り出して写真をじっと見つめてから、わかったぞ、というようにパールを見た。「そうか！」

「何よ？」

「眉毛に何かしたんだな」マグワイアがパールの顎にそっと手を添え、顔を自分のほうに向けさせた。「当たりだろ？」

マグワイアの瞳に捕らわれながら、パールはそっとつぶやいた。「そうよ。でも、そんなことより写真に戻りましょ」パールは次の画像をクリックした。「ほら、この写真。あなたってば、すっかりプレゼンターになりきっちゃって」パールの指の先では、ボニータの頬にキスをしているマグワイアの姿がアップになっていた。「すっごくきれいな子よね」パールが刺々《とげとげ》しい口調で言った。

「じつに美人だ」マグワイアは平然とそう言ってから、ワインをひと口飲んで、その写真を眺め続けた。

パールは黒オリーブをかじった。「同感」パールが別の写真に替えると、マグワイアはさりげなく、シュロップシャー・ブルーを手に取った。「この写真の中では、マーサが、サイモンに景品の水彩画を見せているボニータに目を向けている。ジャイルズとステファニーもそばにいるわね。マーサの隣には誰かが立っているようだわ。ほら、ここにグラスを持った手が見えるでしょ？　残念ながら、誰だかを確認することはできないけれど」パールは苛立ちにため息をついた。「それから、子どもの絵を写した写真が何枚かある。ホールの壁にずらりと飾られていたものよ。そのあとにはこの写真。ジャイルズが、アダム・キャッスルと話している。この夜のもっと早い時間にも、ふたりが一緒にいたのを覚えているの。いったい何を話しているんだろうと気になったものだから」

パールが画面をマグワイアのほうに向けた。「これを覚えてる？」写真には、目隠しをされたパールが、〝トナカイのしっぽ〟ということになっているものを握っていて、その肩にはマグワイアが両手を置いている。

マグワイアの顔がほころんだ。「あれはヘタクソだったな」

「まったくね」パールがぼやいた。次の写真の中では、パールとマグワイアが、混み合ったホールの中で体を寄せ、時が止まったように向き合っていた。そのときめきの瞬間を、キャシーは、ふたりの頭上にあるヤドリギと一緒にとらえていたのだ。「覚えているかしら――」パールは、マグワイアの瞳の中に映り込んでいる炎の煌《きら》めきに気づいて言いやんだ。

「何をだい？」マグワイアが優しく言った。

パールはためらってから、頭の中を整理して、もう一度、パソコンの画面に注意を戻した。

「この瞬間に、ダイアナが声を上げたのよ――感情を爆発させて、そのあとに倒れた」

「なら、キャシーが最後に撮ったのは――この、俺たちの写真というわけか」マグワイアが言った。

パールはうなずいた。「背景を見るかぎり、みんながそろっているようね。見つめているのは、アリス・クレイソンよ」

「哀しそうな顔をした人だな」

「ええ。今年の夏、アリスは若者と恋に落ちている。彼に捨てられて以来、どうやらアリスは哀しみから立ち直れていないようなの。ダイアナも、アリスがある種の神経衰弱を起こしていると言っていたわ。だけどリチャードはとても理解のある夫だから、なんとかしてアリスに前を向かせようとしているの。ヴェネツィアに豪勢な旅行をしたのも、それが理由に決まっているわ」パールは顔をしかめた。「母さんが、アリスには、どこかオフィーリアを思わせるところがあるというの。ほら、ミレーの描いた、ラファエル前派の絵があるでしょ。あの絵を知っているかしら？　溺れて湖に浮かんでいる若い女性を描いたとても印象的な絵で、上を向いた手には花輪が握られているのよ」

マグワイアは肩をすくめた。芸術は得意分野ではないらしい。「知らないかもな」

「ラファエル前派の画集がどこかにあるはずなんだけど」

パールはソファから立ち上がり、蔵書を調べようと本棚に近づきかけて足を止めた。マグワイアがその表情をとらえた。「どうしたんだ?」

「この本棚、マーサが整理してくれたの」パールは言った。「あの日、マーサがしてくれた仕事に対して、わたしはきちんと支払うことさえできなかった」

「彼女が殺されるなんて、知りようがなかっただろ」

「そうね」そうはこたえたものの、パールの顔は暗くなりはじめた。

彼女の沈黙が気にかかったのでマグワイアが近づいてみると、パールは本棚から、小さなハードカバーの本を取り出そうとしていた。パールは本を開き、何かを考えているような顔で索引ページに目を走らせた。「この本は、もう何年も開いていなかった。でも、マーサが動かしたのに違いないわ。テニスンの詩集で、学校の教材だったの」パールは相変わらず、そのページを見つめている。

「何か、殺人事件と関係があるのか?」マグワイアが声をかけた。

「たぶんね」パールは謎めかすように言った。「テニスンは、アーサー王の伝説をもとにした詩を何編か書いている——」

「で?」

「ラファエル前派の画家たちも、その時代から画題をよく取っているの。アーサー王、グィネヴィア王妃、騎士のガラハッド——」

「どういうつながりがあるのかよくわからないんだが」マグワイアが言った。

「わたしにもわからない」パールがあっさりと言った。彼女がこの手の迷路に、彼を引きずり込むやり方といったら。マグワイアは、パールが時に、どれほどいまいましい女になれるかを思い出しながらも、彼女が自分に向けてくれる笑顔には、結局それに見合うだけの価値があると思った。パールが物問いたげに小首を傾げた。「シプリーが捜査を指揮しているのに、クリスマスはやっぱり仕事なの？」

「どうかな」マグワイアは正直に言った。

「その――仕事がなかったとしたら、クリスマスに何か予定はあるのかしら？」

マグワイアはためらってから、パールの美しい灰色の目に捕らわれたまま、首をごくゆっくりと横に振った。「きみは？」マグワイアはそっとたずねた。

「ここにいるわよ」当たり前でしょ、と言わんばかりの口調だった。「チャーリーが帰ってくるのよ。忘れちゃったの？」

「そうだよな」

パールはおずおずと続けた。「でも、食事に来てくれたら嬉しいなって――もしよかったらだけど」

マグワイアとしては、もう少しもったいぶった感じにしてからこたえたかったのだが、気づくとこう口にしていた。「チャーリーの父親は？　前にも言っていたが――もうそばにはいないのか？」

パールは一瞬ためらった。カールについて触れることには慣れていなかったけれど、マグワイアには知らせておく頃合いだとも思った。「父親は、もうずっと、そばにはいないのよ」パールはようやくそう言った。

　マグワイアは、その情報を咀嚼《そしやく》しながら、ゆっくりうなずいた。

「あなたはどうなの？」パールは言った。「その――誰かいるの？」

　マグワイアは正直にこたえた。「いたよ。だが、もういない」

　次の瞬間、火格子の中で薪がはぜ、マグワイアがパールに近づいた。が――そこで電話がふいに鳴りはじめ、パールはギョッとしたあまり、持っていた本を落としかけた。ぎこちない雰囲気の中で、ふたりとも、電話の音を黙って聞いていた。さらに三回ベルが鳴ったところで、ようやく留守電に切り替わり、声が部屋中に響き渡った。

「母さん、いないの？」

　パールが慌てて受話器を取った。「チャーリー、ごめんごめん。留守電にしていたのを忘れてた。元気なの？」パールはマグワイアのほうをちらりと振り返ったけれど、あとは息子との会話に集中した。

「大丈夫だから」チャーリーがしゃがれた声で言った。「だけどこっちはひどい天気でさ。どうやら、ぼくの乗る飛行機が遅れそうなんだ」

「キャンセルになったりはしないのよね？」その可能性に思い当たって、パールはパニックになりかけた。

「大丈夫だと思う。雪はおさまりかけてるし。ただ、飛ぶのを待っている飛行機がたくさんあって。母さんに知らせておいたほうがいいかなって。それでも迎えにきてもらえそうかな？」

「もちろんよ」パールは言った。

「よかった」チャーリーは軽く咳をしてから言った。「それで、いったいどうなってるの？」

「こっちに着いてから話すわ」

チャーリーは、母親の声の変化を聞き取っていた。「母さんもおばあちゃんも、大丈夫なんだよね？」

「もちろん大丈夫よ。ふたりとも、あなたに会うのが待ち切れないわ」

「ぼくもだよ。母さんに頼まれていたコルン（ドイツの蒸留酒）のほかにも、シャルロッテンブルクの名店で買ったマジパンを持って帰るから」

「すごく楽しみ」パールは微笑《ほほえ》んだ。「帰ってきたら、ちゃんとお金は払うから」

「心配いらないって。お金はたっぷりあるからさ。クリスマスのセールで、Tシャツをどっさり売りさばいたんだ」

「ほんとに？」

「うん」それからチャーリーが言った。「えっと、もう行かなくちゃ。でも、すぐに会えるからさ」

きちんと別れの挨拶を口にする前に、電話はもう切れていた。パールはしばらく見つめてから、受話器を置いた。しばらくは、クリスマスをテーマにしたTシャツという恰好で、凍えるようなベルリンの空の下に立っているチャーリーの姿が脳裏に浮かんでいた。だがふと物思いから覚めると、マグワイアのことを思い出した。

「ごめんなさい――」パールが振り返ると、マグワイアの姿はそこになかった。キッチンに行ってみると、マグワイアがシンクのそばにグラスを置いているところだった。

「もう少しワインをどう？」

マグワイアがかぶりを振った。「せっかくだが。車で来ているから」

パールはため息をつきながら、ふたりにとっての貴重な瞬間が、チャーリーの電話によって失われたことを悟った。

「問題はないのかい？」マグワイアが言った。

パールはなんとか笑顔を作った。「ええ、チャーリーは大丈夫なんだけど――」そこで言いやむと、突風に揺れている窓ガラスを見つめた。古いリンゴの木の枝が、窓を破ろうとでもするかのようにガラスを引っかいている。「どうしたんだ？」マグワイアが言った。パールは、ベルリンの天候を思った。すると表の風がおさまりかけているにもかかわらず、突然、背筋に悪寒が走った。「なんでもないの。ただちょっと、風邪でもひきかけているのかも」

それで、マグワイアも心を決めたようだった。「もう帰るよ。たまには早めに休んだほうがいい」マグワイアが居間に戻ってコートを取ると、パールが慌ててやってきた。

「マグワイア？」

「なんだい？」

パールはためらってから不安を振り払い、「いえ、なんでもないの」と嘘をついた。

「そうか。だが必要なときには、とにかく電話をしてくれよ」マグワイアは思いやりのある笑顔を浮かべてから、玄関のほうに向かい、出ていった。

　マグワイアが帰ってから一時間後、パールは洗い終わった食器をすべて棚に片付けたところで、チャリティイベントの夜のことを思い返していた。後付けの知識とはいえ、あのときのダイアナの刺々しいムードについては、彼女がジャイルズとステファニーに、隠していた婚約を告げるつもりだったのだと考えると納得がいく。ただし――クリストファー・ハドリーが信じられるとすればではあるが。

　パールは、またしてもキッチンの窓の外に目をやった。北風はやんでいる。大雨の予報が出ているけれど、もう少し先になるのではないかしら。明日の朝までは、なんとか天気がもつかもしれない。せっかくの機会をとらえるかのように、暖かい上着を羽織って裏手のドアから浜辺に出た。海に目をやると、赤と緑の航海灯が、港に戻ろうとしている釣り船の道を示すかのように灯っている。パールは、シーソルターのある西のほうに向かった。奇妙に静まり返った夜の大気が、嵐の前の凪《なぎ》を思わせた。ウエスト・ビーチには人影がなく、満ちつつある海だけが、パールに寄り添うかのように浜辺に打ち寄せている。

　しばらくするとバッテリーに着いていた。だが窓の向こうには、明かりの気配さえない。建物の中は、星々の天蓋《てんがい》を隠す雲のとばりのような暗さに包まれている。パールは木の階段を玄関まで軽やかに駆け上がると、しばらく聞き耳を立ててから力をこめて扉をノックした。こたえはなかったが、テラスのある庭のほうから、古い揺り椅子のきしむ音が聞こえてきた。

「誰かいるの？」パールは庭の門へと近づきながら闇に向かって呼びかけたが、やはりこたえはなく、静寂の中でまた揺り椅子がきしんだ。あきらめて浜辺のほうに引き返そうとしたときに、車のエンジン音が静寂を破った。建物の敷地へとつながる側道で、突然、車のヘッドライトが灯った。パールは首を伸ばしてもっとよく見ようとしたが、運転手の顔を確認することができないまま、車は町の方角に走り去ってしまった。だとしても、特徴のあるナンバープレートの並びはしっかり読み取っていた——ＳＴＥ９Ｈ。

その夜は眠るのが難しかった。天気予報は正しかったようで、風が強まるとともに、激しい雨が、寝室の鉛枠の窓を叩きつけてきた。嵐は深夜を過ぎてようやく弱まったものの、風は相変わらず、いたましくうなるような音を立てて吹き続けている。パールは途切れがちな眠りの中に戻るたびに、奇妙な夢に悩まされた。ドリーであれば、寝る前にブルーチーズなんか食べるからだと言うことだろう。だが実際には、記憶の底に眠っていた、古い本の中の詩が引き金になっていたのだ。

『マリアナ』というテニスンの詩。マリアナは、帰らぬ恋人を待ちながら、孤独の中に囚われている。ひとりきりのわびしい環境の中にあるさまざまなものを眺めながら、夜が来ると、眠ることができないまま、二度と戻らぬ恋人のことを嘆くのだ。『漆黒《しっこく》の苔《こけ》が花壇を厚く覆っている。どこまでもすっかりと。結び目からは錆びた釘が落ちる。梨の木の枝を縛り、妻壁《つまかべ》にとめていたところから。壊れかけた納屋は、哀しそうで、はじめて見るかのよう。掛け金が、音を立てて外されることもなく。年古《としふ》りし、わらぶき屋根は擦り切れて草が生え、その下には塀をめぐらした寂しい屋敷が――』

パールは、浅い水の中に、スカートをふんわりとふくらませて浮かんでいる、オフィーリアのような女の姿を思い浮かべながら、脳裏でマリアナの詩を聞き続けていた。『そして月がごく低いところにかかり、奔放な風が己《おの》が住処《すみか》に戻るとき。ポプラの影が寝台に落ちながら、彼女の額を陰らせるとき。彼女はただこう口にする。「夜はわびしい、あの人は来ない」彼女は言う。続けて言う。「疲れて疲れて疲れたの。いっそ死んでしまいたい――」』

いつしかその像が、アリス・クレイソンの姿を取っていた。アリスが、庭のプールのそばに立っているポプラの木を、不安そうな目で見つめている――だがそこで、ものすごい悲鳴が聞こえて、その姿をかき消した。パールは息を呑みながらガバッと上半身を起こすと、窓から入り込んだ冷たい隙間風が、寝室のカーテンをはためかせていることに気がついた。悲鳴は夜明けの光とともに静まったものの、入れ替わるようにして、緊急車両の甲高いサイレンが近づいてきた。そして通り過ぎてから、ごく近い場所で止まり、鳴りやんだ。

パールは暖かい上着を慌てて羽織り、急いで浜辺に出た。早朝の散歩に出ていた人たちが、木製の防砂堤に腰を下ろしている女を慰めていて、そばではおそらく飼い主を心配しているのだろう、小さなテリアが円を描くように駆けずりまわっている。パールはそのそばを通り過ぎ、潮が満ちつつあるなか、警官たちが、野次馬の小さなグループを近づけまいとしている場所に向かった。

救急隊が、波打ち際に倒れている誰かを取り囲んでいた。その体は干潟に沈みかけており、腰のところで両肘を曲げている。前腕を伸ばし、両手のひらを上に向けたところはミレーの描いたオフィーリアの姿を思わせるが、その手には花輪ではなく、満ちはじめた海に浮かぶ、ひょろりとした黒っぽい海草が握られていた。顔に生気がなく青ざめている点もよく似ていたが、相似はそこまでだ。女の目は突き出し、首の周りにはぐるりと黒っぽい痣がついている。髪は、寄せては返す波の動きに合わせて水面を漂っていた。

近づいてみると、死んでいるのはアリス・クレイソンではなく、キャシーだった。あのキューピッドの弓のようにすぼめられていた唇は横に広がり、決して発せられることのない、静かな悲鳴を叫んでいるかのように大きく開かれていた。

20

クリスマスイブ　午前九時

「やだやだやだ、ほんとうにいやな刑事だ」ドリーが、寝椅子の上で前後に体を揺すりながら言った。ひと握りのティッシュを目に押し当ててはいるものの、涙を押さえる役にはあまり立っていない。

「シプリーのこと？」パールが慰めようと母親に近づいた。

ドリーはうなずいてから、威勢よく洟《はな》をかんだ。突然の大きな音に驚いたモジョが、籠《かご》の中から飛び出すと、バレエダンサーのようなひとっ跳びを決めて、背の高い食器棚の上の隠れ家に逃げ込んだ。

「警官がアオバエみたいに屋根裏に群がって――巡査に巡査部長に家族連絡局員に――どうして、あんたの扁平足が担当じゃないのよ？」ドリーが言った。

「言ったでしょ。チャリティイベントに出ていたマグワイアは目撃者になるから、捜査を担当することができないの」

「規則、規則、規則」ドリーが爆発した。「規則ってのは破るためにあるのよ！　規則は賢者を導き、愚者を従えるのよ！」これは、ドリーが長年にわたってパールに叩き込んできた金言ではあったが、このときほど使われるにふさわしいときはないように思われた。パールにしても、もし事件を担当しているのがマグワイアであれば、もっと多くのことがわかっていたはずだと確信していた。

「無力なのがたまらなくて」母親のその嘆きは、パールの思いにも重なった。「あの子はわたしの家に泊まっていて――」

「母さんのせいじゃないわ」

「そうかしら？」ドリーが怒鳴るように言った。「あの子はわたしの家にいて、わたしの保護下にあったのよ」

「だからって、彼女の死に対して責任を持つことはできない」

「単なる死じゃなく、殺人なの」ドリーが言った。「首を絞められたんだそうよ」

「警察にだって、まだはっきりしたことはわからないはずよ。検死結果が出るまではね」

「その目で見たんでしょ」ドリーがうめいた。「ほかにもたくさんの人が見ているのよ。キャシーは首を絞められたあと、冷たい泥の上に捨てられた。あの女の人が犬の散歩の途中で見つけていなかったら、満ちはじめていた海に飲み込まれていたかもしれない。もちろん――キャシーを殺した悪魔は、それを狙っていたに決まってる」

その言葉に異を唱えるのは難しかったので、パールは代わりにこうたずねた。「警察にはなんて言われたの？」

ドリーは鼻をぬぐってから、ティッシュを袖の中に突っ込んだ。「屋根裏を徹底的に調べる必要があるって。キャシーの持ち物を――写真を含めて何から何までね。家族にも知らせなければならないし。犯人は、なんだってあの気の毒な子を殺したりしたんだろう？　キャシーは、ほんとうに生気にあふれていたと思わない？」

「そうね。わたしも昨日の午後、キャシーに会ったばかりだったの。自転車で、シーソルターからジョイ・レーンを通って帰る途中だった。写真を撮りに出かけていたのよ」パールはふと、シーソルターの浜で錆びかけている古い牡蠣《かき》棚のことを思った。引き潮になると、干潟に姿を現すのだ。とたんに、またひとつ、体に震えが走った。ウィスタブルの冷たい波打ち際に倒れていた、生気のない、キャシーの死体のことを思い出してしまったのだ。それから、キャシーの死に打ちひしがれているドリーに目を向けた。

「店は休むことにするわ」パールが言った。

「やめてちょうだい」ドリーがすぐに言った。「スタッフがお給料とクリスマスのボーナスを待っているのよ」

「それはそうだけど――」

「〝だけど〟はなし」ドリーがきっぱりと言った。「わたしなら大丈夫。ひどいショックを受けただけなんだから。人殺しの怪物になんか負けてたまるもんですか。だからパール、あなたはいつも通りにするの」ドリーがまた洟をかむと、モジョが今度は食器棚から跳び下りて、サンルームにするりと逃げ込むと同時に、パタリという音を立ててキャットフラップが閉じた。

「じゃあ行ってくる。母さんが大丈夫だって言うんならね」パールは降参するように言うと、ドリーに身を寄せて暖かく抱き締めてから、ドアに近づいた。が、そこでいきなり振り返った。「ところで、アリスが恋をした相手の名前を覚えていたりしないかしら？」

ドリーが顔をしかめながら、「それがなんだっていうの？」と、けだるげに言ったが、娘の真剣な目を見て、なんとか思い出そうとした。

「マイケル」ドリーが言った。「マイケル——なんだっけ？　うーん、名字が思い出せない」それからはっとなった。「アーサーよ！　そうだわ——マイケル・アーサー。どうしてそんなことを？」

「好奇心よ」パールは正直にそう言った。

ウィスタブル・パールは、例年、クリスマスイブの日には早めに閉める。パールはスタッフのそれぞれに一、二杯のシャンパンを振る舞った。若いルビーにとっては、生まれてはじめてのシャンパンだったようだ。それから給料と、店の売り上げに合わせたボーナスを、ひとりひとりに手渡した。このあとは、一年で一番長い、二週間の休みに入るわけで、いつもなら誰もが楽しみにしている日なのだが、今年は最近続けざまに起こった悲劇のせいで、その喜びもいくらか損なわれていた。にもかかわらず、いつも通りにしなさいと母親に発破をかけられたこともあって、パールはその朝に連絡を取っていたある人物に会いにいくことにした。彼は、ハイ・ストリートにある銀行の外に立っていた。暖かそうな上着を着ていたが、首元からは、スカウトのネッカチーフがのぞいている。

「わかったの?」パールが声をかけた。

オーウェンはうなずいた。「やっぱり前に話した通りだったけど、間違いのないように確認しておいた。スカウト便が最後に配達されたのは金曜日だ」

「チャリティイベントの日ね」

「そうだ」オーウェンが裏づけるように言った。

「そのあとに配達されたカードはないの?」

オーウェンはうなずいた。「一枚もない」

パールはしばらく考え込んでから財布を出すと、オーウェンが持っていた募金用の缶に何枚かの紙幣を入れた。これにはオーウェンも驚いたようだった。

「いやぁ――これは助かるな、ありがとう」

「こちらこそ、助かったわ」パールは言った。


ハイ・ストリートを進んでいると、町の空気がいつもとは明らかに違うのがわかった。会社の多くはすでに閉まっているし、店舗の窓には、年明けの開店日を伝える告知が貼られている。通りにとまっているわずかな車は、だいたいが最後の買い物に来た人々のもので、みんな、駐車違反を見つからないうちにと、荷物やツリーを車に運び込んでいる。だがその中に一台、地元の会社名の書かれた車があった――キャッスル不動産。

パールが近づいてみると、運転席についたアダム・キャッスルが、助手席にいる誰かと話をしていた。アシスタントのポーラではない。パールの予想していた通り、それはウィスタベルのオーナーであるシャーメイン・ヒルクロフトだった。アダムがA4サイズのチラシを差し出すと、シャーメインはざっと眺めてから、彼女にしては前向きといえる、不満そうではあるが好奇心をそそられているような表情を浮かべた。アダムにはこの反応で充分だったらしく、車のエンジンをかけると、シャーメインを連れてハーバー・ストリートの信号のほうへ走りはじめた。

パールのほうはそのまま通りを歩き続けたが、聖アルフレッド教会の外にいたブルー牧師の姿を見つけると足を止めた。ウィスタブルの教区牧師は、クリスマスツリーのそばの前庭で、飼い葉桶《クリブ》を囲んでいる東方の三博士の像を直していたのだ。牧師はパールの姿に気づくと、声をかけようと手を止めた。

「このあとに行なわれるクリブサービスの宣伝になればと思ってね」それから重たいため息をついた。「でも、人が集まるかどうか。クリスマスの前夜に、最後の買い物を楽しむ人も多いだろうから」牧師は言葉を切ってから、重々しい声で言った。「若い女性が殺されたと聞いたわ。どうやら、この町にはモンスターがいるようね。警察がその男を見つけてくれるといいんだけれど」

「あるいは女かも」パールが言った。

「そうよね」牧師はそうこたえながら、わずかに動揺した様子を見せた。

パールはしばらくの沈黙のあと、キリスト降誕のシーンに目を向けながら口を切った。「きっと集まるわ」

「ありがとう。クリスマスの消費主義に対しては残念に思っているの。このところ、誰もがクリスマスにお金を使い過ぎている。わたしたちがもっとシンプルで、物質主義ではない生き方に戻れたらいいんだけれど」

「『金銭は諸悪の根源』なんですよね？」パールはふと、アダム・キャッスルのカードに切り抜き文字で記されていたメッセージを思い出しながら言った。

「おそらくね」牧師は言った。「でも、その一文は正しくないわ」

「え？」

「正確には『金銭欲は諸悪の根源』」牧師がその一節を続けた。「『ある者は金銭を追い求めたがために、信仰の道を踏み外し、多くの悲痛により自らを刺し抜いた』『テモテへの第一の手紙』の六章十節」牧師はパールに笑顔を向けた。「この一節はよく間違われるのよ」

「でも、マーサは間違えなかった」パールは気づいたように言った。「アダムのカードには、正確にそう引用されていたもの。そしてマーサは、聖書をよく知っていたんじゃないかしら」

「その通りよ。すみからすみまでね」

パールはふと、教会のツリーに目を向けた。

「大丈夫？」牧師が言った。

「ええ」パールはこたえた。「ええ、もちろん。どうもありがとうございます」

パールは教会からネイサンの家に直行し、優美なサンルームに、ネイサンと向き合う恰好で腰を下ろしていた。いつもなら整然とした穏やかな雰囲気に包まれている家なのだけれど、今日はノートパソコンが開き、テーブルには丸めた紙が散らばっている。ネイサンは困惑したような目をパールに向けた。

「いつでも協力してくれると言ってたわよね？」パールは思い出させるように言った。

「探偵仕事のことかい？」

「まあ、そんなとこ」パールは何枚かのカードをポケットから取り出しながら言った。「夕方の簡単なカクテルパーティへの招待状を、追加で何枚か書いて、直接渡してきてほしいの。お客様はみんな、このあたりの人ばかりだから」

ネイサンがカードを見つめているところへ、パールが続けた。「急な誘いなことも、あなたが記事で大変なこともわかっているけれど――」

ネイサンは画面にちらっと目を戻してから、パソコンを閉じて、手のひらを差し出した。

「誰に渡してきてほしいんだ？」

パールはリストを差し出した。ネイサンは書かれている名前を注意深くチェックしてから、もう一度パールのほうに目を上げた。「本気なのか？」その声には好奇心がにじんでいた。

「もちろんよ」

一時間後、パールは材料を載せたトレイをオーブンに入れながらも、携帯を耳に押し当てるようにして話を続けていた。

「どう？」

「パーティを開くのか？」マグワイアが困惑したような声で言った。

「じつは、パーティってほどのものじゃないの。何人かのお客様をお呼びして、クリスマスを祝う飲み物を振る舞うだけよ。毎年やっているんだけど、今年はあなたにも出席してもらいたいの。午後六時ちょうどからよ」

この誘いには思わず胸が温かくなったものの、マグワイアの刑事としての本能が、油断するなと告げていた。「いったいどういうつもりなんだ、パール？」

パールは火照った額を片手でぬぐうと、「わたしは動くのが遅過ぎたのよ」と、打ち明けるように言った。

「何に対してだ？」

「キャシーに対して。そもそもの最初から、彼女にはなんだかいやな感じを抱いていたのに――もう、あの子は死んでしまった」それから辛そうに付け加えた。「それでもやっぱり、彼女に不信を持ったのは正しかった」

「なぜだい？」マグワイアはすっかり当惑していた。

「こっちに来たときに説明するわ。でもその前に、やってもらいたいことがあるのよ。それも大至急で――」

21

クリスマスイブ　午後六時十五分

クリブサービスが終わるころには、シースプレー・コテージも、アイランド・ウォールに並ぶ家々と同じように、祝祭の雰囲気に包まれていた。しかもそこには、パールらしさもふんだんに表れていた。常緑樹を使った見事なリースは白いリボンで玄関に掛けられ、窓辺では蠟燭《ろうそく》の炎が閃《ひらめ》いている。そしてやってきたゲストたちが敷居をまたぐと、冬らしいスパイスの香りが彼らを出迎えた。

招待状を受け取った人は全員がそろい、牧師でさえ、このあとには深夜のミサがあるのだけれどと言いながらも来てくれた。パールは、シンプルながらに美味なカナッペをいろいろと準備していたし、ネイサンも、フェイバーシャムにあるイタリア食材の店で、華やかなアイシングのほどこされたケーキを買ってきてくれていた。赤々と燃える炎に照らされ、ついにやってきたクリスマスの喜びの中でお酒を口にしているうちに、ゲストたちも、死の続いた悲劇的な現実を、少なくとも数時間は忘れることができそうな雰囲気になった。

フィリスはプロセッコのグラスを手に、ツリーのそばでボニータと話し込んでいたけれど、その視線が部屋の反対側にいるジミーに据えられていることを、パールは見逃していなかった。ジミーのほうはビールをちびちび飲んでおり、ヴァルも、今夜ばかりはその隣でおとなしくしている。スタイリッシュなネイビーのパンツスーツ姿が、ほっそりと魅力的だ。それでもやっぱりパブの仕事が頭から離れないらしくヤキモキしており、もう少ししたら店に戻らなければと言い張っていた。ボニータの恋人のサイモンがアリス・クレイソンと話し込んでいるかたわらで、夫のリチャードのほうはドリーにつかまり、ホメオパシーの有用性について、とうとうと御託を聞かされている。リチャードは会話に集中しようとしながらも、気遣うように妻を見守っていた。アリスも珍しく活き活きと顔を輝かせていて、もうひとりの若者を思い出したかのようにサイモンに微笑《ほほえ》みかけている。

遅れてやってきたジャイルズとステファニーは、身を寄せ合うようにして立っていた。ステファニーは夫の守護者として、クリスマスはどう過ごすのかという気まずい質問をやんわりとさばいている。いっぽう息子のニコラスのほうは、おいしいものを求めてキッチンへの旅に出ると、パールお手製のピッグズ・イン・ブランケッツ（小さめのソーセージにベーコンを巻いて焼いたクリスマスの定番料理）からベーコンを剝ぎ取り、豚肉にセージをきかせたチポラータ・ソーセージだけを平らげていた。アダム・キャッスルはひとりで、アシスタントのポーラは連れていなかったが、このあとすぐに別の〝デート〟があるというので、彼女とはこれから落ち合うということなのだろう。いまは火のそばで、なにやらシャーメインと話し込んでいる。飲み物を注いでまわろうとふたりのそばを通りかかったときに聞き耳を立てると、〝需要の高い立地〟とか〝リフォームに持ってこいのお値打ち価格〞といった言葉が聞こえてきたので、どうやら不動産に関する話をしているらしい。

最後に現れたのはクリストファー・ハドリーだった。パールがマグワイアには紹介したものの、クリストファーはほかの人々からは離れたまま、ピリピリした、気もそぞろな様子でツリーのそばに立っていた。ジャイルズがちらちらとクリストファーを見ていたが、ふたりのあいだにははっきりした敵意と、互いを疑っている様子が見えたので、パールはこれからの展開には注意をしなければと気を引き締めた。そして直感が、より危険なのはクリストファーのほうだと告げていた。彼の非常に抑制の利いた様子は、同時に、その気になれば恐ろしく暴力的になれることを感じさせた。実際、三十年前には、南大西洋の島の寒く不毛な山のてっぺんで、その力を使い、人生を生き抜いてもいるのだ。フォークランド紛争はとっくの昔に終わっているものの、クリストファーの中ではまだ続いているのだろう。パールは、人々からは距離を置いて哀しみに包まれている彼の姿を見つめながら、ダイアナの死とともに、この人は、真の平和を手に入れる機会まで失ってしまったのだろうかと思った。

するりとそばに近づいてきたマグワイアが小声で言った。「準備はいいか？」パールはうなずくと、小さなスプーンでワイングラスを軽やかに叩き、みんなの注意を引きつけた。

「今夜はお集まりいただきありがとうございます」パールはこう口を切った。「クリスマスイブにはお友だちを招くのが、わたしにとってのささやかな恒例行事なんです。キャシーとマーサにも来てもらうはずだった。それからダイアナにもね」パールが静かに付け加えた。「けれどいまとなっては、三人のことを覚えていてあげることしかできない」パールは一同にぐるりと目をやり、みんなが頭を垂れているのを見ながら続けた。「プルー牧師がキャロルサービスのときに言っていましたよね。クリスマスは、みんなが互いの存在の大切さを理解するときだと。たまたま先日の夜にテニスンの詩を読んだのだけれど、テニスンはその中で、喪失と切望をそれは見事に表現していて」パールが咳払いをした。「ダイアナは、誰かを失うのがどれほど辛いことかよく知っていた。その体験を、別離の苦しみを知る、もうひとりの人物と分かち合っていたのよ。ところが大変な偶然によって、ダイアナはその人物と再会した」ここでパールは、クリストファーに目を向けた。

「どういうこと？」アリスが困惑した様子で言った。

「またあとで説明するわね。けれどまずは――例のカードの話をしましょう」パールはひと呼吸置いてから続けた。「わたしは周りから、クリスマスが終わるまでは探偵の仕事を受けないようにと賢明なアドバイスをもらっていた」パールはドリーとネイサンに目を向けた。「ところがそこでまた依頼が入った――気味の悪いクリスマスカードが届いたから調べてほしいとね。そしてわたしは断った」ここでシャーメイン・ヒルクロフトが、辛辣《しんらつ》に鼻を鳴らした。「代わりに、警察に捜査を頼んだのよ」パールはマグワイアに目を向けた。「ところが、ダイアナもまた、同じようなカードを受け取っていた。それで彼女が毒を盛られたことがわかったとき、ジャイルズから、ダイアナの死の真相を突きとめてほしいと頼まれたの」

ジャイルズとステファニーが目を見交わした。

「でも、その依頼は受けられなかった」パールは一同に向かって言った。「少なくとも仕事としては。同時に、ダイアナの事件を解決するのは、わたしたちのコミュニティで尊敬を受けていた人物に対する自分の責任だとも考えた。たとえ——そこにはときに反目があるとしてもね」パールは、ボニータとサイモンに目を向けた。「しばらくのあいだは、いろいろなことに気を取られて、間違ったほうに進んでいた。マーサからも、以前は五軒の家で勤めていたと聞いていたものだから、五通のカードは、それと関係があるのではと思ったの。でも、プルー牧師からふたつのことを聞いたおかげで考えが変わった」

「わたし？」牧師が無邪気な声で言った。

パールはうなずいた。「ええ。ひとつ目はキャロルサービスよりも前のことでしたが、お会いしたとき、たまたま罪について口にされたんです」

「覚えていないわ」牧師は困ったように言った。

「クリスマスの話になったときに、暴飲暴食が罪であることをわたしに思い出させてくれたじゃないですか」

「ああ、そうそう」牧師がにっこりしながらうなずいた。「実際、その通りだしね」

「じつはキャロルサービスの夜、わたしはフォードウィッチまで、フィリスのあとをつけたの」

「なんですって？」フィリスが警戒するように言った。

「あそこでジムと会っていたでしょ」パールが穏やかに言った。「キャロルサービスが終わったあとで」

ヴァルはサッと夫に顔を向けた。「彼女と会っていたって？」それから驚きの表情が、疑念へと深まった。「だけどあれは水曜日で、あんたは――」

「そうだな」ジムが慌てて言った。「おまえにはブリティッシュ・リージョンに行くと言ってあったが、じつはグルメクラブの会に参加していたんだ」

「なんですって？」

「フィリスも会員でな」ジムがもごもご言った。「俺たちには共通点があるんだよ」

「それはなんなのよ？」ヴァルが迫った。

ジムがやましそうに口ごもってから言った。「食いものさ」

ヴァルの口があんぐりと開いた。ふいにみんなの視線を一身に集めながら、ジムは言い訳するように言った。

「それだけなんだ。ある日、フィリスの店に寄って、コレステロールについてたずねたのさ。医者の薬は、できればまだ飲みたくなくてな。そしたらフィリスが効果のあるものを勧めてくれて、話が盛り上がったんだ」

「でしょうよ」ヴァルがキッとフィリスをにらんだ。

「食いものについてだよ」ジムが言い張った。「ふたりとも、うまいものを楽しむのが好きなんだ。ところが――おまえときたら、このところ、ゆっくり座る時間さえ取れない始末じゃないか、ヴァル」

「どうしてあたしにそんな余裕があるのよ？　何もかもひとりでやらなきゃならないってのに」ヴァルが言った。

「そう、そこが違うのさ。フィリスは時間を作るんだよ。自分にとって大切なことのために。人生からささやかな楽しみを得るための時間をな」

「それで、むしゃむしゃがっつくってわけ？」ヴァルはカンカンになっていた。

ジムは穏やかに続けた。「週にいっぺん、ゆっくり腰を落ち着けて、ほんとうにうまいものと、ちょっとした会話を誰かと分かち合う——心から自分を気にかけてくれる誰かとな」

ヴァルは相変わらず口をあんぐり開けたまま、夫からフィリスへと目を移した。フィリスは恥ずかしそうにうつむいている。

パールはここで話を引き取ろうと、フィリスに顔を向けた。「マーサはあなたにひどいカードを送った。メッセージは——」

「『がっついた豚』！」ヴァルが叫んだ。「まったくその通りじゃないか」

「やめろ、ヴァル」ジムが厳しい声で言った。

「どうしてよ？　あたしがパブで夜な夜な働いてるってのに、あんたのほうは水曜日ごとに、この女とこそこそ会っていただなんて。ほかにはどんなことをしていたのやら、ぜひとも聞かせてほしいもんだね！」

「なんにもしてない」フィリスは勇敢にヴァルを見据えた。「ジムが言った通りよ。わたしたちは食事を楽しんでいただけ」

「そうでしょうとも」ヴァルは嫌味たっぷりに言った。

パールがここで話の糸口をつかんだ。「ジムのカードには、また違うメッセージが記されていた」

「『ぐうたらな怠け者』」ヴァルが叫んだ。「こちらもまたその通りだ」

パールは根気強く話を続けた。「そしてネイサンは――」

「スタイルがないとやられた」ネイサンが怒りを押し殺した声で言った。「わざわざ思い出させる必要があるのかい？」

「じつのところ」パールが言った。「あなたはプライドを責められていたのよ」

ネイサンが驚いた顔になると、パールが説明するように言った。「あなたは、独自のスタイルを持つことにプライドを持っているでしょ」

ネイサンはしばらく考え込んでから、認めるように言った。「それはその通りだ」

「そして今日、プルー牧師にあることを言われたおかげで、わたしはすべてのカードには、聖書からのメッセージが込められていることに気がついたの。たいていの人なら『金銭は諸悪の根源』というところだけれど、プルー牧師が、聖書からの正確な引用は『金銭欲は諸悪の根源』だと指摘してくれたのよ。アダムのカードに新聞の切り抜き文字で記されていたのが、このメッセージだった」

アダムが肩をすくめた。「それで？」

「それで」と、パールは続けた。「一連のカードを送った犯人がマーサであると確信が持てた

——と同時に、その裏には、もっと大きなメッセージが隠されていることに気がついたの」

「なんの話なの、パール？」ドリーは、娘の話が脱線しかけているのではと心配しながら言った。

「**暴食**」パールは申し訳なさそうにフィリスを見ながら言った。それからジミーに目を向け、「**怠惰**」続いてネイサンを見て「**傲慢**《プライド》。**憤怒**はもちろんダイアナね」さらにアダムに目を向け「**強欲**」パールは最後にシャーメインを見た。「**嫉妬**」

「七つの大罪」牧師がささやくように言った。

アダムが口を挟んだ。「だが、カードは六通しかなかった」

パールはマグワイアと目を見交わしてから、「マーサが七通目のカードを持っていた」と言った。「遺体のそばに落ちていたの」

シャーメインが顔をしかめた。「で、なんて書いてあったの？」

ここでマグワイアが口を開いた。「『**私は自分のあやまちを知っている**』」

「よくわからないな」リチャード・クレイソンが言った。「何かの罪を示しているとは思えないが」

ドリーが声を上げた。「でもそれは、自分がカードを送っていたことを意味しているんじゃないの？」

「でなければ」プルー牧師が考え込むように言った。「マーサはもともと、六通しか送るつもりがなかったのかもしれない」

「最後の一通を送る前に、罪の意識に押しつぶされたのかも」ステファニーが言った。「それで毒を飲んだんじゃないかしら」

パールはうなずいた。「だとすると、すべての証拠ともぴったり合う。ただ、ほとんどの人は知らなかったと思うけれど、マーサは亡くなったその日に、このシースプレー・コテージを片付けに来てくれていた。そのときに、手書きのメモを残しているのよ。このクリスマスイブのささやかなパーティに来るのを楽しみにしているって。とても、自殺を考えている人の文章だとは思えなかった。となると、もしもマーサが自殺をしたのであれば、ほんの数時間のうちに、そうまで劇的に気持ちが変わったのはなぜかしら？」

ゲストたちは、困惑した顔で視線を交わし合った。

「マーサは甘いものに目がなかった」パールは言った。「彼女の知り合いであれば、誰でも知っていたはずよ。遺体のそばにあったマーマレードの瓶からは、ヤドリギのエキスが見つかっている。ヤドリギは旬のものであると同時に――人によっては毒にもなる」パールは暗い声で付け加えてから、言葉を切った。「マーサにはある症状があった。血圧が低かったの。マーサもとくに隠してはいなかったから、ほとんど誰もが知っていたはずよ。マーサの主治医であるリチャードはもちろん知っていた。ハーバリストのフィリスも知っていたんじゃないかしら？」パールはフィリスに目を向けた。「プルー牧師も当然知っていたし、そもそもマーサから聞いた人たちがその話を広めていたはずだと思うの。アダムが言っていたように、小さな町では、どんな情報であれあっという間に広まってしまうんだから」

パールがまた話を戻した。「ヤドリギの実とエキスをマーマレードの瓶に加え、味をごまかすために砂糖を足し、自家製のクリスマスギフトに見えるように新しいラベルを貼って、蓋の上に新しい布をかけるのがそんなに大変なことかしら？　わたし自身はシェフだけれど、この時期にはクリスマス向けのジャムが町中で売っている。それを使えば簡単にできることだわ」

パールはワインをひと口飲んでから、グラスを置いた。

「わたしがマーサの家に行ったとき、ポーチのドアには鍵がかかっていなかった。プルー牧師によると、マーサはしょっちゅうそうしていたそうよ。つまりそこから入って、中の棚に、クリスマスのサプライズギフトとしてマーマレードの瓶を置いてくることは誰にでもできた。マーサの亡くなった日には、聖アルフレッド教会のクリスマス礼拝のスケジュールを知らせるカードが配達されていた。もしもこのカードが瓶に立てかけられていたとしたら、マーサがプレゼントの贈り主だと思うのは誰かしら？　間違いなく、ひとりしかいないわ」パールがプルー牧師に目を向けた。

「でも、前にも言ったかもしれないけれど」牧師が言った。「その告知カードは、教会のボランティアに配達してもらったのよ」

パールは執拗に続けた。「それで、マーサの家のある地区に配達をしたボランティアは？」

牧師がボニータとサイモンに目を向けた。

「ちょっと待ってくれ」サイモンが言った。「俺たちは、その人がどこに住んでいたのかさえ知らないんだぞ」

その瞬間、突然の怒りがサイモンの瞳に閃くのを見ながら、パールはダイアナの庭で、最後に過ごしたときのことを思い出した。だがそこで、ボニータの声がパールの思いを破った。

「サイモンの言う通りよ」ボニータは言った。「タンカートンにある家に、かたっぱしから配達してまわったんだから。ルートが決まっていたわけじゃないし、カードにも住所は書かれていなかった。そもそも、どうしてわたしたちが彼女を殺したいなんて思うのよ？」

「ほんとうに、誰がそんなことを望むっていうの？」牧師が困惑したように言った。

「まずはダイアナ殺しから考える必要があるわ」パールが言った。「ダイアナは、アダムにグレイ・ゲーブルズの評価額を確認していた」

「なんだって？」ジャイルズはショックを受けていた。

パールはジャイルズに向かって言った。「あなたはチャリティイベントでアダムと話し込んでいたわよね。いったいなんの話なのか気になっていたの」

ジャイルズがアダムに顔を向けた。「サリー州あたりの不動産価格を聞かれてね」

「アダムは、ダイアナのためにあの屋敷を売ろうとしていたのよ」パールが言った。「じつのところ、すでに買おうと名乗りを上げていた人がいたんでしょ、アダム？」

「いったい誰が？」ジャイルズが怒鳴った。

「シャーメインよ」パールが彼女に目を向けた。

「買っちゃいけない理由でも？」シャーメインがピシャリと言った。「ずっとジョイ・レーンに家が欲しいと思っていたし——いまなら、その余裕だってあるんだから」

「あの屋敷は、ジャイルズのものなのよ」ステファニーが言った。

「いいえ」パールが言った。「グレイ・ゲーブルズはダイアナのものだった。そして彼女は、あの屋敷を売り払ってスコットランドに移るつもりでいたのよ」

「いったいなんの話をしているんだ?」ジャイルズが、信じられないというように叫んだ。

「ダイアナはあなたときっぱり話をつけるつもりでいたんだと思う。最後にもう一度だけあなたの借金を清算してあげたら、あとはグレイ・ゲーブルズを自由に売り払って、クリストファーと結婚するつもりでいた」

すべての視線が、クリスマスツリーのそばに黙って立っている、物静かなよそ者の上に注がれた。クリストファーは押し黙ったままで、ネオンのように明滅している電球が、その顔を照らし出している。

「その男がそう言ったんなら、それは嘘だ」ジャイルズが言った。

パールはジャイルズの怒りを無視して、自分の話を続けた。「ダイアナはわたしに、人は自分の予算を守る必要があるようなことを言っていたの。そのときには、単純にクリスマスの話をしているのかと思った。でもおそらくダイアナは、あなたが自分の足で独り立ちする頃合いだと言いたかったのよ、ジャイルズ」

ジャイルズの口があんぐりと開いた。「ぼくが?」すっかり困惑しているようだ。

「ええ」パールはひるんだ様子もなく続けた。「問題は、あなたがある水準の生活に慣れ切ってしまって——繰り返し、ダイアナに救われていたところにあるの。助けてくれる誰かに頼ったまま成り行きまかせの生活をしていたら、将来、ろくなことにはならないでしょ？」

「こんなのは何もかもデタラメ――単なる推測じゃないの」ステファニーが言った。

そこで突然、また別の声が言った。「ほんとうだ」クリストファー・ハドリーが一歩前に出た。「パールがいま話したことは、何もかもほんとうなんだ。ダイアナとわたしは、結婚し、エディンバラで暮らすつもりでいた。あそこは、わたしたちが出会った土地で――」

「あなたはそう言うけど」ステファニーが挑みかかった。「現実の話、わたしたちは、あなたに会ったことさえなかったのよ。あなたなんか、完全に赤の他人じゃないの」

「そうかしら、ステファニー？」パールが言った。「わたしはたまたま、昨日の夜、あなたの車がバッテリーのすぐ後ろの道から走り去るところを見ているんだけど。いったいあそこで何をしていたの？」

ジャイルズから困惑したような目を向けられて、ステファニーは辛そうな顔になった。「えっと――その人と話をしようと思って」ステファニーがクリストファーをにらみつけた。「何もかも、その人がそう言っているだけじゃない。それにジャイルズ、あなたはほんとうに辛い思いをしてきたわけでしょ。わたしとしては、財産狙いの、いかがわしい男がダイアナの遺産を要求するのをただ指をくわえて眺めながら、これ以上あなたが苦しむのを見ているわけにはいかなかったのよ」みんなの視線が注がれているのを感じて、ステファニーが叫んだ。「嘘じゃないわ！　だから昨日の夜は話をつけるつもりで、バッテリーまで車で行った。でも、その人はいなかった。建物にはすっかり鍵がかかっていて。だからそのまま帰ったわ」ステファニーは額に手を当てた。「今日、もう一度行って、話をするつもりでいた。でも朝のうちに、あの気の毒な女の子が死んだという知らせが入って――」ステファニーはふと言葉を切って、苛立ちに顔をしかめた。「どうしてその男を問いただささないの？　彼がダイアナにとって特別な人だったなんて証拠はどこにもないのよ」

沈黙が広がった。パールが口を開く前に、ほかの声が言った。

「ダイアナが、ある兵士と恋に落ちていたというのは事実だと思う」アリス・クレイソンが静かに言った。「ダイアナから聞いたことがあるのよ」

「何を言ってるんだ？」ジャイルズが声を上げた。

アリスがこたえずにいると、パールが代わりに続けた。「ほんとうなのよ。クリストファーとダイアナは、長い別離のあとに互いを見つけた。チチェスターの劇場で再会したの。マグワイア警部が、今日、ふたりのチケットの支払いについて確認を取ってくれているわ。ダイアナは大昔に失った自分の恋を取り戻したのよ。彼女にはそれができるとわかっていた。なんにせよ、遅過ぎるなんてことはないのだとね」

ジャイルズがクリストファーのほうに近づいた。「へえ、そうかい？　そんなにおばさんを愛していたっていうんなら、あんたはいったい、これまでずっとどこにいたんだよ？」

クリストファーは感情を表さずにジャイルズを見つめたが、ジャイルズのほうは怒りに震えていた。それでも黙ったまま、パールが先を続けるのを許した。「あのチャリティイベントの夜のことをマーサから聞いたのよ。会場にいるボニータとサイモンを見るなり、ダイアナが、あのふたりには殺されそうだと言っていたって」

誰もが若いふたりに目を向けるなか、パールが続けた。「あの夜に撮られた写真の中に、ボニータとサイモンを見つめているマーサの写真があった。そして、その隣には誰かが立っているの。写真からは誰だかわからないけれど、あの日は誰もが、ホットワインかソフトドリンク用のグラスを持っていたはずよ——ダイアナを除いてね。イェネーバを持参していたダイアナには、わたしがハイボール用のグラスを渡していたの。マーサの隣に立っている人物の手には、そのグラスが握られている」

パールは声を落とした。「もうひとつはっきりしているのは、マーサとその誰かの視線の先に、もうひと組、別のカップルがいたことよ。もしもマーサがダイアナの言葉の意味を取り違えていて、あのふたりというのが、ジャイルズとステファニーを指していたとしたら？」

ステファニーが頭をぐいっと上げた。「バカバカしい」

パールはクリストファーに目を向けると、「ときに人生は、わたしたちと愛する人のあいだに立ちはだかることがある」と言ってから、アリスのほうを振り返った。「あなたにとってもそうだった」

アリスは怯えたような顔になった。「な——何を言っているのかよくわからない」そう言いながら、助けを求めて夫に目を向けた。

パールは言った。「ダイアナが家に来た最後の晩のことを話してくれたわね。一階から、リチャードと話をしている彼女の声が聞こえたって。あなたは二階にいた——」

「ええ」アリスは慌てて言った。「前にも話したけれど――頭痛がしていたから」

「それで鎮痛剤を何錠か飲んでいた。おそらくは頭がぼんやりしていて、誤解をしたんじゃないかしら」

「誤解って何をだい？」リチャードが言った。「いったい何をほのめかしているのかな、パール？」

「おそらくアリスは、あなたたちの話を聞きかじって、間違った印象を受けたのではと言いたいのよ」パールはアリスに近づいた。「ダイアナはわたしに、経理関係の助言をしにあなたの家にいくと言っていた。もしもダイアナがリチャードに向かって、正直になるべきだというような話をしていたとしたら、あなたはいったいなんの話だと思うかしら？」

アリスはつかえながら言った。「えっと――どうかしら。その――よくわからない」

「どうか、妻をこんなふうに追い詰めるのはやめにしてくれないか」リチャードが請うように言った。

「おそらくダイアナはリチャードに向かって、あなたに打ち明けるよう勧めていたんじゃないかしら？」

アリスがパールから夫に目を移し、ゆっくりとうなずいた。「ええ」アリスはささやくような声で言った。「そうよ。ダイアナは、彼女が話すよりも、あなたがね、リチャード、自分で話したほうがいいと言っていた」

「つまりあなたは、ダイアナが、正直になれとリチャードに迫っているのを聞いた」パールが言った。「けれど、何に対して？　その会話を耳にしたとき、あなたはおそらく、ふたりの不倫を疑ったのではないかしら？　でも、それはありえないわね。なにしろわたしたちは、ダイアナの愛していたのがクリストファーであることを知っている。ダイアナは彼と結婚しようとしていたのであって、クリストファーのほうはまだ姿を見せずに、彼女を待っていた」

パールはクリストファーを見てから、部屋に集まった人々のほうに目を向けた。「掃除人と会計士にはひとつの共通点がある。どちらにとっても信用が重要で、顧客のことをよく知りえる立場にあるわ。たとえばダイアナは、会計士として、顧客のお金の使い方を把握していた」

パールはリチャードに向かって言った。「二回で合計一万ポンドの現金を引き出せば、そこまでの大金ではないとしても、会計士であれば気づくはずよ。いったい何に使ったの？」

「アリスを旅行に連れていったんだ」リチャードが言った。「ヴェネツィアに行き、〈チプリアーニ〉に泊まった。あそこはじつに素晴らしいホテルだし、記憶に残る旅にしたいと思ったものでね」リチャードが言葉を切った。「さらには旅行から戻ったあとに、診療所に修繕の必要な箇所が見つかって。それにも金がかかった」

「けれどあなたは、それを経費として計上していない」パールが言った。

「ああ。現金で払ったんだ」

「どうして？」

「修理屋に、そのほうがいいと言われたものだから」

「それで、領収書はもらわなかったの？」

「ええっと――そのときはいくらかぼんやりしていて。注意が散漫になっていたんだ。アリスの――妻の体調がよくなかったものだから」

パールはうなずきながらその言葉を受け入れると、さらに続けた。「では、最後のクリスマスカードの件に移りましょうか。マーサが遺《のこ》したカードのことよ。あのカードについては、遺体のそばで見つけたときから、なんだか気にかかるものを感じていた。メッセージそのものは、ほかのカードと同じように、新聞の切り抜き文字によって記されていた。**『私は自分のあやまちを知っている』**」パールは肩をすくめた。「どうして単純に**『私はあやまちを犯した』**としなかったのかしら？」

パールはその問いをそのままにして、マグワイアのほうに顔を向けた。「それからわたしは、すべてのカードの文字には、週刊の地方紙――クーリエのものが使われていたことを知った。ただし、最後のカードを除いてね。そのメッセージのうちの、ある部分にだけは、別の新聞から切り抜いたものが使われていたの。日刊紙のものよ。どうしてかしら？　メッセージ全体のうちの、〝私は〟と〝自分〟のところだけが違っているなんて。けれどもしも、その部分があとから直されたものであって、もともとのメッセージの意味は違っていたとしたら？」パールは牧師のほうを振り返りながら言った。「欠けている罪は？」

「**色欲**」牧師がこたえた。

「それこそが、若い男と年上の既婚女性との、ひと夏のロマンスに対するマーサの見方だったのではないかしら？　まさに色欲の実例だと」パールが今度はアリスに顔を向けた。「何があったの？　あなたたちが一緒にいるところを、マーサに見られてしまったのかしら？」

アリスは夫を見つめてから、恥じ入ったように頭を垂れた。

「アリス――」リチャードは痛々しく口を開いた。

「最後のカードは、あなたに宛てられたものだったのよ、アリス」パールが言った。「スカウト便の配達は金曜日に終わっていたから、マーサは自分で届ける必要があった。でも、それにはなんの問題もない。仕事であなたの家に行ったついでに、置いてくればいいだけだったんだから」

アリスはゆっくりと首を振った。「でも、マーサはそんなことしていないわ。話がよくわからない。マーサは毎週、午前九時ぴったりに来てくれた。でも最後の日の朝、わたしはビーチ小屋に出かけて、スケッチをしていたのよ。リチャードが来てくれて」アリスは追い詰められたようにリチャードを振り返った。「わたしに会っているわよね」

リチャードはうなずいた。「ああ。その通りだ。午前中の診療を終えると、まっすぐに向かったんだ」

パールはリチャードの視線をしっかりととらえた。「そのあとあなたは浜辺から家に戻り、庭に面した、引き戸式のガラスのドアから中に入った。そこで何を見たの？　玄関から出ていこうとしていたマーサが、その前にカードを置いていくところかしら？」パールは待った。「マーサはあなたに気づかなかったのね？　けれど封筒を開けたあなたは、そこに記されているのが、アリスにではなく、あなたに宛てたメッセージだと思い込んだ。『おまえのあやまち

を知っている』それがもともとのメッセージで、文章にはクーリエからの切り抜き文字が使われていた。マーサとしては、アリスと——マイケル・アーサーという青年のことをほのめかしたつもりだったのに、リチャード、あなたはそれが自分に向けたメッセージだと——マーサが自分のしたことを知っているのだと思い込んでしまった」

「リチャード?」アリスが心配するように声をかけたが、リチャードは黙ったままだった。

「あなたはマーサがお酒を飲まないことを知っていた」パールは続けた。「そして、甘いものには目がないことも。だからマーサが我慢できないことを予測して、あの贈り物を持っていったのよ。マーサはいつものように、裏手のドアには鍵をかけていなかった。あなたは午後の診療を終えたあと、彼女が死んでいることを確認するため、マーサの家に立ち寄った。例のカードも、そこで改竄《かいざん》するつもりで持っていった。なぜって? 同じ糊《のり》を使う必要があったからよ。けれどただひとつ、マーサがクーリエだけを使っていたことにまでは考えがおよばなかった。そこであなたは、メッセージを罪の告白、自殺の遺書に見えるように——**私は自分のあやまちを知っている**——に直し終えると、マーサの家をあとにした」

そのあとには、身に迫るような沈黙が広がった。それを破ったのはアリスだった。

「嘘よ」その声は弱々しかった。「そんなはずない」アリスは夫にすがるように言った。「だってそしたら、あなたがダイアナを殺したことになってしまう——そんなことをする理由はないもの」

「けれど、あったのよ」パールはまっすぐにリチャードを見つめた。「ダイアナは、最後にあなたの家を訪ねた夜、アリスに何もかも話すようあなたに迫った。ダイアナは——あなたが脅迫されていたことを知っていたのね」

「脅迫？」アリスが繰り返した。

パールはその言葉を無視して、「ダイアナにはなんと言われたの？」と、リチャードにたずねた。「あなたがアリスに話さないのなら、彼女が話すと？　クリスマスには耳の痛い話を用意している。あのイベントの夜、ダイアナ自身がそう言っていた。あのときダイアナは、わたしたちみんなに目を向けていた。ジャイルズとステファニー、ボニータとサイモン、そして——あなたとアリスにも。ダイアナに警告されたのかしら？　クリスマスの休暇が終わる前に話さなければ、わたしから話すと」

「でも、よくわからない」アリスが言った。「いったい誰が——どんな理由であなたを脅迫するというの？」リチャードはこたえなかった。

「わたしはどうしてキャシーが、クリスマスを過ごしにひとりでウィスタブルに来たのか、ずっと不思議に思っていた」パールがドリーに向かって言った。

「ひとりで時間を過ごすのは、何も悪いことじゃないよ」ドリーが言った。

「でも一年のこの時期に——わざわざウィスタブルを選ぶ？　どうして夏の、素晴らしい日差しがあるときに来ないのかしら？　カメラマンにしろアーティストにしろ、ここに来たがるのは夏なのよ。そして、水彩画のクラスを受けたりする——あなたの教えた生徒たちのようにね、アリス」

ドリーは肩をすくめた。「言ったじゃないの、パール。キャシーには、前にここで過ごしたことのある友だちがいて、その友だちから勧めてもらったんだって」

「その誰かは、明らかにこの土地での経験を楽しんだようね」パールが言った。「マイケル・アーサー。一連の事件の裏には、彼の存在があったのよ」

アリスが途方に暮れた様子になった。「マイケルですって？」

パールはリチャードに向き直った。「奥さんを彼に奪われるのが耐えられなかったのね。よくわかるわ」

アリスが信じられないという顔で夫を見つめるなか、パールは続けた。「アリスのマイケル・アーサーに対する強い思いと――ふたりが激しく惹かれ合っていることは、あなたも承知していた。何があったの、リチャード？」

パールが相手の反応を待っていると、ようやくリチャードが静かに口を開いた。だがその言葉は、彼の妻だけに向けられていた。「きみの携帯に、彼の電話番号を見つけてね。ある暑い夏の午後に電話をかけ、会ってくれるように頼んだんだ。向こうが何を言われると思っていたのかはわからないが、わたしは単純に説明をした」

「何を？」アリスは固唾《かたず》を呑みながらたずねた。

「何もかもだよ」リチャードは穏やかに言った。「わたしがきみなしでは生きていけないこと。そして――きみもわたしがいなくては生きていけないこと」

アリスはここで眉をひそめたが、リチャードは、周りには誰もいないかのように、妻の注意を引きつけながら続けた。「きみはあまりにも辛い思いをしてきたんだ、アリス。きみがどれほど子どもを欲しがっていたか、わたしはよく知っている——」

アリスは口を挟もうとした。「リチャード——」

「いや、きみには理解をしてもらう必要がある。きみの、失望に苦しんでいる姿をそばで見ているのが、わたしにはどれほど辛かったことか」リチャードは大きく息をついた。「わたしはあの男に何もかも話したんだ。きみがどれほど——壊れやすいか。そして、どこまでも守ってやる必要があることを。わたしは彼にたずねたんだ。きみにはほんとうに彼女を守ってやることができるのかと。わたしと同じレベルで、彼女の面倒を見ることができるのかとね」リチャードは首を振った。「きみは、駆け落ちしようと説得されていたのかもしれない。だが彼はまだ若く——自分のものと言える何かをまったく持たない青年だった。彼に対するきみの気持ちには気づいていたんだよ、アリス。そしてあの日、彼のほうの気持ちも本物であることがわかった。なにしろ彼は理解してくれたのだから。わたしの言葉に耳を傾け、わたしが話し終えると、きみを奪ったりはしないと約束してくれた。それも金を見せる前にね」

「まさか——お金を渡したというの？」アリスはささやくような声で言った。

「五千ポンドだ」リチャードが言った。

アリスは目を閉じた。

「買収したわけではない。あれは——彼を見送るための贈り物だった。だがもし必要であれば、その十倍の額でも払っただろう」リチャードは片手で口元をぬぐった。「彼は、この地を去って二度と戻らないと約束してくれた」手を握ったり開いたりしながら、リチャードは静かに話し続けた。「わたしにも二度と連絡はしないと。そして、その言葉を守ってくれた。彼はきみを愛していたからこそ、姿を消すことを選んだんだ」

沈黙が降りると、パールが話を引き取った。「そのままあなたは、アリスをヴェネツィアに連れていった――何もかも、忘れさせようとね。そしてようやく何もかもが過去になったと安心しかけたとき、あなたに接触してきた人物がいた」

パールがひと呼吸置いてから続けた。「今日、マグワイア警部に確認を取ってもらったところ、マイケル・アーサーは、ヨークシャーで行なわれた夏のアートフェスティバルに何点かの作品を出品しているの」パールはアリスに顔を向けた。「彼はまだ、あなたのことを忘れられずにいたのよ、アリス。だからこそ、そのフェスティバルで知り合った友人に、何もかも打ち明けずにはいられなかった。キャシー・ウォーカーという、フレンドリーな若いカメラマンにね」

キャシーの名前が出た瞬間、ドリーがはっと片手で口を覆ったが、パールは相変わらず、アリスに向けて話を続けた。

「あなたは結婚していて、成功した夫により、立派な家と、何不自由ない生活を保障されている。マイケル・アーサーには、とても、あなたにそんな生活をさせられる余裕はなかった。つまりマイケルは、あなたのためを思ったからこそ身を引いたのよ。だとしてもリチャードからお金を受け取ったことで、懐柔されたような後味の悪さを抱いていた。そしてそれを、やましくも感じていたんでしょうね」パールは続けた。「キャシーもまたアーティストであり、自分の写真でなんとか稼いではいたけれど――生活は楽じゃなかった。おまけに彼女には狡猾なところがあった。チャンスに対しては抜け目がなく、見つけたら利用することに恥も感じなかった。だから見知らぬ人のビーチ小屋のポーチから、厚かましくも写真を撮ったりする。ただし、キャシーはあなたのことを知っていたのよ、アリス。マイケル・アーサーから何もかも聞いていたんだから。そしてキャシーは、あなたの夫が抱えている葛藤《かっとう》についても知り過ぎるほど知っていた。リチャードはあなたを奪われないためにすべての手を打ち――成功してはいたけれど――愛しい人が金で追い払われていたことを知ったら、あなたはどう反応していたかしら？」パールはここで、リチャードに声をかけた。「連絡をしてきたキャシーは、こんな言葉であなたを強請《ゆす》ったの？」

リチャードはやましそうに顔を背けた。

「だからあなたは、彼女に金を払った」パールは言った。「妻が真実を知ることがないよう、口止め料として、五千ポンドも。なにしろマイケル・アーサーがまだアリスを愛し、求めているのに、それを自分が去らせたのだということを、アリスに知られる危険は冒せなかった」「そうだ」リチャードはあきらめたように言った。「要求された額を払った」そこで表情がこわばり、逃げ道を探すかのように視線をめぐらせたが、それが見つかるはずもなかった。「同じころにダイアナが、その金をどうしたのかと問いただしてきた。使い道を怪しんでいたんだ。わたしも――彼女なら信頼できることはわかっていたから、事実を打ち明けた」リチャードは力なくパールを見つめた。「彼女はわたしの会計士であり、よき友人でもあった。そして医師としてのわたしと同様、顧客に対する守秘義務に縛られていたが、脅迫は犯罪だと言い張り——いつまでも続くことになると警告してきた」リチャードは妻のほうを振り返った。「ダイアナは、わたしが何もかもきみに打ち明けないのなら——自分が話すと言った」リチャードはしばらく目を閉じた。「どうしてダイアナは、わたしの言うことを聞いてくれなかったんだろう。そんなことをさせるわけにはいかなかったんだよ、アリス。もう一度、きみを失う危険はとても冒せなかった」

「だからダイアナを殺したと？」アリスはぞっとしたようにささやいた。

リチャードはゆっくりとうなずいた。「だが、ダイアナは正しかった。脅迫は終わらなかったんだ」

パールは口を開いた。「そうね——なにしろあなたは、自分を強請っている当の相手が、わざわざウィスタブルまで来て、クリスマスを過ごしていることを知ってしまった。キャシーは、アリスがビーチ小屋で失神した日に、自分の目で確認したものに強い印象を受けた——これは、いい金づるになると」

リチャードが苦々しい口調で遮《さえぎ》った。「そして電話をかけてくると、もっと金が欲しいと言いはじめたんだ。そのときに、彼女はわたしからすべてを吸い尽くすまで、決してやめないだろうと悟った」

広がった沈黙の中で、パールが続けた。「生きているキャシーと最後に会ったとき、彼女は自転車で、シーソルターから戻ってきたところだった。あなたとアリス、ボニータとサイモンも一緒にいたわよね。ボニータとサイモンは町に向かうところだったんだけれど、そこでキャシーはわざわざ、わたしにひと言声をかけたのよ。なんと言ったかは覚えているかしら？『大切な誰かを失った人にとって、せめてもの慰めといったら、真実だけだとは思わない？』あのときは、妙なことを言うなと思っただけだった。おそらくは、殺人犯捜しのことを言っているんだろうと。でもあとから気がついたの。あれはわたしにではなく、その場にいた、別の誰かに対するメッセージだったんだと。キャシーは、あなたに向けて言っていたのね、リチャード。おとなしく金を払わなければ、アリスに話すという警告だったんだわ」

アリスは信じられないという顔で夫を見つめていた。「わたしなら許したのに、リチャード。マイケルのことなら許せたわ。でも――これは無理」アリスは声を振り絞るようにして言った。「殺人は――許せない」

リチャードは、妻が自分から一歩あとずさるのを見た。ふたりの位置はまだ近かったが――すでに何百キロも離れているかのようだった。

マグワイアがそれを合図に、自分が仕切ろうと前に出た。「リチャード・クレイソン、殺人の容疑で逮捕する――」

だがその先を続ける前に、閃光《せんこう》のような目にもとまらぬ速さで、クリストファーがリチャードの喉をつかんでいた。力強い両腕に力を込めて、しっかりと喉を絞めている。

その動きには誰もが不意を打たれた。クリストファーの瞳にはいかなる感情もなく――ただ、目的を遂行しようという意思だけが表れている。マグワイアがゆっくり近づくと、冷静な強い口調で言った。「手を放すんだ」だがクリストファーには、リチャードの苦しそうなあえぎ声以外は耳に入らないようだった。マグワイアはさらに近づき、そっと声をかけた。「彼は、ダイアナから人生を奪った。だがきみにはまだ、きみの人生があるんだ」マグワイアはその先を続けながら、それが自分に対する言葉でもあることに気がついた。「無駄にしちゃいけない」それから最後にこう言った。「彼女のためにも生きるんだ」

永遠のような一瞬ののちに、クリストファーの視線が、マグワイアのほうに動いた。マグワイアが黙ってうなずくと、クリストファーは命令にでも従うかのように、恋人を殺した犯人から手を放した。リチャードが空気を求めてあえぐのを聞きながら、パール自身も、ようやく息ができたような気がした。

22

クリスマス当日　午前七時四十五分

パールはチャーリーの寝室をそろそろと開け、息子がぐっすり眠り込んでいる姿を見守った。案の定ベルリンからの便は遅れて、到着は午前一時に近かった。そのあとは迎えにいったパールがマンストン空港から二十分ほど車を走らせ、ようやく家に帰り着いたのだった。パールが留守にしているあいだに、ドリーがシースプレー・コテージをせっせと片付けておいてくれたので、その夜に起こったドラマを連想させるものは何ひとつ残っていなかった。それどころか、テーブルには翌日の正餐《せいさん》に合わせて、皿、カトラリー、ナプキンがセットされ、クリスマス用のクラッカーまで準備されていた。

パールとチャーリーはふたりで一杯だけお土産のコルンを楽しんだけれど、チャーリーは疲労のあまり、そのまま寝てしまった。いま、チャーリーの部屋には開いたリュックやスーツケースが無造作に置かれ、衣類もあちこちに散らかり〝床だんす〟状態になっていたけれど、パールもガミガミ言うつもりはなかった。それどころかそっとドアを閉めると、そのまま眠らせておくことにした。

到着ゲートでチャーリーを迎えたとき、パールは息子が痩せたことに気づいたけれど、クリスマスのあいだにしっかり体重を取り戻させるつもりでいた。今朝もすでに二時間前から起きていて、七面鳥のロースト用に、栗の詰め物、グレービーソース、野菜を準備することに余念がなかった。芽キャベツは、レモンと松の実を加えて炒めてあるし、シナモンを効かせた赤キャベツもできている。そして七面鳥をオーブンに入れてしまうと、あとはクリスマスの香りがチャーリーを起こしてくれるはずだと思った。

一階に下りると、暖炉のそばに置かれたバスケットにおさまっている二匹の猫を見てにっこりした。マーサの猫は、クリスマスイブの夜九時に地元の保護施設からシースプレー・コテージにやってきたのだが、そのままソファの下に隠れてしまった。ツナの皿をちらつかせることで、ようやく誘い出すことに成功したのだ。家の中を徹底的に観察し、パールから何度かなだめるように撫でてもらうと、ようやくピルチャードとスプラットも、この新しい人を恐れる必要はないし、家も暖かくて居心地がよさそうだと納得がいったようだった。パールも二匹を引き取ることによって、マーサに対する借りが少しは返せたような気分になれた。

クリスマスツリーに灯っている明かりを見ていたら、パールはマグワイアのことを思い出した。彼を呼び戻すきっかけになったのは一通のクリスマスカードだが、ふたりを再び結びつけたのは、結局のところ殺人事件だった。リチャード・クレイソン医師は警察に身柄を拘束されており、これから罪の償いをすることになるだろう。妻を思うがゆえの行動だったとしても、結果、ほかの誰かから愛する人を奪ってしまったのだから――奪われた側からすれば、リチャードがどれほどの代償を払うことになったとしても、それが高過ぎるということはないだろう。

　ストゥール川を見下ろす位置にあるベスト・レーンの部屋では、マグワイアが熱いシャワーを浴びていた。あまり眠れなかったうえに、昨晩の出来事によるアドレナリンがまだ鎮まってはいなかったが、熱いシャワーのおかげで気持ちもほぐれてきた。リチャード・クレイソンが包み隠さず自供したことにより事件は決着を見たものの、マグワイアは警視のウェルチから、小さな町の私立探偵とどうかかわっているのかと難しい質問をされており、これから何かしらの言い訳をするしかなさそうだった。前々からの予想に反して、クリスマスは非番になった。そしてドナが死んでからというもの、今年ははじめて、別の家族とともにその日を祝おうとしているのだった。

　しっかり目を覚まそうと熱いシャワーに向かって顔を上げると、ドナとリアルト橋近くのホテルを出て、サン・マルコ広場の店で朝食をとったときのヴェネツィアの暑さを思い出した。食事のあとは、言葉もあまり交わさず、ただ寄り添いながら細い通りをそぞろ歩いた。それから午後の熱暑が耐えがたいまでになってきたところでホテルに戻ると、ベッドに並んで横になり、開いた窓から入ってくるそよ風を顔に受けながら、外の世界とは完全に切り離されつつ、ふたりがひとつになったような気がした。外ではゴンドラが観光客を運び、商品を積んだ船が運河を市場《いちば》へと向かっていた。このカンタベリーの部屋の外の、古びたセント・ピーターズ・ストリートやストゥール川に、観光客や商売人がいるのと同じように。だがやはり、同じではないのだ。

シャワーを止めたとたんに、熱気が薄らいだ。タオルを体に巻きつけ、がらんとした居間に入るときも、ドナとヴェネツィアで過ごした最後の午後の記憶がつきまとっていたが――とくに振り払いたいとも思わなかった。その記憶は、定期的に戻ってくる。場所はリド島。マグワイアは浜辺に残っているが、ドナは胸元にシルバーの留め金のついた黒い水着姿で、海に入って泳いでいる。ドナが水際にいるマグワイアを振り返った瞬間、留め金が日差しにキラリと光り、ドナは赤褐色の髪を片手で持ち上げる。これまでに何度も、記憶に焼きついた残像のように、心の目で繰り返し見てきた映像だった。だがこのときにはじめて、ドナの顔がゆっくりとかすみ、パールの顔に入れ替わった。

シースプレー・コテージでは、パールがオーブンに入れた七面鳥をチェックしていた。後列のコンロでは、クリスマス・プディングも蒸されている。準備はすっかり整っており、ようやくクリスマスが、パールの思う通りに進んでいた。そろそろチャーリーを起こして、わたしも支度をしないと。パールはもつれた巻き毛を顔から払い、誰にともなくにっこりしたが、忘れていたことを思い出すなり笑みを消し、携帯を探しはじめた。

マグワイアは黒いカジュアルなズボンをはいて、清潔な白いシャツに腕を通しながら窓の外に目をやると、街がいつになく静まり返っていることに気がついた。いつもの朝の喧噪もなければ、川向こうにあるピッツェリアから漂ってくる、温められたプロシュート、オレガノ、バジル、焼き立ての生地の、食欲をそそる香りに鼻をくすぐられることもない。今日はいつもとは違う一日。クリスマスなのだ。

シャツの最後のボタンをとめたところで、大聖堂の鐘の音《ね》が喜ばしげに鳴り響いた。マグワイアの脳裏に、ふと、サン・マルコの鐘の音が蘇《よみがえ》った――が、そこでメッセージの着信音が鳴り、マグワイアに、いま自分がどこにいるのかを思い出させた。メッセージに目を通しながら、思わず顔がほころんだ。遅れないでね。それからブランデーをお願い！

一時間後、シャンパンのコルクが盛大な音を立てて、パールの家の居間の、天井と壁の境目にまで飛んでいった。パールがいそいそと、チャーリーのグラスにシャンパンを注いだ。「マグワイアを待ったほうがいいんじゃないの？」チャーリーは風呂をゆっくり使ったあとで、いまは洗い立てのジーンズと、"Christmas is for Life"という文字の入ったおろし立てのTシャツを着ていた。

「どうしてよ？」ドリーのほうは誰を待つつもりもなく、すでにひと口飲みながら、三角形のライ麦パンに、スモークサーモン、クリームチーズ、ケイパーを載せたカナッペをつまんでいた。「いくらでもあるんだからいいじゃない」ドリーは肩にかけているフェザーボアを軽く持ち上げてから、パールに向かってグラスをかざした。パールもひと口飲もうとしたところで、オーブンからタイマーの音が聞こえた。「すぐに戻るから」そう言って、そそくさと部屋をあとにした。

キッチンに入ると、オーブンのスイッチを切り、焼き上がった七面鳥を見てしばらく考え込みながら、これで準備は万全ね、と思った。ブランデーとマグワイアがまだだけれど、それもすぐに来るだろう。今日ばかりはパールも化粧をする時間を作り、髪もセットして、ヴィンテージものの、白いクレープ地のワンピースでめかし込んでいた。ワンピースについている小さなガラスビーズが、光を反射して雪片のように輝いている。

「ちょっと手伝ってもらえる？」パールが叫んだ。

すぐにやってきたチャーリーとドリーに、温めた皿を渡した。「これを持っていって」パールはきびきびと言った。

チャーリーとドリーが黙って指示に従うあいだ、パールのほうは大皿に七面鳥を移し、イタリアンパセリを飾った。七面鳥をベストの形に盛りつけたところへ、ピルチャードとスプラットが、なんだろうと寄ってきた。

「よし」パールが、銀の燭台《しょくだい》に差した背の高い蠟燭《ろうそく》に火を灯しながら言った。「準備完了」

「音楽を除いたらね」チャーリーが言った。「何がいい？」けれどパールがこたえる前に、玄関のベルが鳴った。

ふと足を止めたパールに、ドリーが声をかけた。「何をぐずぐずしているのよ。わたしが切っておくから、さっさと出迎えにいきなさい」そして娘の手から、切れ味抜群のナイフを取り上げた。

玄関に近づきながら高まっていた期待は、表から子どもたちの声と、〈きよしこの夜〉の最初のフレーズが聞こえてくるなり、一気にしぼんだ。

テーブルの蠟燭が冷たい隙間風に消えかけたので、パールは掛け金を滑らせて玄関を閉めた。戸口には四人の子どもが立っていた。寒さから身を守るようにマフラーと手袋やミトンをつけ、手には讃美歌の紙を持っている。子どもたちがリズムを合わせ、心を込めて歌う姿に、パールもいつしか完全に惹きつけられていた。

六つになるかならないかの一番幼い少年は、譜面も見ずに、パールのほうに顔を上げ、まるで人生がこの歌にかかっているかのように一所懸命歌っている。パールはそれまでの思いをすっかり忘れ、押し寄せてくる高潮のようなクリスマスの魔法に身をゆだねた。歌を聴いていると、ほかのすべてはまったく問題でないような気がしてきた。あるのは純粋で単純なこの瞬間だけ。それは彼女の家の前に立ち、魂を捧げて歌う若い心によってもたらされた、即席のクリスマスギフトだった。

歌が終わると、一番幼い少年が、チョコレートの空き缶をパールのほうに持ち上げた。だがそこに手を伸ばし、お金を入れたのは、パールではなかった。子どもたちが足早に立ち去るなか、パールはマグワイアのほうに顔を向けた。彼はいつもの黒っぽいコートを着て、しっかりとパールを見つめている。きれいだ、とマグワイアは思った。緊張や不安から解放されて、穏やかな、どこか静謐《せいひつ》なものさえ漂わせていると。パールはボトルを受け取った。上質なコニャックだ。だがお礼を言う前に、マグワイアがまた別のものを差し出してきた。

その封筒を開けると、カードが入っていた。ラメは使われておらず、表には、円柱型の赤い郵便ポストが描かれている。中に書かれていたのは、連絡をくれてありがとう、というシンプルなメッセージだった。

パールが顔を上げると、マグワイアが微笑《ほほえ》んだ。「メリー・クリスマス、パール」マグワイアが一歩前に出て、そっとパールを引き寄せながら温かなハグをした。パールは一瞬ためらったあとで、マグワイアの力強い肩に頬を押し当てた。それから目を上げると、ちょっとした魔法が起こっていた。雪が降りはじめたのだ。雪片が、マグワイアの金髪やコートに降りかかっては溶けていく。

体を離すと、マグワイアはパールの顔に、あどけない驚きの表情が浮かんでいるのに気がついた。それからパールがにっこりした。「あなたにも、メリー・クリスマス」

パールが玄関を大きく開け、マグワイアを招き入れると、クリスマスの食卓へと連れていった。表からは、通りの、別の戸口で歌っている子どもたちの声が聞こえてきた。

「オール・イズ・カーム《すべてはおだやかに》。オール・イズ・ブライト《すみわたっている》」

謝辞

ポーラ・ヴィッカーズ議員とピーター・ドゥーディズ牧師には、時宜にかなった調べ物にご協力をいただき多大なる感謝を。マーク・ソールズベリー元警視正には、警察における捜査の手順について有意義な助言をいただきました。

ミシェル・キャス、アレックス・ホリー、タラン・ベイカー、ニコラ・オコンネルのたゆまぬサポート、また、本シリーズの販促に尽力してくれている、〈リトル・ブラウン〉のフローレンス・パートリッジ、ケイト・ドーランには、変わらぬ感謝を捧げます。

訳者あとがき

英国クリスマスは、やっぱり雰囲気があっていいわー。訳しながら、しみじみとそう思った。というのもシリーズ第一作『シェフ探偵パールの事件簿』で描かれた真夏のフェスティバルから一転、二作目である本作は、最初から最後までクリスマス一色のミステリに仕上がっているのだ。まずはパールがクリスマスカードを投函するシーンからはじまる。すると大通りにはイルミネーションが輝き、〈きよしこの夜〉が響き、どの家もそれぞれの飾りつけを見せびらかすようにカーテンを開けていて、準備もまた、クリスマスの一部なんだなぁと思わせてくれる。ただし今年のパールはレストランの仕事などで忙しく、ツリーの支度もプレゼントの買い物もまったくできていなくて焦りまくっている。そんななか、友人のネイサンのもとに、彼を中傷する謎のクリスマスカードが届くのだ。誰のしわざなのかパールも当然気になるものの、いまはとても調査に手が出せそうにない。それなのに他の人からも続々と、似たようなカードを受け取ったという相談が。なにしろ前作の事件で腕前を証明してみせたものだから、パールは町の人たちからも探偵として頼られはじめているのである。

さて、一作目を読まれて、パールとマグワイア警部の仲は?と気になっている方もいらっしゃるだろうか。夏以来、ふたりはしばらく疎遠になっていたが久々に再会。カードの調査をする時間的余裕のないパールは、マグワイアに意見を求めるとともに、地元のチャリティイベントに誘う。教区教会のホールを会場に、コミュニティ全体でひと足お先に祝うクリスマスの雰囲気がまた、すごくいい。アメリカ人のネイサンが「きみたちイギリス人ってのは、ほんと、この手のイベントを盛り上げるのがうまいんだよな」と口にするのも納得なのだが、その楽しいはずの席で、なんと死者が出てしまうのだ。どうやら殺人らしい。おまけに、その被害者のもとにも例のカードが届いていたことが判明。カードを受け取ったのは全部で六名。送り主は誰なのか？　今回の事件とのつながりは？　殺人事件ということで警察が捜査に乗り出すものの、現場にいたマグワイアは証人扱いとなり、警部として捜査を担当することができない。そこで今回はパールと積極的に手を組んで、事件の真相を探りはじめるのだ。パールがクリスマスの準備にいそしみながらも奔走するなかで、ご近所トラブルに借金に不倫と、調べれば調べるほどみんなが怪しく見えてくるような筋立てがうまい。コージーであるとともに、ちょっとクラシックなテイストのある、本格的なミステリが楽しめる一冊となっている。

そして本作でも、おいしそうなものたちは健在。七面鳥やミンスパイといったクリスマスの定番メニューはもちろん、たとえばピッグズ・イン・ブランケッツのような変わった名前のお料理たちも登場してストーリーに彩りを添えている。訳者も「ほうほう、そんな種類のイギリスチーズがあるのか」と気になりチーズ屋さんで探してみたり、ハミングバードケーキというかわいらしい名前のケーキを試しに焼いてみたり、本筋以外のところでもかなり楽しませてもらった。

今回も、東京創元社の小林甘奈さんには大変お世話になりました。
最後に、本作はシリーズ二作目ではあるものの、一作完結型であり、前作を読んでいなくても問題なく楽しめることを付け加えておく。とはいえすっかりウィスタブルという港町に惚れてしまった訳者としては、一作目の夏の景色も超オススメ。気になった方には、ぜひとも手に取っていただきたい。

二〇二三年　九月

坏　香織

検　印
廃　止

訳者紹介　上智大学国文学科卒。英米文学翻訳家。訳書にオルツィ「紅はこべ」、マクニール「チャーチル閣下の秘書」「エリザベス王女の家庭教師」「ファーストレディの秘密のゲスト」「ホテル・リッツの婚約者」、チュウ「夜の獣、夢の少年」「彼岸の花嫁」などがある。

クリスマスカードに
悪意を添えて
シェフ探偵パールの事件簿
2023年11月17日　初版

著　者　ジュリー・ワスマー

訳　者　圷《あくつ》　香《か》　織《おり》

発行所　(株)　東京創元社
代表者　渋谷健太郎

162-0814/東京都新宿区新小川町1-5
電　話　03・3268・8231-営業部
03・3268・8204-編集部
URL　http://www.tsogen.co.jp
DTP　萩　原　印　刷
暁　印　刷・本　間　製　本

ISBN978-4-488-27106-0　C0197